공감 너머 2.0

CXO 메시지

공감 너머 2.0

김대일 지음

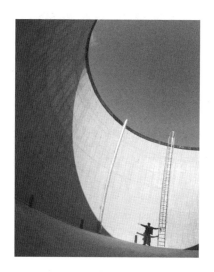

W미디어

머리말

전문 작가도 아니고 이과 출신인 내가 2015년 9월에 생애 첫 에세이 집 〈공감 너머-CXO 메시지〉를 펴냈을 때만 해도 내 인생에 있어서 또 다시 책을 발간할 수 있을 것이라고는 생각지 못했습니다.

그러나 인생에 있어서 계획된 미래와 계획되지 않은 미래가 있듯이 2016년 6월에 회사를 옮기고 새 직장에서 새로 인연을 맺은 사람들에 게 전직에서 그랬듯이 또 다시 일주일에 한번씩 'CXO 메시지'를 배달 하였습니다.

그렇게 시간이 지나 2년 반 만에 CXO 메시지 100회를 맞이하게 되 었습니다. 멀기만 할 것 같았던 100회를 새 직장에서도 달성하고 나니 또 욕심이 생겨 〈공감 너머 2.0〉을 책으로 펴낼 용기를 내었습니다.

2018년 6월 운영본부장(CTOO)에서 대면 채널 본부장(CDO)으로 역할 이 바뀌어 운영본부 직원들과 송별회를 했을 때 나는 너무나도 소중한 선물을 그들로부터 받았습니다. 그들은 매주 금요일 내가 보냈던 CXO 메시지를 모두 모아 직접 제본을 하여 이 세상에서 단 한 권밖에 없는 〈CXO 메시지〉를 나에게 선물해주었습니다.

나는 너무도 감격했고, 이러한 그들의 관심과 격려가 그동안 나로 하여금 100회를 또 다시 완주하게 하는 원동력이 되어주었습니다. 그들과 글로써 서로 소통하고 공감하는 일이 즐겁지 않았다면 절대 100회까지 이어지지 못했을 것입니다. 너무도 즐겁고 감사한 경험이 아닐 수 없습니다.

2008년 전전직에서부터 글을 써서 직원들과 교류하기 시작한 지 어느덧 10년, 이 소통이 앞으로 얼마나 더 계속될지 나는 알지 못합니다. 그러나 컴퓨터를 켜면 빽빽이 쌓여진 수백 개의 업무 이메일 리스트 사이에 낀 CXO 메시지 제목을 일주일에 한 번씩 발견할 때마다 마치 사막에서 오아시스를 찾은 것 같다는 어느 직원의 회신 메일이 있는 한, 회신 메일에 나를 부사장님으로 호칭하지 않고 '낭만 테크니션'이라고 부르며 나와 소통하는 직원이 있는 한, 내 메시지를 받을 때마다 바쁜 일상에 잠시 동안 멈춰 서서 맑은 하늘을 올려다보는 느낌을 갖게 된다는 직원이 한 명이라도 있는 한 나는 아마 이 즐거운 작업을 계속할 것 같습니다.

나는 젊은 신입사원이나 아직 직장생활이 많이 남아 있는 중견사원에게 항상 꿈과 비전을 가지고 그것을 이루기 위해 도전하고 변화하라고 말합니다. 그리고 나 또한 DCC Dreaming, Challenging, Changing를 모토로 지금 이 순간에도 실천하려고 노력하고 있다 말합니다. 그래서 나는 그들에게 꿈과 희망을 줄 수 있는 메시지를 조금이라도 더 담고자 노력했으며, 내 글이 가식적이거나 작위적인 것이 아닌가 하는 생각에 몇 번씩이나 수정을 하곤 했습니다. 또한 나의 생각이 마치 절대 진리인양 그들에게 은연중에 강요하고 있는 것은 아닌지도 고민하였습니다. 모든 사람의 생각이 다 다르듯이, 모든 사람의 살아가는 방식이 다 다르듯이 모든 사람의 인생에는 정답이 없는데 마치 이것이 정답이라고 규정짓지는 않았는지 걱정도 되었습니다.

그러면서도 나는 내 글들이 조금이라도 그들이 나처럼 DCC하는데 도움이 되었으면 합니다. 그래서 그들이 계획된 미래든 계획되지 않은 미래든 훨씬 더 나은 미래를 가졌으면 하는 바람입니다. 본문에도 인용한 카카오 김범수 의장의 인생철학인 에머슨의 시구절 "자기가 태어나기 전보다 세상을 조금이라도 살기 좋은 곳으로 만들어 놓고 떠나는 것, 자신이 한때 이곳에 살았음으로 해서 단 한 사람의 인생이라도 행복해지는 것, 이것이 진정한 성공이다"와 같이 나의 글을 읽고 단 한 명이라도 자신의 인생이 더 행복해지기를, 진정한 성공을 거두기를 간절히 기원합니다.

내가 되고 싶은 사람은 세상에서 상위 1%의 행복한 사람이 되는 것입니다. CXO 메시지 100회를 연재하는 동안 나는 정말 행복했습니다. 이 기간 동안에는 아마 행복한 사람 상위 0.1%에 들지 않았나 싶습니다. 내 글을 읽어준 독자들도 나와 같이 행복한 시간을 보냈다면 정말 좋겠습니다.

지난 2년 반 동안 자의 반 타의 반 'CXO 메시지'를 읽어주신 독자들에게 감사의 말씀을 드리며, 투박하고 서툰 글들을 또 한 권의 책으로 나올 수 있게 만들어주신 W미디어 박영발 대표에게 감사의 말씀을 드립니다. 또한 이번에도 표지와 본문의 아름다운 사진 작품을 제공해준 사진작가 친구 SH 군에게도 깊은 감사의 뜻을 전합니다.

　3년 전 CXO 메시지 〈공감 너머〉를 발간했을 때 오그라들어서 못 읽겠다던 아내가 CXO 메시지 〈공감 너머 2.0〉을 발간하겠다고 하니 쌍수를 들고 말립니다. 그러면서도 이번에는 본인이 교정을 봐주겠다며 초고를 넘기라고 말합니다. 모든 사람에게 마찬가지겠지만 항상 가족은 내가 살아가는 존재의 이유인 것 같습니다. 그들에게 사랑한다는 말을 전합니다.

김대일

제3부 우리들 각자의 영화관

제4부　**바람이 불어오는 곳**

제1부
아침이 밝아온다

때로는 말하지 않는 것이 최선일 때도 있다. 노래가 말로 표현할 수 없을 정도로 아름다웠다. 그래서 가슴이 아팠다. 이렇게 비천한 곳에서는 상상도 할 수 없는 높고 먼 곳으로부터 새 한 마리가 날아와 우리가 갇혀 있는 삭막한 새장의 담을 무너뜨리는 것 같았다. 그 짧은 순간 우리 모두는 자유를 느꼈다.

1
기하급수적 세상

커다란 욕조에 물을 가득 채워야 하는 실험을 합니다. 그런데 물을 채우는 방식이 수도꼭지에서 물을 한 방울씩 떨어뜨려 채우는 것입니다. 첫날은 한 방울 떨어뜨립니다. 둘째 날은 첫날의 두 배인 두 방울을 떨어뜨립니다. 셋째 날은 또 전날의 두 배인 네 방울을 떨어뜨립니다. 이렇게 해서 넷째 날은 여덟 방울, 다섯째 날은 열여섯 방울을 계속 떨어뜨려 욕조에 물이 딱 절반이 차는데 99일이 걸렸다면 욕조에 물이 가득 차게 하는 데는 총 며칠이 걸릴까요?

99일 × 2 = 198일이라고 생각한다면 다시 생각해야 합니다. 물이 욕조를 가득 채우는 데는 총 100일이 걸립니다. 물이 욕조의 반을 채우는 데는 99일이 걸렸지만 나머지 반을 채우는데 필요한 날은 새로 99일이 아니라 단 하루만 필요합니다. 이것이 기하급수적 증가의 힘입니다.

인류의 기술발전도 기하급수적 발전의 형태를 띠고 있습니다. 인류의 직계 조상인 호모 사피엔스 사피엔스는 BC 4만년인 구석기시대에 등장하였습니다. 그 후 인류는 신석기시대, 청동기시대, 철기시대의 진화를 거쳐 BC 1200년경에 인류 최초의 상형문자를 발명함으로써 역사

시대를 시작하였습니다. 4만년 동안 인류는 불의 발견, 돌을 이용한 도구의 발명, 농경 재배 기술 개발과 같은 발전을 이루었습니다. 4만년이란 긴 시간 동안 인류가 발전시킨 기술은 그리 많지 않았습니다. 이것은 마치 욕조에 물을 가득 채우는데 걸리는 100일 중 98일을 사용했지만 욕조에 물은 3%도 차지 않은 상황과도 같습니다.

그 후 인류는 고대, 중세시대를 거쳐 15세기 근세시대까지 2천년 동안 숫자를 발명하였고, 수레, 종이, 화약, 나침반과 같은 것들을 발명하였습니다. 4만년 동안 인류가 발전시킨 기술보다 그 후 2천년 동안 발전시킨 기술이 훨씬 많은 것입니다. 즉, 98일 동안 욕조에 물을 2~3% 채웠다면 그 후 반나절 동안에 10%의 물을 채운 것과 같은 이치입니다.

16세기 근세시대 이후부터 20세기까지 4백년 동안 인류는 엄청난 발전을 하게 됩니다. 특히 18세기 영국에서 일어난 산업혁명은 인류 문명 발전에 획기적인 전환점을 맞게 합니다. 산업혁명 시기에 증기기관과 방적기가 발명되고, 제철공업의 발전으로 인류의 생활 형태는 혁신적으로 변하게 됩니다. 19세기에는 전기가 발명되고, 20세기 초에 비행기와 같은 것들이 발명되고, 드디어 20세기 중반에 컴퓨터가 발명되어 정보화혁명 시대가 열리고 인류의 기술발전 속도가 기하급수적으로 증가하기 시작합니다.

20세기 말 기준으로는 욕조의 물은 20% 정도 차고, 이때까지 걸린 시간은 99일이라고 가정한다면 언제 물이 100% 차게 될까요? 물이 100% 찬다는 의미는 인류가 기술을 발전시킬 수 있는 한계치에 도달한다는 것입니다. 즉, 신의 영역에 도달한다는 의미가 될 수도 있습니다. 21세기가 시작되고 18년이 지난 현재 욕조에 물이 얼마나 찼다고 생각해야 할까요? 1950년 컴퓨터가 발명되고 70년이 약간 못 미친 현재, 인류는 그동안 인터넷 혁명, 모바일 혁명을 거쳐 4차 산업혁명의 시대를 맞이하고 있습니다.

인류는 4만년 동안 3%의 물을 채웠고, 그 후 2천년 동안 10%의 물을 채웠고, 그 후 4백년 동안 20%의 물을 채웠고, 그 후 70년 동안 30% 이상의 물을 채웠다고 볼 수 있습니다. 문제는 언제 50%에 도달하느냐 하는 것입니다. 또한 50%에 도달하는 순간 얼마 지나지 않아 바로 100%에 도달한다는 것입니다. 기하급수적 기술발전 때문에 일어날 수 있는 일입니다.

개인적인 나의 생각은 하나의 인공지능의 지력이 전 인류의 합산 지력을 능가하는 특이점singularity이 도래되는 시점이 욕조의 물이 50%에 도달하는 지점으로 보고 있습니다. 그리고 전문가들은 이 특이점의 도래 시점을 20년 뒤인 2040년경으로 보고 있습니다.

그렇다면 2040년 이후 5년 후가 될지 10년 후가 될지 모르지만, 기하급수적 기술발전 속도에 따라 인류의 기술발전 한계점에 도달하여 욕조에 물이 100% 차는 날이 앞으로 30년 이내에 도래할 수 있다는 가설이 성립됩니다. 즉, 내가 살아 있는 동안 이 날을 경험할 수 있는 확률이 아주 높다는 이야기이기도 합니다. 기대가 되기도 하지만 한편으로는 무슨 일이 일어날지 두렵기도 한 기하급수적 기술발전의 속도입니다. 신의 노여움이나 사지 않을까 걱정이 되기도 합니다.

2
우분투 Ubuntu

아프리카에서 어느 선교사가 한 부족을 방문해 멀리 보이는 나무에 과일과 초콜릿을 매달아 놓고, 제일 먼저 도착하는 아이에게 모두 다 주겠다며 달리기 시합을 시켰습니다. 그러고는 선교사가 출발을 힘차게 외쳤습니다.

선교사는 아이들이 서로 일등을 하려고 최대한 빨리 출발할 것이라 예상했습니다. 그런데 예상과는 달리 아이들은 마치 사전에 약속이라도 한 듯 아무도 뛰어가지 않고 서로 손잡고 걸어가서 나무에 있는 과일과 초콜릿을 나누어 먹었습니다.

이 광경을 지켜본 선교사는 의아해서 물었습니다. "빨리 가서 1등을 하면 모두 차지하는데 왜 뛰어 가지 않았니?" 하고 묻자, 아이들이 일제히 대답했습니다.

"우분투! 내가 다 차지하면 남은 친구들이 슬퍼하는데 어떻게 나 혼자만 행복할 수 있겠어요?"

선교사는 크게 깨닫고, 선교사인 자신이 아이들만도 못하다고 스스로를 나무랐습니다.

여기서 아이들이 외친 '우분투Ubuntu'는 남아프리카공화국(남아공)의 코사어인데 '우리가 있기에 내가 있다I am because we are'라는 의미로, 아프리카 흑인들이 갖는 가장 기본적인 삶의 가치인 공동체 의식을 한마디로 표현할 수 있는 단어입니다. 이는 또한 화해의 기본정신이기도 합니다.

한때 25%에 불과한 백인들이 통치하던 남아공은 백인 우월주의 사상에 의해 인종차별이 아주 심한 나라였습니다. 당시 흑인 인권운동을 하던 넬슨 만델라는 종신형을 선고 받고 27년간 옥살이를 하다 1990년 석방되었습니다. 석방 후 그는 남아공 안정화와 인권운동에 대한 공로로 1993년 노벨 평화상을 수상하였고, 이듬해 민주 헌법에 의해 남아공에서 처음 실시된 다민족 총선거에서 최초의 흑인 대통령으로 선출되었습니다.

27년간 억울한 옥살이를 한 만델라는 대통령이 된 후에 우분투 정신을 강조하여, 과거 백인 정권 시절에 자신을 감옥에 보내고 인종차별에 반대하던 흑인들을 화형, 총살을 한 국가 폭력자들이 진정으로 뉘우치면 '진실과 화해 위원회'를 통해서 사면을 해주었습니다. 그러면서 그는 "용서는 하되 잊지는 않는다"라는 유명한 말을 남겼습니다. 그 일환으로 피해자들의 무덤에 비석을 세워줌으로써 인종차별 시대에 국가 폭력의 피해자들이 잊히지 않게 하는 한편, 국가 폭력 가해자들 또한 잊히지 않게 하였습니다.

이렇게 그는 과거사를 피 흘리지 않고 정리하였습니다. 우분투 정신이 있지 않고는 불가능한 일이었습니다. 지난 수십 년간, 그리고 현재에도 우리나라에서 정권 교체 이후 벌어진 일들을 보면 천양지차가 있습니다.

이러한 우분투 이름을 가진 컴퓨터 운영체제가 있습니다. 컴퓨터 운영체제 하면 PC에서는 대부분 마이크로 소프트의 윈도우XP와 윈도우 7, 모바일 기기에서는 애플의 iOS와 구글의 안드로이드를 연상하게 됩니다. 그러나 이외에도 세상에는 굉장히 많은 컴퓨터 운영체제가 있습니다. 어떤 운영체제는 개발자에게 돈을 지불해야 사용할 수 있고, 어떤 운영체제는 무료로 사용할 수 있습니다.

우분투는 전 세계 개발자들이 우분투 재단의 지원을 받아 무료로 사용할 수 있는 오픈 소스 운영체제이고, 따라서 소스 코드가 공개되어 있어 누구든 내려 받아 무료로 사용할 수 있습니다. 우분투는 마크 셔틀워스라는 캐노니컬 회사 창립자가 개발을 시작했으며, 그가 캐노니컬이라는 회사를 설립한 이유는 우분투를 널리 알리기 위해서라고 합니다.

우분투의 웹사이트를 가보면 "소프트웨어 사용은 공짜이어야 하고, 소프트웨어 도구는 모든 사람들의 모국어로 사용되어야 하며, 어떤 장애를 가진 사람도 이용할 수 있어야 한다. 사람들은 소프트웨어를 고치고 자신에게 맞는 어떤 방법으로도 변경할 자유를 갖는다. 이를 위해 우분투는 항상 무료로 제공될 것이며, 기업용 제품을 위한 별도의 요금은 없다"라고 되어있습니다. 정말 아프리카의 우분투 철학이 담긴 운영체제입니다.

우리나라도 이런 우분투 정신이 기본적으로 있는 것 같습니다. 내 나라, 내 아들, 내 딸이 아니라 우리 나라, 우리 아들, 우리 딸이라고 부르니 말입니다. 재미있는 일화로 외국 사람에게 자기의 아내를 소개할 때

'내 아내'라고 하지 않고 '우리 아내'라고 해서 외국 사람을 당황하게 했다는 웃지 못할 이야기가 있습니다.

그런데 우리나라에서 우분투가 절대 존재하지 않는 세계가 있습니다. 그곳은 바로 정치 세계입니다. 우리는 언제쯤 일류 정치를 경험하게 될까요?

3
일곱 번째 주문

많이 가진 사람이 더 많이 베풀 것 같은데 세상은 그렇지 않은 것 같습니다. 힘든 사람이 다른 힘든 사람의 사정을 더 잘 알아서일까요, 가난한 사람들이 더 많이 가난한 사람을 돕는다는 통계가 있습니다. 비록 자신도 그리 넉넉지는 않아도 주변의 어려운 사람을 도와주는 잔잔한 미담들이 간간이 들려와 우리들의 마음을 훈훈하게 해주고 있습니다.

얼마 전에 어느 치킨집에서 아르바이트하는 23살의 젊은 청년이 SNS에 사연을 올려 이 글을 읽는 사람들에게 잔잔한 감동을 안겨 주었습니다. 낮 2시경 이 청년이 아르바이트하는 치킨 가게에 주문전화가 걸려왔습니다. 그런데 전화를 한 고객이 아주머니이셨는데 언어장애가 있는 듯 말을 잘 못하였습니다.

"허… 어어어이코 보 하나 주우세요"라고 말하자, 이를 무슨 말인지 알아듣지 못한 청년은 "고객님, 무슨 말씀이신지 잘 안 들립니다. 다시 한 번 말씀해주세요"를 반복하였습니다. 그러자 아주머니는 "잠 시 마아안요" 했고, 몇 초 뒤에 아들인 듯한 초등학생 아이가 전화를 받아 "죄송해요… 아저씨… 엄마가 좀 아파서요…" 하고는 자기 집 주소를 알려주고는 "이리로 허니콤보 하나 배달해주세요"라고 하고는 전화를 끊었습니다.

치킨이 다 튀겨지자 그 청년은 초등학생 아이가 말한 주소로 배달을 갔습니다. 그 집은 언뜻 봐도 매우 작은 규모의 반지하방으로 살림살이가 그리 넉넉지 않은 듯이 보였습니다. 또한 어머니는 몸이 편치 않아 보이고 언어 장애도 있으신 것 같아 청년은 마음이 좋지 않았습니다. 아무래도 가정 형편상 쉽게 치킨을 배달시킬 수 있어 보이지는 않는데, 아마 어린 아들이 치킨이 먹고 싶다고 꽤나 어머니를 보챘는가 싶습니다. 어두컴컴하고 허름한 집안에서 아버지가 계시는지는 모르겠지만 모자 둘이서 앉아 있는 모습이 청년은 매우 안쓰러웠습니다.

"얼마예요?" 하며 아이가 꼬깃꼬깃한 돈을 꺼내려 하자, 청년은 "우리 가게에서는 매일 일곱 번째에 주문을 하는 고객에게는 돈을 받지 않고 무료로 치킨을 배달해주는 행운의 배달 행사를 하고 있습니다. 고객님께서는 오늘 일곱 번째 주문을 한 행운의 고객이십니다. 축하합니다" 하며 치킨을 주고는 "앞으로도 우리 가게 많이 이용해주세요" 하고는 돈을 받지 않고 돌아왔습니다.

돌아오는 내내 청년의 눈에는 눈물이 고여 있었을 것입니다. 가게로 돌아온 청년은 자기 돈으로 주인에게 치킨 값을 냈습니다.

나는 이 청년이 형편이 어려워 아르바이트를 하는지, 사회 경험을 쌓으려고 아르바이트를 하는지 알지 못합니다. 다만 이 선행이 알려지자 치킨 회사에서 청년을 정직원으로 채용을 고려한다고 하는 기사가 난 걸 보면 아마 이 청년도 그리 넉넉한 환경은 아니었던 것 같습니다. 아마 그에게도 치킨 값 2만원 정도 하는 금액은 적은 돈이 아니었을 것입니다.

그럼에도 불구하고 청년은 모자의 자존심도 지켜주고, 형편이 어려운 사람에게 작지만 큰 선물을 한 것입니다. 이 선물을 받은 초등학생 아이가 혹시라도 나중에 그것이 진짜 행운의 선물이 아닌 아름다운 청년이 준 선물이라는 것을 알게 되면 얼마나 큰 감동을 받게 될까요? 그러면 아이도 청년과 같이 남을 배려하고 도울 줄 아는 아름다운 청년으로 성장할 것이라고 나는 믿습니다.

아무리 세상이 이상해져 가진 사람의 딸이 비행기를 되돌리고, 가진 사람의 아들이 술 먹고 종업원을 폭행하고 사죄했다가 얼마 지나지 않아 또 다시 힘없는 변호사를 폭행하고 무릎 꿇리는 일이 일어난다 해도 아직 세상에는 입가에 흐뭇한 미소를 띠게 하는 아름다운 일들도 많이 있답니다.

오늘은 나도 아들하고 치맥 한잔 해야겠습니다. 혹시 일곱 번째 주문을 하는 행운의 고객이 될지 누가 알겠습니까?

4
모세의 기적

올해 환갑이 된 내 작은 누님은 작년까지만 해도 스마트폰이 아닌 폴더 폰을 사용했습니다. 내가 만날 때마다 스마트폰으로 바꾸라고 권하면 "아이고, 전화가 통화만 하면 되지 다른 것은 하지도 않는데 무슨 스마 트폰이 필요해" 하며 한사코 거부했던 작은 누님이 연초에 카톡으로 동 영상을 보내면서 드디어 스마트폰 족의 입성을 선언하였습니다.

늦게 배운 도둑질이 날 새는 줄 모른다더니 한 번 스마트폰 족이 되 더니 작은 누님은 하루가 멀다 하고 재미있거나 감동적인 동영상이나 사진 링크 등을 형제자매 단톡방에 올리고 있습니다. 아마도 단단히 재 미가 들린 모양입니다.

며칠 전에는 13분이 넘는 긴 동영상을 보냈는데, 그것은 KBS1-TV 의 〈노래가 좋아〉라는 가족 노래경연 프로그램의 어느 참가 가족에 대 한 동영상이었습니다. 이 프로는 트로트의 여신 장윤정과 아나운서 도 경환 부부가 사회를 보고, 매회 몇몇 연예인들이 패널로 참석하고 있습 니다. 작은 누님 동영상에 소개된 팀은 경기도 대표로 출연한 52세 엄 마와 25세 아들로 결성된 '모세의 기적'이란 팀이었습니다.

팀 이름이 예사롭지 않다며 사회자가 어머니에게 무슨 사연이 있어서 '모세의 기적'이란 이름을 지었느냐고 묻자, 어머니는 같이 출연한 25세 아들이 사실은 뱃속에 있을 때 이미 사형선고를 받은 아이였다고 말하였습니다. 어머니가 임신 4개월 때 초음파 검사를 받았는데, 검사 결과 아이가 머리의 뼈가 형성되지 않아 출산을 하더라도 살 수가 없다며 의사는 낙태를 권유하였다 합니다.

그래서 어머니는 아이 아빠와 상의한 결과 아이를 위해서라도 낙태하는 것이 낫다는 결론을 내는 순간 뱃속 아이의 태동을 느껴 다시 한 번 의사에게 생존 가능성을 물었답니다. 의사는 의학적 소견으로는 생존 가능성이 1%도 되지 않는다 하였고, 수술해서 살아난다면 이는 의학이 아니고 신이 살려낸 기적이라고 말하였답니다. 또한 살아난다 해도 정상적인 생활을 할 수 없다고 했습니다.

그러나 어머니는 아들이 어떤 모습이라도 살아서 곁에만 있어 달라는 소망으로 아이를 출산하였습니다. 출산 3일째, 아이는 뇌를 제거하는 수술을 받았는데 이때 대뇌의 70%, 소뇌의 50%를 제거하였습니다. 이런 대수술을 거쳐 아이는 기적적으로 살아남게 되었고, 그래서 어머니는 아이의 이름을 모세로 지었고, 그 아이와 함께 '모세의 기적'이란 팀 이름으로 프로그램에 참가한 것입니다.

아이는 태어나자마자 큰 수술을 받았고, 그 후에도 4번의 뇌수술과 2번의 비틀어진 다리 교정수술을 해야만 했습니다. 모두들 5년을 넘기지 못할 것이라는 예상과 달리 어머니의 지극한 보살핌으로 아이는 25세 청년으로 성장한 것입니다. 하지만 아들은 현재 일반인 뇌의 10%만 보유하고 있고, 지체 장애, 지적 장애, 시각 장애와 한쪽 귀 청각 장애를 가지고 있습니다.

사회자가 아들에게 어렸을 때 많이 아팠냐고 묻자, 자기가 아픈 것은 모르겠지만 오히려 엄마가 많이 아파했다고 대답해 사회자, 패널 그리고 모든 방청객을 울렸습니다. 패널 중 한 명의 여자 탤런트는 연신 흘러내리는 눈물을 닦으며 우는 것조차도 죄송하다면서 눈물을 그치지 못하였습니다.

아들이 가장 좋아하는 것은 노래 부르는 것입니다. 노래는 그의 삶이자 희망이었습니다. 청각 장애자인 그는 노래를 잘 듣지 못합니다. 그래서 그는 노래를 온통 외워서 부른답니다. 아무도 지금의 25세 청년이 될 때까지 살아있을 것이라는 기대를 하지 못한 아들이, 어떤 모습으로라도 내 곁에만 있으면 된다는 어머니와 손을 꼭 잡고 부른 노래는 김종환의 〈사랑으로〉였습니다. 어머니와 아들이 노래를 다 마칠 때까지 스튜디오의 모든 사람들은 한결 같은 마음으로 모자를 응원하였습니다.

나는 모세가 아주 오래도록 그의 어머니 옆에 있어 주었으면 좋겠습니다. 그래서 또 한 번의 모세의 기적을 보여 주었으면 좋겠습니다. 작은 누님이 보내준 이 동영상을 아내에게 전송해주었습니다. 예전 같으면 무슨 답장이라도 금방 했는데, 이번에는 아무런 응답이 없습니다. 카톡창에 1이라는 숫자가 없어진 것을 보면 틀림없이 본 것인데 이상하게 반응이 없습니다. 이 사람이 너무 감동해서 할 말을 잊었나 생각하다 이내 잊었습니다. 그리고 며칠 후 아내 카톡창의 프로파일 문구가 바뀌어져 있는 것을 알게 되었습니다.

"너를 사랑하기에 저 하늘 끝에 마지막 남은 진실 하나로 오래 두어도 진정 변하지 않는 사랑으로 남게 해주오."

5
소중한 사람

어느 여성 교양강좌 시간에 교수가 수강자 중 한 여성에게 말했습니다.

"앞에 나와서 칠판에 아주 소중한 사람 20명의 이름을 적어보세요."

그 여성은 시키는 대로 가족, 이웃, 친구, 친척 등 20명의 이름을 적었습니다. 그러자 교수는 "이제 이 중에서 가장 덜 친한 사람 이름을 지우세요"라고 말했습니다. 여성은 이웃의 이름을 지웠습니다. 교수는 또한 사람을 지우라고 했고, 여성은 회사 동료의 이름을 지웠습니다.

그렇게 계속 지워나가자 몇 분 후 칠판에는 단 네 사람, 부모와 남편 그리고 아이만 남게 되었습니다. 교실은 조용해졌고, 다른 여성들도 말없이 교수를 바라보았습니다. 교수는 여성에게 또 하나를 지우라고 했고, 여성은 잠시 망설이다 부모의 이름을 지웠습니다. 교수는 다시 또하나를 지우라고 했습니다. 한참을 망설이던 여성은 각오한 듯 아이 이름을 지웠습니다. 그리고 펑펑 울기 시작했습니다.

얼마 후 여성이 안정을 되찾자 교수가 물었습니다.

"남편을 가장 버리기 어려운 이유가 무엇입니까?"

모두가 숨죽인 채 여성의 대답을 기다렸고, 여성이 대답했습니다.

"시간이 흐르면 부모는 나를 떠날 것이고, 아이 역시 언젠가 나를 떠날 것입니다. 일생을 나와 함께 지낼 사람은 남편뿐입니다."

만일 다른 여성에게 같은 질문을 했을 때도 같은 결과가 나왔을까요? 아마 사람마다 다를 것입니다. 어떤 사람은 자식을, 어떤 사람은 부모를 가장 마지막까지 남겨놓았을 수 있습니다.

그런데 이 여성은 남편을 가장 소중한 사람으로 남겨놓았습니다. 인생의 남은 길을 같이 갈 동반자이기에, 그 길을 서로 의지하며 아끼고 가야 할 사람이기에 남편을 마지막까지 남겨 두었을 것입니다.

몇 해 전, 고운 한복을 같이 맞춰 입고 매일을 신혼같이 알콩달콩 76년을 함께 살아온 89세 할머니와 98세 할아버지의 일상을 담은 다큐멘터리 영화 〈님아, 그 강을 건너지 마오〉가 큰 히트를 쳤습니다. 다큐멘터리 영화는 몇 만 명의 관객만 모아도 히트작인데, 이 영화는 5백만의 관객을 기록해 공전의 히트를 친 영화가 되었습니다.

이 영화를 연출한 감독은 TV 다큐멘터리 〈인간극장〉에 출연한 노부부의 변함없는 사랑이 아름다워 그들을 주인공으로 하는 다큐 영화를 만들기로 결심하고, 최소 1년간은 촬영하길 계획하고 촬영을 하던 중 할아버지가 돌아가셨답니다. 많은 사람들이 할아버지가 돌아가실 것을 예측하고 촬영을 시작한 것인지를 물어보는데, 이는 예측할 수도 없었고 촬영을 시작할 당시만 해도 할아버지가 워낙 건강하셔서 아무도 그런 생각을 하지 않았답니다. 그리고 할아버지와 할머니의 아름다운 사랑이 중요한 것이지 할아버지의 죽음은 영화를 찍는데 그리 중요한 고려사항이 아니었다 합니다.

그러나 결말을 모른 체 시작한 촬영은 어쩔 수 없이 주인공인 할아버지가 돌아가시면서 끝이 납니다. 엔딩 크레딧이 올라갈 때 돌아가신 할아버지를 위해 할머니가 노래 부르는 장면이 인상 깊었습니다. 아마 할머니도 교양강좌에서 교수의 질문을 받았다면 틀림없이 할아버지를 가장 나중까지 남겨놓았을 것 같습니다.

'님'이라는 글자에 점 하나를 찍으면 '남'이 된다는 유행가 가사가 있듯이 요즘처럼 이혼율이 30%가 넘는 시대에 결혼식 때 주례가 하는 판에 박힌 주례사처럼 죽음이 서로를 갈라놓을 때까지 부부가 해로하기는 갈수록 어려워지는 것 같습니다. 특히 100세 시대를 맞이하여 황혼이혼이 급격히 늘어 그동안 살아온 정 때문에 할 수 없이 산다는 얘기도 옛날 이야기가 되었습니다.

이제는 황혼이혼도 넘어 졸혼이라는 용어가 생겼습니다. 말 그대로 결혼에서 졸업한다는 이야기입니다. 우스갯소리로, 국가에서 결혼한 지 30년이 되면 강제로 이혼하게 하는 법을 만들어 시행해야 한다고 하자 어떤 여성이 그래서는 안 된다고 강력하게 주장하기에 모두들 그녀는 부부 사이가 매우 좋은 부부인가 생각하고 쳐다보자, 그녀는 30년을 어떻게 같은 남자와 사느냐고 20년으로 줄여야 한다고 주장했답니다.

그러나 아무리 사회가 변하고 가치관이 변해도, 변하지 않는 것이 있습니다. 그것은 바로 소중한 사람에 대한 사랑입니다.

6
엄마

신은 모든 가정에 천사를 보내줄 수 없어서 대신 엄마를 보냈다고 합니다. 아마 인간에게 있어서 가장 소중한 존재는 누가 뭐래도 엄마일 것입니다. 그러나 대부분의 인간들은 그 엄마의 소중함을 무의식적으로, 때로는 의식적으로 잊고 사는 것 같습니다.

얼마 전 TV 채널을 돌리다 우연히 보게 된 김제동의 〈톡투유〉에서 어느 방청객이 엄마를 떠올리며 눈물짓던 사연이 생각납니다. 쌍둥이를 낳은 이 방청객은 아이들이 백일이 되었을 때 엄마가 "나, 이제 집으로 가도 될까?" 하고 묻자 정색을 하며 "나 보고 애 둘을 어떻게 키우라고"라며 화를 내자 엄마는 돌아가지 못했습니다.

세월이 흘러 아이들이 돌이 되어 돌잔치가 끝나자 엄마는 또 딸의 눈치를 보며 "이제 나 가면 안 돼?"라며 조심스럽게 묻자 딸은 또 "엄마는 왜 자꾸 가려고 해?"라며 핀잔을 주자 엄마는 또 슬그머니 딸의 집에 주저앉을 수밖에 없었습니다. 그렇게 또 1년이 지나 아이들이 태어난 지 2년이 지나서야 엄마는 집으로 돌아갈 수 있었습니다.

집으로 돌아간 엄마는 그동안 아팠던 치아를 빼고 임플란트를 했는데 이것이 잘못되어 엄마는 고통을 받고 있었습니다. 그러나 딸은 두 아이를 키우느라 엄마를 신경 쓸 정신이 없었습니다.

그러던 어느 날 엄마의 부은 얼굴과 치통에 고통스러운 표정을 보고 본인이 얼마나 엄마에게 잘못했는지 깨닫게 되었습니다. 같이 살 때도 엄마가 이빨 때문에 고통스러워하는 것을 보고도 "나이 들면 다 그래. 어쩔 수 없어, 엄마!"라며 대수롭지 않게 여기면서도 남편의 치통에는 치료 잘한다는 치과를 찾아 예약하여 같이 진료를 받으러 간 것을 후회하며 회한의 눈물을 흘렸습니다. 그 옆의 쌍둥이 딸들은 그런 엄마를 보고 같이 눈물을 흘렸습니다.

엄마는 자식이 아파하는 것을 다 아는데 자식들은 엄마가 아파하는 것을 왜 모를까요? 엄마는 자식이 좋아하는 것을 다 아는데 자식들은 엄마가 좋아하는 것은 왜 몰랐을까요?

이 사연을 들은 패널 정재찬 교수는 박상률 시인의 〈택배 상자 속의 어머니〉라는 글을 읽었습니다.

서울 과낙구 실림이동…
소리 나는 대로 꼬불꼬불 적힌 아들네 주소
칠순 어머니 글씨다.
용케도 택배 상자는 꼬불꼬불 옆으로 새지 않고
남도 그 먼데서 하루 만에 서울 아들 집을 찾아왔다.

아이고 어무니!
그물처럼 단단히 노끈을 엮어 놓은 상자를 보자

내 입에서 나도 모르게 터져 나오는 곡소리
나는 상자 위에 엎드렸다.
어무니 으쩌자고 이렇게 단단히 묶어놨소.
차마 칼로 싹둑 자를 수 없어
노끈 매듭 하나하나를 손톱으로 까다시피 해서 풀었다.

칠십 평생을 단 하루도 허투루 살지 않고
단단히 묶으며 살아낸 어머니
마치 스스로 당신의 관을 미리 이토록 단단히
묶어 놓은 것만 같다.
나는 어머니 가시지 마시라고 매듭을 하나도 남기지 않고
다 풀어버렸다.

상자 뚜껑을 열자 양파 한 자루, 감자 몇 알, 마늘 몇 쪽,
제사 떡 몇 덩이, 풋콩 몇 주먹이 들어 있다.
아니 어머니의 목숨이 들어 있다.
아, 그리고 두 홉짜리 소주병에 담긴 참기름 한 병!
입맛 없을 땐 고추장에 밥 비벼 참기름 몇 방울 쳐서라도
끼니 거르지 말라는 어머니의 마음.

아들은 어머니의 무덤에 엎드려 끝내 울고 말았다.

지난 주말에 요양병원에 계시는 아버지와 집에 혼자 계시는 어머니

를 뵈러 고향에 갔습니다. 고향에 내려간다는 소식을 들은 큰누나가 조용히 메시지를 보내왔습니다. 다음 주에 어머니 무릎 인공관절 수술하는데 서울 사는 막내아들이 걱정할까봐 내게는 알리지 말라고 하셨다면서 기왕에 내려가니 알고 가라고 했습니다.

어머니는 나를 보자마자 내 임플란트 수술 후유증 걱정부터 하셨습니다. 당신의 무릎 수술보다 멀리 사는 이미 예순이 다 돼가는 막내아들 걱정이 먼저인 어머니를 안아주고, 서울로 운전하며 올라오는 내내 어머니의 부어오른 무릎 생각에 눈시울이 뜨거워지는 것을 아내에게 들키지 않으려고 안간힘을 썼지만, 아무래도 아내에게 들킨 것 같습니다.

7
오빠

2남 2녀의 막내로 태어난 나는 동생이 없습니다. 그래서 동생 있는 사람들이 그렇게 부러울 수가 없었던 때가 있었습니다. 특히 착하고 귀여운 여동생이 있는 친구들을 보면 나도 저런 여동생이 하나 있었으면 참 잘해주었을 텐데 하며 매우 부러워했습니다.

그런데 실상 우애가 좋은 남매는 그렇게 많지는 않은 것 같습니다. 대부분의 오빠는 여동생이 하는 일에 사사건건 간섭과 명령을 하고, 여동생은 그런 오빠가 탐탁지 않아 다투는 일을 보는 것이 주변에 비일비재합니다.

요즘에는 우리나라 동요 〈오빠 생각〉 같이 "우리 오빠 말 타고 서울 가시며 비단 구두 사가지고 오신다더니" 하는 오빠는 찾아보기 힘들고, 오빠의 학비를 벌기 위해 기생이 된 〈홍도야 울지 마라〉의 홍도와 같은 여동생은 더더욱 찾아보기 힘든 시대인 것 같습니다.

50대 중년이 된 어느 주부가 그녀의 오빠에게 보낸 편지 내용이 여러 사람의 심금을 울리고 있습니다. 삼 남매 중 둘째로 태어난 그녀는 오빠의 아들인 큰 조카가 대학 입시에서 의대에 합격하자 너무도 기뻤습니다. 일반 대학도 아닌 그 어렵다는 의대에 합격한 조카가 자랑스러웠고, 그것은 오빠를 닮아 공부를 잘한 것이라고 믿어 의심치 않았습니다. 그녀는 자신의 아이가 의대에 들어간 것보다 더 기뻐하였습니다.

사실 그녀의 오빠는 고등학교 때 전교 1, 2등을 다툴 정도로 공부를 매우 잘하였다 합니다. 그러나 그녀의 오빠는 고등학교를 졸업하지 못한 중졸의 학력입니다. 사업을 하시던 아버지가 사업에 실패해 부도를 맞아 모든 재산을 압류 당하고 살던 집마저 처분하여 오도 가도 못하는 신세가 되고, 아버지마저 화병에 돌아가시자 졸지에 가장이 된 그녀의 오빠는 더 이상 고등학교를 다닐 수 없게 되었습니다. 어린 나이에 가족의 생계를 책임지게 된 오빠는 자동차 정비공에서 배달 일까지 안 해 본 일이 없을 정도로 고생을 하였습니다.

그렇게 세월이 흘러 고3이 된 그녀는 사범대학에 합격하고도 도저히 대학에 갈 사정이 되지 않아 대학에 합격한 사실도 가족에게 숨기고 취직을 하기 위해 여기저기 알아보고 있었습니다. 그러던 어느 날 오빠가 그녀를 부르고는 누런 봉투 하나를 내밀었습니다. 봉투 안에는 만원짜리 현금 다발이 들어 있었습니다.

"우리 집안에도 대학 출신 한 명은 있어야 하지 않겠니? 오빠가 4년 내내 등록금을 다 대줄 자신은 없단다. 그러나 네 입학금은 꼭 해주고 싶었다. 네가 열심히 공부하여 장학금도 받고 아르바이트도 하여 꼭 대학을 졸업해서 훌륭한 선생님이 되었으면 좋겠다"라고 말하는 것이 아니겠습니까? 오빠는 그녀가 사범대학에 합격한 사실을 이미 알고 있었습니다.

"오빠! 내가 어떻게 이 돈을 받아? 나는 그냥 합격한 것으로 만족해. 나도 이제 취직해서 집안에 도움이 될게. 그동안 오빠 혼자 가족을 돌보느라 너무 고생했잖아."

그녀는 울면서 봉투를 오빠에게 돌려주었습니다.

그러자 오빠는 "아니야, 너만은 꼭 대학에 보내주고 싶다. 이 오빠의 소원이니 꼭 들어다오" 하며 억지로 돈을 그녀에게 주었습니다. 그렇게 그녀는 사범대학에 입학해 선생님이 되어 지금까지 학교를 다닐 수 있게 되었습니다.

결혼을 한 오빠는 넉넉지는 않지만 행복한 가정을 이루었고, 아들 둘을 두었습니다. 그 중에 큰아들이 이번에 의대에 합격한 것입니다. 그녀가 그렇게 기뻐한 데에는 그런 사연이 있었습니다. 그녀는 그녀의 오빠에게 편지를 썼습니다.

"오빠! 큰 조카가 의대에 합격해 너무 기뻐요. 다 오빠 닮아 머리가 좋아서 공부를 잘한 것이에요. 이제 우리 집안에 두 번째 대학생이 생긴 거네요. 삼십년 전에 오빠가 제 등록금을 주시지 않았다면 저는 이렇게 선생님이 되지 못했을 거예요. 너무 감사드려요. 그것에 감히 비할 수 없지만 큰 조카 첫 입학금은 꼭 제가 낼 수 있게 해주세요."

나는 오빠가 여동생이 꼭 주고 싶다는 입학금을 받았는지 안 받았는지는 모릅니다. 단지 이 편지를 받은 오빠가 틀림없이 기쁨과 행복의 눈물을 흘렸을 것임을 여동생이 없는 나도 확신할 뿐입니다.

8
세상 사는 이야기

회사에서 우리 집까지는 16km. 차로 시속 32km로 가도 30분이면 도착할 수 있는 거리입니다. 이론상 시속 64km로 가면 15분이면 도착합니다. 시속 64km면 그리 빨리 달리는 것도 아닙니다. 그런데 이 짧은 거리를 한 시간 이내로 퇴근한 기억이 거의 없습니다.

이젠 나이가 들어 한 시간 넘게 운전하면 무릎도 아프고, 허리도 아파 아주 힘듭니다. 그나마 FM 라디오 방송에서 나오는 가슴 따뜻한 사연이나 추억을 되새기게 하는 음악을 들으면 정신적 지루함과 육체적 고통을 조금은 줄일 수 있는 것 같습니다.

퇴근길 차에서 내가 주로 듣는 방송 프로그램은 KBS 라디오 '사랑하기 좋은날 이금희입니다'와 CBS 라디오 '배미향의 저녁 스케치'입니다. 매일 퇴근 때면 어느 프로그램을 선택할까 고민을 하곤 합니다. 기분이 좀 우울하거나 처져 있을 때는 활기찬 목소리의 이금희를 선택하고, 명상에 잠기고 싶거나 낭만적이고 싶을 때는 차분한 목소리의 배미향을 선택합니다. 두 DJ 모두 제각각의 개성과 멋이 있어 퇴근할 때마다 그날의 기분에 따라 채널을 선택합니다.

이 프로그램들은 노래도 노래지만 둘 다 세상 사는 이야기를 전해주는 코너가 있어 더욱 좋습니다. '사랑하기 좋은날 이금희입니다'는 마음의 온도를 1도 높여주는 '퇴근길 뉴스'에서 아주 재미있고 즐거운 뉴스를 전해주고, '배미향의 저녁 스케치'에서는 '삶의 길목에서'라는 코너에서 감동적인 이야기를 자주 전해줍니다.

얼마 전 퇴근길에 회사에서 출발한 지 30분이나 되었는데도 차가 회사에서 그리 멀지 않은 곳에 서 있어 짜증과 통증이 극에 달해 있는데, 이 코너에서 어느 청취자의 사연이 배미향 DJ의 차분한 목소리로 소개되었습니다.

어느 아파트 경비실에 근무하는 50대 후반의 경비 아저씨가 점심을 먹으려고 컵라면에 넣을 물을 끓이려 주전자에 물을 담고 있는데 창문 밖에서 누가 창문을 똑똑 두드렸습니다. 경비 아저씨는 아파트 주민이겠거니 하고 창문을 내다보았는데 그곳에는 아주 낯익은 얼굴이 있었습니다.

"아빠, 내가 김밥 만들어 왔어. 라면 먹지 말고 김밥 먹어" 하며 20대의 아가씨가 경비실 문을 밀고 들어왔습니다. 그녀는 바로 경비 아저씨의 딸이었습니다. 경비 아저씨는 너무 놀라 말했습니다.

"아니, 네가 아빠가 여기 있는지 어떻게 알고?"

사실 경비 아저씨는 어떠한 사유로 인해 직장을 그만두었고, 가족들이 걱정할까 봐 아파트 경비가 된 사실을 가족한테 숨기고 매일 회사에 출근하는 척하며 아파트 경비실로 향했던 것입니다.

"에이, 다 아는 수가 있지. 왜냐하면 아빠는 내 손바닥 안에 있으니까."

딸아이는 아빠가 미안해할까 봐 일부러 아주 쾌활한 목소리로 대답하며 김밥 하나를 경비 아저씨 입에 넣어 주었습니다. 그러면서 "아빠, 라면 같은 인스턴트 음식 먹으면 몸에 안 좋아. 내가 자주 도시락 싸올 테니 밥 먹어" 하며 김밥 하나를 또 경비 아저씨의 입에 넣어 주었습니다.

경비 아저씨는 흘러내리는 눈물을 딸에게 보이지 않으려고 돌아서서 창문을 바라보며 "힘들게 이런 걸 왜 해와" 하며 눈물을 삼키었습니다.

"근데 엄마는?"

걱정이 된 경비 아저씨가 딸에게 물었습니다.

"엄마는 몰라. 걱정 마, 아빠! 내가 아주 조심해서 싸왔어."

딸아이도 아빠에게 눈물을 보이지 않으려고 안간힘을 쓰며 "아빠 힘내! 건강하고… 아빠 뒤에는 우리가 있잖아"라고 말했습니다. 그러고는 경비 아저씨가 다 먹은 김밥 도시락을 챙기며 "아빠, 나 갈게. 그리고 자주 올게. 물론 엄마한테는 비밀이고… 그러니 아빠 기죽지 말고 파이팅! 아빠 사랑해요" 하고 경비실 문을 나가 정문 쪽으로 걸어갔습니다.

딸의 뒷모습을 보며 그제서야 아저씨는 하염없는 눈물을 흘렸습니다. 아마 보이지는 않지만 딸아이의 눈에서도 눈물이 흘러내리지 않았나 싶습니다.

사연 소개가 끝나는 순간 사거리의 신호등이 초록색으로 바뀌었습니다. 사거리를 지나가도 교통상황이 바뀌지는 않을 것을 알지만 더 이상 짜증이 나질 않았습니다. 때마침 그룹 칭기즈칸의 〈We love you〉가 흘러 나왔습니다. 내가 좋아하는 노래이기도 하고, 오늘의 사연에 딱 맞는 선곡이기에 참 센스 있는 PD라는 생각을 했습니다.

시속 4~5km로 집에 가는 내내 나는 경비 아저씨와 딸을 생각하며 절로 힘도 나고, 괜스레 즐거워졌습니다. 세상은 정말 살아볼 만한 곳인 것 같습니다. 그 날은 내가 CBS의 배미향의 저녁 스케치를 잘 선택한 날이고, 이금희가 의문의 1패를 당한 날이었습니다.

9
음악

스웨덴 출신의 세계적인 보컬 그룹인 'ABBA'는 두 쌍의 부부 그룹으로 서, 1974년 유로비전 송 콘테스트에서 〈Waterloo〉라는 노래로 그랑프리를 수상하면서 유명해졌습니다. 비요른이라는 뮤지션이 베니라는 키보드 연주자와 듀오를 결성해서 활동하다 여자 친구인 아그네사와 애니에게 백 보컬을 맡기고 인기를 얻자, 네 명의 이니셜을 따서 ABBA라는 그룹을 결성하여 세계적인 그룹이 되었습니다. 이들은 〈치키티타〉 〈맘마미아〉 〈댄싱 퀸〉 등 수많은 명곡을 히트시키며 데뷔 이후 지금까지 3억8천만 장의 앨범을 판매했으며, 그들의 히트곡을 묶어서 만든 〈맘마미아〉 뮤지컬과 영화도 공전의 히트를 쳤습니다. ABBA의 수많은 히트곡 중 〈Thank you for the music〉이라는 노래가 있습니다. 이 노래의 후렴구 가사를 보면 다음과 같습니다.

So I say, thank you for the music the songs I'm singing.

Thanks for all the joy they're bringing

Who can live without it.

I ask in all honesty what would life be without a song or a dance
what are we.
So I say thank you for the music, for giving it to me

그래서 나는 음악에게 감사하다고 말하지요. 내가 노래를 부를 수 있다는 것에 대해

음악이 가져다주는 모든 기쁨에 대해

어느 누가 음악 없이 살 수 있을까요?

나는 노래나 춤이 없다면 우리의 삶이 어땠을까 솔직히 물어봅니다.

그래서 나는 음악에게 감사하다고 말하지요. 나에게 음악이 있다는 것에 대해

이 노래를 들을 때마다 나도 이 가사에 대해 전적으로 동감하게 됩니다.

제2차 세계대전이 끝난 후 펠리페 에레라라는 칠레의 경제학자이자 아메리카대륙개발은행의 은행장이 어느 날 후원단과 함께 볼리비아의 티티카카 호수 근처의 작은 인디언 마을을 방문하게 되었습니다. 그 마을에 수력발전소를 세우기 위하여 사전 조사차 방문을 한 것입니다.

그런데 조사를 마치고 보니 준비해간 경비 중 꽤 큰 액수가 그대로 남아 있었습니다. 그래서 후원단은 마을 원로들을 만나서 남은 경비로 마을에 당장 시급하고 절실한 무언가를 해주고 싶으니 알려달라고 요청을 하였습니다. 그러자 인디언 원로들은 마을회의를 연 뒤 그곳에서 결정된 사항을 후원단에게 알려주었습니다.

"우리들에게 가장 시급한 것은 새로운 악기입니다"라고 얘기하자, 후원단은 고개를 저었습니다.

"우리가 보기에는 여러분 마을에 가장 절실한 건 당장 생활을 개선할 수 있는 전기나 하수도, 재봉틀, 전화 같은 시설일 것 같습니다."

그러자 원로들 역시 고개를 저으며 단호하게 말했습니다.

"우리 마을에서는 누구나 악기를 연주합니다. 일요일에는 미사 후에 성당 마당에 모여서 음악회를 열고, 연주가 끝나면 공동체의 문제도 의논합니다. 그런데 우리들의 악기가 오래돼서 망가져갑니다. 음악이 없으면 우리도 그렇게 될 겁니다"라고 말했습니다.

인간에게 있어서 음악은 어떠한 의미를 가지고 있을까요? 음악은 어떠한 힘을 가지고 있을까요? 영화 〈쇼생크 탈출〉에서 이에 대한 해답을 조금이나마 알 수 있을 것 같습니다. 영화에서 주인공 앤디는 누명을 쓰고 교도소에 수감된 후 어느 날 방송실에 들어가 문을 잠그고 모차르트의 오페라 〈피가로의 결혼〉 중 편지 이중창 '저녁 바람이 부드럽게'를 틀어놓고, 의자에 몸을 눕히고 교도소가 아닌 마치 자기의 집에서 여유롭게 음악을 감상하듯이 아리아를 음미하였습니다. 이 아리아가 스피커를 통해 교도소 전체에 울려 퍼지자 모든 죄수들은 놀라움에 그저 멍하니 허공만 바라보게 됩니다. 이 짧은 장면 하나가 우리들로 하여금 수많은 생각과 알 수 없는 감동과 긴 여운을 안겨주었습니다.

앤디는 순간의 음악 감상으로 엄청난 구타와 오랜 기간의 독방 감금이라는 혹독한 대가를 치렀습니다. 그러나 그는 행복하였습니다. 이 노래를 들은 모건 프리먼이 분한 또 다른 주인공 레드의 독백이 음악의 힘에 대한 정의가 아닐까 싶습니다.

"나는 지금도 그때 두 이탈리아 여자들이 무슨 노래를 했는지 모른다. 사실 알고 싶지도 않았다. 때로는 말하지 않는 것이 최선일 때도 있다. 노래가 말로 표현할 수 없을 정도로 아름다웠다. 그래서 가슴이 아팠다. 이렇게 비천한 곳에서는 상상도 할 수 없는 높고 먼 곳으로부터 새 한 마리가 날아와 우리가 갇혀 있는 삭막한 새장의 담벽을 무너뜨리는 것 같았다. 그 짧은 순간 쇼생크에 있는 우리 모두는 자유를 느꼈다."

10
택시 드라이버

가수 자이언티가 부른 〈양화대교〉라는 노래는 내가 알고 있던 일반적인 노래들과는 그 음률이나 가사가 판이하게 다른 형태를 하고 있습니다. 이 낯선 노래를 처음 접했을 때는 '무슨 이런 노래가 있지?' 하면서도 이상하게 점점 이 노래의 매력에 빠져들었습니다. 특히 이 노래의 가사가 주는 의미는 많은 것을 생각하게 만들었습니다.

우리 집에는
매일 나 홀로 있었지.
아버지는 택시 드라이버
어디냐고 여쭤보면 항상
양화대교
아침이면 머리맡에 놓인
별사탕에 라면땅에
새벽마다 퇴근하신 아버지
주머니를 기다리던

어린 날의 나를 기억하네.

엄마 아빠 두 누나

나는 막둥이 귀염둥이

그 날의 나를 기억하네.

기억하네.

행복하자

우리 행복하자

아프지 말고 아프지 말고

행복하자 행복하자.

아프지 말고 그래 그래

이 노래에서 아버지의 직업은 택시 드라이버였습니다. 그들은 수많은 손님들을 태우고, 또 어떨 때는 수많은 그들 저마다의 사연을 들어주고 공감하고, 또 자기의 사연을 그들에게 이야기하기도 합니다. 술취한 사람의 정치 이야기, 이별한 사람의 애절한 이야기, 회사 상사를 헐뜯는 이야기… 이렇듯 택시 드라이버는 수많은 사람들의 애환과 사연을 공유하게 됩니다.

김연우의 〈이별 택시〉라는 노래의 가사를 보면 실연당한 어느 사람이 택시 드라이버에게 하소연하는 내용을 아주 실감 있게 표현하고 있습니다.

건너편에 니가 서두르게

택시를 잡고 있어

익숙한 니 동네

외치고 있는 너 빨리 가고 싶니

우리 헤어진 날에

집으로 향하는 너

바라보는 것이 마지막이야

내가 먼저 떠난다, 택시 뒤창을 적신 빗물 사이로

널 봐야만 한다, 마지막이라서

어디로 가야 하죠, 아저씨

우는 손님이 처음인가요

달리면 어디가 나오죠

빗속을

와이퍼는 뽀드득 신경질 내는데

이별 하지 말란 건지

청승 좀 떨지 말란 핀잔인 건지

술이 달아오른다, 버릇이 된 전화를

한참을 물끄러미 바라만 보다가 내 몸이 기운다.

어디로 가야 하죠, 아저씨

우는 손님이 귀찮을 텐데 달리면 사람을 잊나요

빗속을

지금 내려버리면 갈 길이 멀겠죠, 아득히

달리면 아무도 모를 거야, 우는지 미친 사람인지

뉴욕의 어느 택시 드라이버가 자신이 겪은 사연을 인터넷에 올려 많은 사람들로 하여금 감동을 받게 하였습니다. 그는 여느 때와 같이 콜택시 요청을 받고 해당 주소로 차를 몰고 갔습니다. 도착해서 경적을 울렸지만 아무도 나오지 않아서 계속 경적을 울렸지만 여전히 아무런 기척이 없었습니다. 이 손님이 그날 교대 전 마지막 콜이었기에 그는 마음이 급해졌습니다. 얼른 포기하고 차를 돌릴까도 생각했지만 그는 일단 기다려보기로 마음먹었습니다.

초인종을 누르자 노쇠한 노인의 목소리가 들려왔습니다. "잠시만 기다려 주세요!" 하면서도, 손님이 나오기까지 시간이 꽤 걸렸습니다. 마침내 문이 열리고, 아주 작고 연로하신 할머니가 나왔습니다. 할머니는 손에 작은 여행 가방을 들고 있었습니다.

문이 열린 틈으로 집 안이 살짝 보였는데 택시 드라이버는 깜짝 놀랐습니다. 집 안에는 사람이 산 흔적이 싹 지워진 듯했고, 모든 가구는 천으로 덮여 있었고, 휑한 벽에는 아무것도 걸려 있지 않았습니다. 단지 사진과 기념품이 가득 찬 상자 하나만 구석에 놓여 있었습니다.

"기사 양반! 내 여행 가방 좀 차로 옮겨 줄래요? 부탁해요!"

그는 할머니의 요청대로 가방을 받아들고 트렁크에 실었습니다. 그리고 할머니에게 돌아가 팔을 잡고 천천히 차까지 부축했습니다. 도와줘서 고맙다는 말에 그는 "아니에요. 제가 당연히 해야 할 일인데요"라고 말했습니다. 할머니는 미소 띤 얼굴로 "굉장히 친절하시네요!"라고 말했습니다.

택시에 탄 뒤 할머니는 목적지의 주소를 알려주며 시내 한가운데를 가로질러 가지 말아 달라고 하셨습니다.

"할머니, 그러면 많이 돌아가게 됩니다"라고 그는 솔직히 말했지만, 할머니는 급할 게 없으니 돌아가도 된다고 말했습니다. 그리고는 "지금 요양원에 들어가는 길이랍니다. 사람들이 마지막에 죽으러 가는 곳이죠!"라고 하면서 부드러운 어조로 말을 이어갔습니다.

"의사가 말하길 내게 남은 시간이 얼마 없다고 하네요!"

그 말을 듣는 순간 드라이버는 조용히 미터기를 껐습니다.

"어디 가 보고 싶은 데 있으세요?"

그 후 두 시간 동안 할머니와 함께 그는 시내 곳곳을 돌아다녔습니다. 할머니는 젊은 시절 일했던 호텔을 가자고 했고, 시내의 여러 장소를 방문했습니다. 그리고 고인이 된 남편과 젊었을 적 함께 살았던 집을 비롯해 소싯적 다녔던 댄스 스튜디오를 드라이버에게 보여주기도 하였습니다.

한참을 이곳저곳을 돈 후 할머니는 "이제 피곤하네요! 목적지로 가주세요!"라고 말했습니다. 최종 목적지인 요양원으로 향하면서 그들은 서로 한마디도 하지 않았습니다.

도착한 요양원은 생각보다 작았습니다. 도로 한 편에 차를 세우니 두 명의 간호사가 나와서 할머니를 맞이했습니다. 그들은 할머니를 휠체어에 태웠고, 택시 드라이버는 트렁크 속에 두었던 여행 가방을 꺼내 들었습니다.

"요금이 얼마죠?"

할머니는 핸드백을 열며 물었습니다. 그는 대답했습니다.

"오늘은 무료입니다!"

그러자 할머니가 말했습니다.

"그래도 이 사람아! 생계는 꾸려 나가야지!"

그는 웃으면서 답했습니다.

"승객은 또 있으니까 괜찮아요!" 하며 한순간의 망설임도 없이 그는 할머니를 꼬옥 안아드렸고, 할머니 역시 그를 꽉 안았습니다.

"이 늙은이의 마지막 여행을 행복하게 만들어줘서 고마워요!"

두 눈에 눈물이 가득 고인 채 할머니는 그에게 말했습니다. 택시를 몰고 돌아오는 드라이버의 눈에도 눈물이 가득 고였습니다.

11
버스 기사

어느 나라든 고속도로에서는 안전상 휴게소나 졸음 쉼터와 같이 지정된 구역에서만 주차나 정차를 하게 되어 있고, 고속도로 갓길에는 아주 위급한 상황이 아니라면 정차를 허용하지 않습니다.

남미의 어느 나라에서 한 버스 기사가 승객을 가득 태우고 고속도로를 운행하고 있었습니다. 여느 다른 고속버스 기사처럼 이 버스 기사도 안전하게 정속 운전을 하고 있었습니다. 승객들도 잠을 자는 사람, 책을 보는 사람, 음악을 듣고 있는 사람… 모두 제각각 여유롭게 차를 타고 가고 있었습니다.

그런데 갑자기 버스 기사가 버스를 갓길에 급정거해서 세우고는 문을 열고 오던 방향 쪽으로 막 뛰어가는 것이었습니다. 승객들은 모두 깜짝 놀라 무슨 사고라도 났는지 걱정하며 버스 뒤쪽을 웅성거리며 쳐다보았습니다. 그러나 고속도로 상에는 아무런 교통사고도 없이 차들은 쌩쌩 달리고 있었습니다.

승객들은 버스 기사의 돌발행동을 의아해 하면서도 잠깐을 참지 못하고 여기저기서 불평의 목소리를 내기 시작하였습니다. 잠시 후 버스 기사가 숨을 몰아쉬며 버스로 돌아왔는데, 그의 품 안에는 잔뜩 겁먹은 눈망울에 바들바들 떨고 있는 유기견인 듯한 개 한 마리가 안겨져 있었습니다.

"승객 여러분! 놀라게 해드려 정말 죄송합니다. 방금 전 이 녀석이 도로 한가운데 있어서 너무 위험하여 여러분께 양해도 구하지 못하고 데려왔습니다. 여러분들이 양해해주시면 이 녀석을 데리고 가고 싶은데 괜찮으신지요?" 하고 물었고, 앞자리에 앉아 있던 어느 승객이 자신의 옆자리가 비었으니 그곳에 앉히라고 하자 모든 승객들이 박수를 치며 환호하였습니다.

버스 기사는 길 잃은 개가 고속도로를 횡단하자 그 위험한 고속도로 한가운데로 뛰어가 구출해온 것이었습니다. 승객들은 더 이상 아무도 기사에게 불평하지 않고 그의 따뜻한 인간미를 칭송하였고, 승객 중 누군가가 이 영상을 SNS에 올리자 전 세계 누리꾼들이 감동하였습니다.

우리나라의 마을버스는 좁은 골목길도 가고, 시장통도 지나가는 경우가 많이 있습니다. 그래서 그런지 마을버스에는 여러 부류의 사람들이 타고, 또 대부분 만원입니다.

저녁 무렵 어느 마을버스에 예의 그렇듯이 많은 사람들이 타고 있었습니다. 한참을 달리던 버스 내에서 갑자기 아기 울음이 울려 퍼졌습니다. 모두들 잠시 후면 그치겠지 하고 있었는데 세 정류장이 지나도록 아기는 울음을 그치지 않았고, 심지어 그 아기 엄마는 아기를 달랠 생각조차 하지 않는 것이었습니다.

슬슬 화가 나기 시작한 승객들은 "아줌마, 아기 좀 달래 봐요.", "버스 혼자 전세 냈나?", "아니, 아주머니 여러 사람 민폐 끼치지 말고 내려서 택시 타고 가세요."… 여기저기에서 아기 업은 엄마에게 원성의 소리를 쏘아대기 시작하였습니다.

그래도 아기를 업은 아주머니는 듣는 둥 마는 둥 창 밖만 내다보며 아무런 대꾸도 하지 않았습니다. 사람들의 불만이 최고조에 달했을 때쯤 갑자기 마을버스가 정차하면서 버스 기사가 문을 열고 밖으로 나갔습니다. 모두들 영문을 모른 체 버스 기사만을 기다리는데 잠시 후 돌아온 그의 손에는 막대사탕 하나가 들려 있었습니다. 성큼성큼 아이에게 다가간 버스 기사가 아기의 입에 막대사탕을 물리자 그제서야 아기는 울음을 그쳤습니다.

마을버스는 다시 출발했고, 사람들은 아직도 무슨 일인가 의아해 했는데 잠시 후 모두 얼굴에 잔잔한 미소를 띠게 되었습니다. 다음 정류장에서 내려야 하는 아기 엄마는 버스 기사에게 다가와 고개를 숙이며 손등에 다른 한 손을 세웠습니다. 아기 엄마는 듣지도 말하지도 못하는 청각 장애인으로 수화로 기사에게 "고맙습니다"라고 말한 것입니다.

아기 엄마가 내린 뒤에도 버스 기사는 출발하지 않고 아기 엄마가 어둠에 넘어지지 말라고 한동안 헤드라이트를 멀리 비추어 주었습니다. 그러나 이번에는 어느 누구 하나 "빨리 출발합시다!"라고 불평하는 사람이 없었습니다.

각박한 현대사회에서 남을 배려하지 않고 자신만의 이익을 추구하는 사람이 갈수록 늘어 가지만, 아직 세상에는 아름다운 일들이 많이 있고 그래서 세상은 여전히 살 만한 곳인가 봅니다.

12
아름다운 판결

'판결'의 사전적 정의는 시비나 선악을 판단하여 결정하는 것입니다. 특히 법률에서의 판결은 법원이 변론을 거쳐 소송사건에 대하여 판단하고 결정하는 것입니다. 재판 판결의 결과에 따라서 어떤 사람은 유죄가 되어 처벌을 받고, 어떤 사람은 무죄가 되어 석방되어 정상적인 삶을 살 수 있게 됩니다. 그래서 판결은 인정에 끌리지 말고 법이 정해준 대로 공정하고 엄격해야만 합니다. 그러나 가끔은 법에도 눈물과 인정이 있어야 하는 일들이 있습니다. 왜냐하면 법도 사람이 만든 것이기 때문입니다.

어느 소녀가 있었습니다. 이 소녀는 14건의 절도, 폭행 등의 범죄를 저질러 소년법정에 몇 차례 섰던 전력이 있는 소녀입니다. 그런데 또 서울 도심에서 친구들과 함께 오토바이를 훔쳐 달아난 혐의로 구속되어 소년법정에 서게 되었습니다.

소녀는 방청석에 홀어머니가 지켜보는 가운데 재판을 기다리고 있었습니다. 전과가 있고, 또 동일한 수법으로 범죄를 저질러 모두들 무거운 형벌을 예상하고 있었습니다.

　조용한 법정 안에서 모두가 기다리는 가운데 중년의 여성 부장판사가 들어와 착석하고 재판을 시작하였습니다. 잠시 재판장에는 적막이 흘렀고, 마침내 여성 판사는 소녀를 향하여 말했습니다. 무거운 보호처분을 예상하고 어깨를 잔뜩 움츠리고 고개를 숙이고 있던 소녀를 향하여 나지막이 다정한 목소리로 이렇게 말했습니다.

　"판결을 내리겠습니다. 피고는 앉은 자리에서 일어나 나를 따라 힘차게 외쳐보세요. '나는 이 세상에서 가장 멋있게 생겼다.'"

　예상치 못한 재판장의 요구에 잠시 머뭇거리던 소녀는 나지막하게 "나는 이 세상에서 가장 멋있게 생겼다"라고 따라했습니다.

　그러자 이번에는 더 큰소리로 나를 따라하라고 하면서 판사는 "나는 이 세상에서 두려울 게 없다. 이 세상은 나 혼자가 아니다. 나는 무엇이든지 할 수 있다"라고 외쳤습니다.

　큰 목소리로 따라 하던 소녀는 "이 세상은 나 혼자가 아니다"라고 외칠 때 결국 참았던 눈물을 터뜨리고 말았습니다.

　소녀에게 내려진 판결은 소년원 수감도 아니고, 장기간 보호 처분도 아닌 아무도 예상치 못한 법정에서 일어나 외치기였습니다.

　판사가 이런 결정을 내린 이유는 소녀가 작년 초까지만 해도 어려운 가정환경에도 불구하고 반에서 상위권 성적을 유지하였으며 장래 간호사를 꿈꾸던 발랄한 학생이었는데, 작년 초 귀가 길에서 남학생 여러 명에게 끌려가 집단폭행을 당하면서 삶이 송두리째 바뀌었기 때문입니다. 소녀는 당시 후유증으로 병원의 치료를 받았고, 그 충격으로 홀어머니는 신체 일부가 마비되기까지 하였으며, 그 후 소녀는 학교를 겉돌

앉고 심지어 비행 청소년들과 어울려 다니면서 범행을 저지르기 시작했던 것입니다.

판사는 법정에서 지켜보던 참관인들 앞에서 다시 말을 이었습니다.

"이 소녀는 가해자로 재판에 나왔습니다. 그러나 이렇게 삶이 망가진 것을 알면 누가 가해자라고 말할 수 있겠습니까? 이 아이의 잘못에 책임이 있다면 여기에 앉아 있는 여러분과 우리 자신입니다. 이 소녀가 다시 이 세상에서 긍정적으로 살아갈 수 있는 유일한 방법은 잃어버린 자존심을 우리가 다시 찾아주어야 합니다."

눈시울이 붉어진 판사는 눈물이 범벅이 된 소녀를 법대 앞으로 불러 세워놓고 말했습니다.

"이 세상에서 누가 제일 중요할까? 그건 바로 너야. 이 사실만 잊지 않는다면 너는 이 세상을 다시 살아갈 용기를 갖게 될 거야."

그러고는 두 손을 쭉 뻗어 소녀의 손을 잡아주면서 말을 이어갔습니다.

"마음 같아서는 꼭 안아주고 싶지만 너와 나 사이에는 법대가 가로막혀 있어 이 정도밖에 할 수 없어 미안하구나."

판결을 내린 판사도, 판결을 받은 소녀도, 그녀의 어머니도, 그리고 법정 안에 있던 모든 방청객도 눈물을 감출 수 없었습니다. 참으로 아름다운 판결이 아닐 수 없습니다.

이 일화는 2010년 서울 서초동 소년법정에서 있었던 실제 이야기입니다. 이런 아름다운 판결을 내린 사람은 서울가정법원 김귀옥 부장판사입니다.

8년이 지난 지금, 나는 그 소녀가 그 후 어떤 삶을 살고 있는지 모릅니다. 또한 만일 그 때 법정에서 일어나 외치기 처분이 아니라 무거운 형벌을 받았더라면 그녀에게 어떤 인생의 또 다른 갈림길이 펼쳐졌을지도 알 수 없습니다. 그저 그 소녀가 당시 아름다운 판결 덕분에 더 이상 범죄를 저지르지 않고 아주 정상적인 숙녀로 성장하여 평범한 삶을 영위하고 있기를 간절히 바랄 뿐입니다.

13
가장 받고 싶은 상

내가 초등학교 시절에는 딱 두 가지 상이 있었습니다. 우등상과 개근상. 우등상은 반에서 1등한 아이에게, 개근상은 한 번도 결석을 하지 않은 아이에게 주는 상이었습니다. 대부분의 부모나 학생 본인 모두 우등상을 받고 싶어 했지만 그 상은 1등을 하지 않으면 받을 수 없는 상으로 그저 선망의 대상으로만 바라보고, 대부분 개근상으로 만족해야 했습니다. 부모님이나 주위에서는 개근상이 훨씬 더 값어치 있고 소중한 상이라고 애써 위로해주지만, 실상 위로하는 부모님이나 위로 받는 본인들이나 그다지 위로가 되지 않는다는 것을 모두 알고 있습니다. 요즘은 아이들 기 죽이지 않으려고 줄넘기상, 독서상, 바른글씨상, 종이접기상 등 수많은 상을 주고 있다고 합니다.

그러면 요즘 아이들은 어느 상을 가장 받고 싶어 할까요? 아마 아이들 생각에 따라 다 다를 것입니다. 2016년 전라북도 교육청 공모전에서 동시 부문 최우수상을 수상한 우덕초등학교 6학년 이슬 학생의 〈가장 받고 싶은 상〉이라는 동시가 나를 울리게 합니다.

아무 것도 하지 않아도, 짜증 섞인 투정에도

어김없이 차려지는 당연하게 생각되는 그런 상

하루에 세 번이나 받을 수 있는 상

아침상 점심상 저녁상

받아도 감사하다는 말 한마디 안 해도 되는 그런 상

그 때는 왜 몰랐을까?

그 때는 왜 못 보았을까?

그 상을 내시던 엄마의 주름진 손을

그 때는 왜 잡아주지 못했을까?

감사하다는 말 한마디 꺼내지 못했을까?

그 때는 숨겨 놨던 말, 이제는 받지 못할 상 앞에 앉아 홀로 되뇌어 봅시다.

"엄마 사랑해요. 엄마 고마웠어요. 엄마 편히 쉬세요."

세상에서 가장 받고 싶은 엄마 상, 이제 받을 수 없어요.

이제 제가 엄마에게 상 차려 드릴 게요.

엄마가 좋아했던 반찬들로만 한가득 담을 게요.

하지만 아직도 그리운 엄마의 밥상

이제 다시 못 받을 세상에서 가장 받고 싶은 엄마의 얼굴(상)

"우리 엄마께서 올해 암으로 투병하시다 돌아가셨습니다. 가난했지만 엄마와 함께 지냈던, 엄마가 차려 주셨던 밥상이 그립습니다. 무엇보다 더 보고 싶은 것은 엄마의 얼굴입니다."

슬이 엄마는 5년 전에 유방암 진단을 받고 그 암이 온몸으로 전이된 고통을 견디다 세상을 떠났다 합니다. 그동안 슬이는 학교를 마치면 곧장 병원으로 가 엄마를 간병하고 돌아오곤 했답니다. 어린 나이에 얼마나 가슴이 아팠을까요?

요즘 슬이는 아빠가 일이 늦게 끝나는 날이면 오빠와 함께 밥을 차려 먹는데 익숙해져 있답니다. 그래서 슬이의 장래 희망은 요리사라고 합니다. 그런데 슬이 아빠는 중학교 1학년이 된 슬이가 성장이 더뎌 또래보다 키가 훨씬 작고 생각하는 것도 아직 초등학교 3학년 정도에 머물러 있어 걱정이라고 합니다. 아마도 엄마의 빈자리가 커서 일 것입니다. 어서 이 아이가 정신적으로나 신체적으로나 정상이 되어 여느 중학생과 마찬가지로 굴러가는 낙엽만 보아도 까르르 웃을 수 있는 아이가 되었으면 좋겠습니다.

슬이가 삐뚤빼뚤 손으로 직접 쓴 동시 끝에는 아빠와 오빠 그리고 엄마에게 차려드릴 밥상이 그려져 있습니다.

앞으로는 100세 시대라고 해서 대부분의 사람들이 100세까지 살 수 있을 것이라고 합니다. 100년 전에는 인간의 평균수명이 40세도 안 되었다고 하는데 불과 100년 만에 인간의 수명이 두 배 이상 늘어났고, 앞으로 과학과 의학의 발달로 얼마나 더 인간의 수명이 늘어날지 모르겠습니다.

인간의 수명이 늘어남에 따라 이제는 수명 자체가 아니라 삶의 형태 및 삶의 질이 훨씬 더 중요해졌습니다. 단지 오래 사는 것보다는 얼마나 행복하게, 건강하게, 즐겁게 살다 죽을 수 있느냐가 더욱 중요한 가치관이 되었습니다.

세상은 빛이 있으면 어둠이 있고, 낮이 있으면 밤이 있듯이 유한한 존재인 인간의 삶은 언젠가 죽음을 맞이해야 합니다. 죽음이 슬픈 이유는 사랑하는 모든 이들과 영원히 이별해야 하기 때문이 아닐까요? 특히 시간의 순리대로 사랑하는 사람들과 이별하는 것이 아닌 경우에는 더욱 더 가슴 아프고 애틋합니다.

2013년에 어린 두 명의 자녀와 남편을 두고 세상을 떠난 샬롯 키틀리라는 영국 여성의 마지막 블로그가 SNS에 퍼지면서 많은 사람의 가슴을 아프게 하였습니다. 그녀는 2012년에 대장암 4기 진단을 받았고, 이후에 간과 폐로 암이 전이되어 2회의 종양 제거 수술, 25회 방사선 치료와 39번의 화학요법 치료를 견뎌냈지만 결국 36세의 나이로 세 살, 다섯 살의 어린 자녀를 남겨두고 2013년 9월에 세상을 떠났습니다.

그녀의 마지막 블로그 글은 그녀가 떠난 뒤 남편 리차드 키틀리가 게재하였습니다. 소소하고 평범한 삶이 얼마나 소중한 것인지 우리에게 일깨워주는 글입니다.

"살고 싶은 나날이 이리 많은데… 저한테는 허락하지 않네요. 내 아이들 커가는 모습도 보고 싶고, 남편에게 못된 마누라도 되면서 늙어보고 싶은데, 그럴 시간을 안 주네요. 살아보니 그렇더라고요. 매일 아침 아이들에게 일어나라고, 서두르라고, 이 닦으라고 소리소리 지르는 나날이 행복이었더군요.

살고 싶어서 해보라는 온갖 치료 다 받아봤어요. 기본적 의학요법은 물론 기름에 절인 치즈도 먹어보고, 쓰디쓴 즙도 마셔봤습니다. 침도 맞았지요. 그런데 아니더라고요. 귀한 시간 낭비라는 생각이 들었어요. 장례식 문제를 미리 처리해 놓고 나니 매일 아침 일어나 내 아이들을 꺼안아주고 뽀뽀해줄 수 있다는 게 새삼 너무 감사하게 느껴졌어요.

얼마 후 나는 그이의 곁에서 잠을 깨는 기쁨을 잃게 될 것이고, 그이는 무심코 커피잔 두 개를 꺼냈다가 커피는 한 잔만 타도 된다는 사실에 슬퍼하겠지요. 딸 아이 머리 땋아줘야 하는데… 아들 녀석 잃어버린 레고의 어느 조각이 어디에 굴러들어가 있는지는 저만 아는데… 그건 누가 찾아

줄까요?

　6개월 시한부 판정을 받고 22개월 살았습니다. 그렇게 1년을 보너스로 얻은 덕에 초등학교 입학 첫날 아들을 학교에 데려다주는 기쁨을 품고 갈 수 있게 됐습니다. 녀석의 첫 번째 흔들거리던 이빨이 빠져 그 기념으로 자전거를 사주러 갔을 때는 정말 행복했어요. 보너스 1년 덕분에 30대 중반이 아니라 30대 후반까지 살고 가네요.

　중년의 복부 비만이요? 늘어나는 허리둘레 그거 한 번 가져봤으면 좋겠습니다. 희어지는 머리카락이요? 그거 한 번 뽑아봤으면 좋겠습니다. 그만큼 살아남는다는 얘기잖아요. 저는 한 번 늙어보고 싶어요. 부디 삶을 즐기면서 사세요. 두 손으로 삶을 꼭 붙드세요. 여러분이 부럽습니다."

　누군가가 "오늘은 어제 죽은 사람이 그토록 살고 싶어 했던 하루입니다"라고 얘기했습니다. 샬롯은 그렇게 절박하게 하루하루를 보냈을 것 같습니다. 프랑스의 소설가 알베르 카뮈는 '눈물이 나도록 살아라'라고 말했습니다. 샬롯은 하루하루를 살아있음에 감사하며 눈물이 나도록 살았을 겁니다.

　아무리 과학이 발달하여 인간의 수명이 늘어난다 해도 어떻게 자신의 삶을 색칠할 것인지는 아무도 가르쳐 주지 않습니다. 그녀의 말처럼 매일 매일의 삶에 감사하며 두 손으로 삶을 꼭 붙잡고 살아야겠습니다.

15
삶 2

인류가 탄생한 이후로 이 지구상에서 잠깐이라도 삶을 영위하고 간 사람은 1천억 명 정도 된다고 합니다. 오스트랄로피테쿠스를 인류의 시초라고 본다면 약 300만~500만년 동안 1천억 명의 인간이 이 지구상에서 태어났다가 죽은 것입니다.

어떤 사람은 태어나자마자 죽었을 수도 있고, 어떤 사람은 백 년이 넘도록 장수하고 생을 마감했을 수도 있습니다. 1천억 명의 사람이 지구를 거쳐갔다면 1천억 개의 서로 다른 삶과 죽음이 이곳에 존재했을 것입니다. 남자와 여자로, 흑인과 백인과 황색인종으로, 부자와 가난한 사람으로, 학식이 높은 사람과 낮은 사람으로, 신분이 높은 사람과 낮은 사람으로 각각 다른 시간과 공간에서 자신들의 생을 살다가 떠났고, 또 지금 이 순간 우리도 우리의 삶을 영위하다 언젠가는 이 여행을 마칠 것입니다.

여행을 할 때 목적지에 도착하는 기간, 경로, 방법 등이 모두 다르듯이 우리의 인생 종착역에 도달하는 기간, 경로, 방식이 모두 다를 것입니다. 그러면 어떤 삶과 죽음이 정답일까요? 내가 생각해도 참으로 어리석은 질문인 것 같습니다. 모든 삶에는 어떤 형태든 각각 그 나름대로의 의미가 있을 것이니 말입니다.

수많은 현인들이 삶에 대해 정의하고 논의하였습니다. 불교에서는 인생은 오욕칠정五慾七情의 굴레를 벗어나지 못한다고 했습니다. 오욕, 즉 다섯 가지 욕심은 재물욕, 명예욕, 식욕, 수면욕, 색욕을 말하고, 칠정은 희로우구애증욕喜怒憂懼愛憎欲이라고 해서 기뻐하고, 성내고, 슬퍼하고, 즐거워하고, 사랑하고, 미워하고, 욕심을 내는 것을 말합니다. 인간인 이상 살아가면서 오욕칠정에서 쉽게 자유로울 수는 없겠지만 각각 그 도를 넘으면 항상 문제가 생기게 되는데 그것을 알면서도 또 인간은 쉽게 버리지를 못하고 있습니다.

조선시대 유명한 고승인 사명대사는 '버리지 못하면 죽는다네'라는 글로 우매한 중생들에게 가르침을 남겼습니다.

"이보게 친구! 살아있다는 게 무엇인가? 숨 한 번 들이마시고 마신 숨 다시 뱉어내고… 가졌다 버렸다, 버렸다 가졌다 그게 바로 살아있다는 증표 아니던가? 그러다 어느 한순간 들이마신 숨 내뱉지 못하면 그게 바로 죽는 것이지. 어느 누가 그 값을 내라고는 하지 않는다네. 공기 한 모금도 가졌던 것 버릴 줄 모르면 그게 곧 저승 가는 길임을 뻔히 알면서 어찌 그렇게 이것도 내 것, 저것도 내 것, 모두 다 내 것인 양 움켜쥐려고만 하시는가? 아무리 많이 가졌어도 저승길 가는 데는 티끌 하나도 못 가지고 가는 법이리니 쓸 만큼 쓰고 남은 것은 버릴 줄도 아시게나. 자네가 움켜쥔 게 웬만큼 되거들랑 자네보다 더 아쉬운 사람에게 자네 것 좀 나눠주고 그들의 마음 밭에 자네 추억씨앗 뿌려 사람 사람 마음속에 향기로운 꽃 피우면 극락이 따로 없다네."

공기 한 모금도 가졌던 것 버릴 줄 모르면 그게 곧 저승 가는 길이라는 말이 가슴에 콱 와 닿습니다. 임진왜란이 끝나고 나라가 평정을 되찾게 되자 선조가 서산대사를 초청해 곡차를 하면서 취기에 올라 몇 해 전 전쟁의 고통은 잊고 비상의 날개를 펴는 즉석 한시를 짓고 서산대사에게 화답을 요청하자, 서산대사는 즉석에서 해탈시解脫詩를 써서 답했다 합니다.

生也一片浮雲起(생야일편부운기)
死也一片浮雲滅(사야일편부운멸)
浮雲自體本無實(부운자체본무실)
生死去來亦如然(생사거래역여연)

삶이란 한 조각 구름이 일어남이요,
죽음은 한 조각 구름이 스러짐이라.
구름은 본래 실체가 없는 것이니
죽고 살고 오고 가는 것이 모두 그와 같으니라.

한때 젊은 시절 나는 조금이라도 손해를 보지 않으려 했습니다. 그리고 채우려고만 했지 비우려고는 하지 않으려 했습니다. 그런데 내 삶에 있어서 내 손에 모래가 쌓이기는 많이 쌓이는데 손가락 사이로 다 새나가게 될 거라는 말을 누군가에게 들었습니다. 그래서 어차피 새나갈 모래라면 흔쾌히 내 의지로 스스로 비우기로 했습니다.

비우면 다시 채워진다는 단순한 진리를 깨닫게 되는데 꽤 많은 시간이 필요했습니다. 삶은 물질이든 감정이든 적당히 버릴 줄 알아야 하고, 비울 줄 알아야 합니다. 삶은 서산대사의 말처럼 결국은 실체 없는 구름이기 때문입니다.

16
귀인

누구나 한 번쯤은 연초에 토정비결이나 신년 운세를 보았을 때 '동쪽이나 서쪽에서 귀인이 나타나 큰 도움을 주게 된다'와 같은 문구를 읽은 적이 있을 것입니다. 사실 그리 크게 믿지는 않지만, 그래도 이런 글을 보면 괜스레 기분이 좋아지고 과연 나의 귀인은 도대체 누구일까 궁금해 하기도 합니다. 정말 인생을 살아감에 있어서 우리는 귀인을 만날수 있을까요?

조선 영조시대 때 이사관이라는 선비가 있었습니다. 그는 평소 어려운 사람을 보면 그냥 지나치지 못하고 도와주기를 좋아하던 사람인데, 어느 날 곤경에 처한 어느 눈먼 점술가의 목숨을 구해주게 되었습니다.

그 점술가는 목숨을 구해줘 고맙다며, 선비에게 한산(지금의 충남 서천)으로 가면 귀인을 만나게 될 거라면서 꼭 정해진 시간 안에 한산으로 갈 것을 권했습니다. 점괘에 그리 큰 의미를 두지 않은 선비는 그다지 신경을 쓰지 않고 있었으나, 같이 있었던 노비가 계속해서 귀인을 만나러 한산을 가자고 재촉하였습니다. 그래서 선비는 별로 바쁜 일도 없고 해서 한산으로 바람이나 쐬러 간다는 마음으로 길을 떠났습니다.

그런데 선비와 노비는 한산으로 가는 도중 예산에 도달했을 때, 길에서 아이를 낳은 어느 부부를 만났습니다. 그들은 돈이 없어 길에서 아이를 키워야 할 딱한 사정에 놓여 있었습니다. 이를 본 선비는 그들을 도와주려고 했습니다. 귀인을 만나려면 정해진 시간 안에 한산에 가야 한다며 노비가 한사코 길을 떠나자고 선비를 채근하였지만, 사람 좋은 선비는 그들을 모른 체할 수 없어 입고 있던 옷으로 아기를 덮어주고, 가지고 있던 돈을 모두 그들에게 주며 아기를 잘 키우라고 하고는 한산으로 길을 떠났습니다.

노잣돈을 다 가난한 부부에게 내주고 힘들게 한산에 도착한 그들은 한산에서 귀인을 만나기는커녕 생고생만 하다 고향으로 돌아왔습니다. 괜히 그들을 도와주다가 시간이 늦어 귀인도 못 만나고 돈도 없이 고생만 했다고 노비가 불평을 해도 선비는 그저 웃으며 좋은 여행 다녀왔다고 생각하라고만 했습니다.

선비는 그 후로도 생활에 큰 변화 없이 시골 고을에서 조그만 직책의 관리를 맡으면서 하루하루를 보냈습니다. 그렇게 세월이 흘러 20년이 지나갔습니다.

그런 그에게 어느 날 조정에서 호조판서라는 큰 벼슬을 내리니 한양으로 올라오라는 통보를 받았습니다. 깜짝 놀란 이사관은 부랴부랴 한양으로 올라가 영조를 알현하였습니다. 한양으로 간 이사관에게 영조는 "그대의 판서 등용은 모두 중전의 덕이니 그리 알라"라고 말했습니다.

중전과는 전혀 일면식이 없던 이사관은 영문을 알지 못하고 중전을 만나러 가자, 중전이 "대감, 20년 전 예산에서 곤경에 처한 부부를 도와

주신 적이 있으시지요? 그때 태어난 아이가 바로 저랍니다. 대감의 도움이 없었더라면 나는 아마도 목숨을 잃었을 것입니다. 정말 감사를 드리고, 대감 같이 남을 돕기 좋아하는 분은 나랏일도 잘하실 것 같아 전하께 천거하였습니다"라고 밝혔습니다.

이 중전이 바로 영조의 비 정성왕후가 승하하고 계비 간택으로 뽑혀 새 중전의 자리에 오른 정순왕후였습니다. 새 왕비가 어렵게 자란 걸 안 영조가 왕비에게 도움을 준 사람을 묻자, 이사관이라는 선비가 도와주지 않았다면 지금 전하를 모실 기회도 없었을 것이라며 왕비가 자초지종을 말했고, 영조는 이사관을 호조판서로 등용했습니다. 인품이 출중했던 이사관은 후에 우의정에까지 오르게 됩니다. 이사관에게는 20년 전의 갓난아기가 귀인이었던 것입니다.

지금 지구상에는 70억 명의 인구가 살고 있습니다. 그 70억 명 중에 나의 귀인이 있을까요, 아니면 내가 그 누군가에게 귀인이 될 수 있을까요? 귀인은 있으되 그 귀인을 알아볼 수 있는 혜안이 없다면 우리는 귀인을 만날 수 없을 것입니다. 이사관이 만일 곤경에 처해 있던 눈먼 점술가나 길거리의 부부에게 선행을 베풀지 않았더라면 정순왕후라는 귀인을 만나지 못했을 것입니다. 그리고 꼭 동방이나 서방으로 가야 귀인을 만나는 것은 아닐 것입니다. 지금 내 옆에 있는 가족과 친구와 동료가 진정한 귀인이 아닐까요?

17

빅 미러클

알래스카 하면 일반적으로 에스키모, 이글루, 빙하, 오로라, 백야, 개썰매 등과 같은 추위와 관련된 단어가 연상됩니다. 사실 알래스카는 북위 60~70도에 위치하고 있어 추운 것은 사실이지만 그렇다고 1년 내내 눈에 덮여 있고 춥기만 한 것은 아닙니다. 원래 알래스카는 거대한 땅을 의미하는 인디언 말로서 소련(지금의 러시아)의 영토였는데, 1867년 미국이 소련 정부로부터 720만 달러를 주고 구입하여 1959년에 정식으로 미국의 49번째 주로 편입시켰습니다. 그 후로 이 지역에서 미국 전체 생산량의 25%나 되는 원유와 천연가스를 생산하고, 유명한 연어잡이와 미국에서 가장 규모가 큰 산들과 국립공원으로 관광산업을 일으켜 사실 미국은 거저 얻은 것이나 다름없는 빙토로 어마어마한 이익을 얻었고, 소련은 많이 배 아파한 것은 주지의 사실입니다.

이런 알래스카가 많이 개발이 된 건 사실이지만 그래도 사람이 살기에는 녹록한 환경이 아니기 때문에 이 지역에 사는 인구가 그리 많지는 않습니다. 그래서 미국 정부는 1982년부터 원주민은 물론 1년 이상 거주자에게 해마다 2천 달러의 돈을 지급하고 있습니다. 특히 원주민들은 태어나서 죽을 때까지 나이, 직업, 성별 등에 상관없이 무조건 머릿수 기준으로 평생 이 돈을 받습니다. 또한 원주민이 국제결혼을 해서 혼혈아를 낳아도 그 아이에게는 이 돈에 해당하는 50%를 평생 지급한다고 합니다.

이런 조용한 알래스카의 어느 작은 마을에 1988년 동서가 냉전으로 서로를 향해 날을 세우던 시절에 큰 뉴스거리가 생겼습니다. 먹이를 찾아 북극까지 찾아온 멸종 위기에 있는 회색고래 가족 세 마리가 거대한 빙벽에 갇혀 바다로 돌아가지 못해 자칫하면 굶어 죽게 된 사건이 발생하였습니다. 두꺼운 빙벽에 뚫린 작은 구멍 위로 입을 내밀며 숨을 쉬는 위태로운 모습을 본 주민들은 톱과 곡괭이로 빙벽 구멍을 연속적으로 뚫어 바다까지 연결을 하려고 했으나 이는 사람의 손으로 단시일 내에 하기에는 불가능한 일이었습니다.

뉴스 리포터 아담은 이 사실을 미국 전역에 알려 도움을 요청하고, 방송을 본 그린피스 자원봉사자 레이첼은 고래 가족 구출작전에 합류하게 됩니다. 그녀는 이 안타까운 사연을 알래스카 주지사에게 호소하고 도움을 요청하지만 주지사는 그녀의 요청을 무시합니다. 그러자 그녀는 인터뷰를 통해 위험에 처한 고래 가족에 대한 관심을 호소하게 됩니다. 그러나 안타까운 시간은 점점 흐르고, 고래 가족 구출에 대한 희망이 갈수록 희박해지는 순간 이 사연이 전 세계적인 이슈로 떠올랐고, 당시 레이건 대통령도 고래 가족 구출에 대한 지원을 아끼지 말라고 지시하였습니다.

온 국민의 관심이 집중된 가운데 지역 주민은 물론 미국 군대, 석유회사와 환경보호단체 그린피스가 힘을 모아 회색 고래 가족 구출에 총력을 기울였으나 고래 가족을 바다로 돌려보내는 것은 쉽지 않았습니다. 유일한 해결책은 큰 쇄빙선으로 빙벽을 부수어 바다까지 가는 길을 만드는 것뿐인데 당시 그 정도의 큰 쇄빙선을 가진 나라는 소련뿐이었습니다.

1988년은 전쟁만 일어나지 않았을 뿐 미국과 소련을 중심으로 전 세계가 동서로 갈라져 북극의 차가운 바람만큼 싸늘한 냉전의 시대로, 모든 면에서 첨예한 대립과 갈등을 하던 시대였습니다. 따라서 미국과 소련이 서로 협력한다는 것은 감히 상상도 할 수 없던 시절이었습니다. 그러나 미국 정부는 소련에게 협조 요청을 했고, 소련도 요청을 받아들여 쇄빙선을 보내 미국·소련 합동작전으로 거대한 빙벽을 부수어 회색 고래 가족을 탈출시키는데 성공을 합니다.

이 미국과 소련의 합동 구출작전은 당시 전 세계 26개국에 중계될 정도로 미디어의 관심이 집중된 사건이었고, 전 세계 사람들에게 뜨거운 감동을 준 큰 기적이었습니다. 2주 동안 전 세계의 관심을 모았던 이 사건으로 서로 대립하였던 미국과 소련이 협력하게 되고, 예기치 않게 냉전을 빠르게 종식시키는 계기가 되었습니다. 당시 레이건 대통령의 고문 보좌관인 보니 머신저는 "미국과 소련의 연합은 실로 엄청난 것이었다. 당시 정황으로 볼 때 세계 평화를 한 단계 앞당기는 사건이었다"라고 평했습니다. 그 후 2년 뒤인 1990년 고르바초프 대통령의 냉전 종식 정책으로 소비에트 연방의 각 공화국들에 민족 분규가 일어나면서 1991년 소련은 해체되고 12개의 각각 독립국가를 형성함으로써 동서화합의 시대로 접어들게 되었으니 실로 '빅 미러클Big Miracle'이 아닐 수 없습니다.

이 이야기는 2012년 〈빅 미러클〉이라는 제목으로 영화화 되어 많은 사람들에게 감동을 선사하였습니다. 어쩌면 인류를 대립에서 화합으로 이끌기 위해 회색 고래 가족이 1988년 당시 북극으로 왔는지도 모르겠습니다.

18
작은 기적

하계 올림픽이나 세계육상선수권대회에서 가장 인기 있는 종목은 무엇일까요? 아이러니하게도 최단거리인 100m와 최장거리인 마라톤입니다. 이 두 종목에서 가장 경쟁력 있는 국가는 단거리인 100m는 자메이카, 장거리인 마라톤은 케냐입니다. 100m 기록은 이 세상에서 가장 빠른 사나이인 자메이카의 우사인 볼트가 9초 58로 세계신기록을 보유하고 있습니다. 당분간 이 기록을 깨기는 쉽지 않을 전망입니다. 마라톤 세계신기록은 케냐의 엘리우드 킵초게가 세운 2시간 1분 39초로, 2018년 베를린 마라톤 대회 기록입니다.

우리나라에서 양궁이나 태권도 국가대표가 되는 것이 올림픽에서 금메달을 따는 것보다 더 어렵듯이 육상 강국 자메이카에서 육상 국가대표가 되는 것은 참으로 하늘의 별따기만큼 어렵습니다. 자메이카의 100m 선수 데리스 베녹은 1988년 서울 올림픽에 출전하기 위해 대표선수 선발전에 나갔는데 동료 선수 쥬니어가 넘어지는 바람에 같이 넘어져 선발전에서 탈락하게 됩니다. 실망한 그는 우연히 육상 단거리 선수가 동계 올림픽 종목인 봅슬레이에 유리하다는 것을 알고 1988년 캘거리 동계 올림픽에 출전하기 위해 육상 선수 친구들을 모아 팀을 결성해 출전준비를 합니다.

쿠바의 남쪽에 위치한 자메이카는 연중 고온의 해양성 열대기후를 가지고 있습니다. 남미 카리브 해의 쨍쨍한 햇볕 아래, 그래서 눈이나 얼음은 일 년 내내 구경조차 할 수 없는 나라에서 봅슬레이를 가르쳐줄 코치도, 장비도, 시설도 전무하였습니다. 하지만 그들은 포기하지 않고 왕년의 봅슬레이 금메달리스트인 미국의 아이브 블리처를 찾아가 코치가 되어줄 것을 부탁했고, 그는 말도 안 된다며 일언지하에 거절합니다. 하지만 그들의 끈질긴 부탁에 마침내 코치가 되어 단기간의 자메이카 지상훈련을 거쳐 무작정 캘거리로 떠납니다.

당시 동계 올림픽은 거의 백인 선수들만의 전유물이었고, 특히 백인 선수만 참가하던 봅슬레이 종목에 출전한 자메이카 최초의 흑인 봅슬레이 선수는 조롱과 비아냥의 대상이 되었습니다. 그러나 그들은 아이브 코치의 옛 동료로부터 헌 썰매를 구해 간신히 예선을 통과하고, 시합을 할수록 다른 선수들의 멸시와 냉대를 이겨내고 기록을 단축시켜 급기야는 메달 후보로까지 부상을 하게 됩니다.

그러자 자메이카 국민들은 그들에게 열광을 하게 되고, 열렬한 지지 속에 마지막 경기에 출전하지만 헌 썰매가 고장나 중간에 전복되는 바람에 경기를 포기해야 할 상황에 처해서도 그들은 굴하지 않고 걸어서 결승선을 통과해 전 세계인을 감동케 하였습니다. 이 이야기는 1993년 〈쿨러닝〉이라는 제목으로 영화화 되어 아주 큰 흥행을 거두었습니다.

마라톤 강국 케냐에 줄리우스 예고라는 꼬마가 있었습니다. 아이의 집은 너무 가난하여 그의 부모는 그가 경찰이 되어 집안의 생계에 도움이 되길 바랐습니다. 그러나 그는 어렸을 때 우연히 체코의 창던지기 선수인 얀 젤레즈니의 경기 모습을 동영상으로 보고, 그와 같은 유명한 창던지기 선수가 되는 꿈을 가졌습니다. 그러나 창던지기의 불모지인 케냐에서는 가르쳐 줄 코치도, 창을 구하기도 힘들었습니다. 그렇지만 그는 꿈을 포기하지 않고 나무막대기를 만들어 혼자 던지는 연습을 계속하였습니다.

2015년 세계육상선수권대회에서 아무런 주목을 받지 못하던 무명의 아프리카 케냐의 창던지기 선수가 14년 만에 90m를 넘는 기록으로 금메달을 따서 화제가 되었습니다. 우승 인터뷰에서 한 기자가 코치가 누구냐고 묻자 그는 코치가 없다고 대답했습니다. 그는 단 한 번도 창던지기를 배워본 적이 없고, 단지 유튜브에서 얀 젤레즈니의 창던지는 동영상을 끊임없이 보면서 연습해왔다고 말해 그의 우승 소식보다 더 큰 화제가 되었습니다. 코치들은 그보다 더 완벽한 자세는 없을 것이라고 말했습니다. 그가 바로 줄리우스 예고입니다.

자메이카의 봅슬레이 선수나 케냐의 창던지기 선수나 어찌 보면 그들은 작은 기적을 이루었다고 말할 수 있습니다. 그들의 꿈과 열정과 눈물 어린 노력이 없었다면 그런 기적은 결코 이루어지지 않았을 것입니다.

1988년 캘거리 동계 올림픽에서 동독의 카타리나 비트가 100만 불짜리 미소로 피겨 스케이팅 우승을 했을 때 대한민국이 이 종목에서 우승하리라 생각한 사람은 아무도 없었습니다. 22년 후 2010년 벤쿠버 올림픽에서 우리는 김연아라는 피겨 스케이팅 올림픽 챔피언을 갖게 되었습니다. 이 또한 작은 기적이 아닐 수 없습니다. 그녀의 땀과 눈물을 우리는 기억합니다.

19
황제

어느 특정 스포츠 분야에서 황제의 칭호를 받는다고 하면 그것은 그야말로 그 분야에서는 전 세계에서 최고의 실력을 갖춘 사람이라는 것이 되고, 그 칭호를 받는 사람은 정말 최고의 명예 또한 갖게 되는 것입니다. 축구의 황제는 브라질의 영웅 펠레이고, 농구의 황제는 누구도 부인할 수 없는 마이클 조던입니다. 골프의 황제는 지금은 부상으로 주춤하고 있지만 타이거 우즈를 꼽는데 팬들은 주저하지 않습니다. 사이클의 황제는 고환암을 극복하고 세계 최고의 선수가 된 랜스 암스트롱입니다. 그러나 암스트롱은 후에 약물 복용이 탄로나 1998년 8월 이후 모든 수상실적과 상금이 박탈되고 선수로서도 영구 제명되어 사이클의 황제 명예도 빼앗겼습니다. 그 밖에도 복싱의 황제는 무하마드 알리, 수영의 황제는 펠프스, 육상의 황제는 지구상에서 가장 빠른 사나이 우사인 볼트입니다. 그들의 면면을 살펴보면 누구도 부정할 수 없는, 모두들 각각 자신의 영역에서 황제의 칭호를 받을 만한 최고의 선수들입니다.

그렇다면 또 다른 인기 스포츠 종목인 테니스의 황제는 누구일까요?

그는 바로 얼마 전 호주 오픈과 BNP 파리바 오픈에서 우리나라의 정현 선수를 연달아 격파한 로저 페더러를 꼽는데 아무도 이견을 달지 않습니다. 그는 스위스 출신으로 2004년부터 2008년까지 237주 연속 세계 랭킹 1위를 기록하여 역대 최장 연속 세계 랭킹 1위 기록을 세웠으며, 현재도 세계 랭킹 1위를 유지하고 있는 명실상부한 테니스의 황제입니다. 그는 역대 남자 테니스 선수 중 가장 많은 총 20개의 그랜드슬램 단식 타이틀을 획득했고, 총 30회의 그랜드슬램 결승에 진출하여 많은 스포츠 전문가들 그리고 테니스 전, 현직 선수들에 의해 역사상 최고의 테니스 선수로 평가받고 있습니다.

2018년 1월 새해 벽두에 메이저 대회인 호주 오픈에서 테니스의 불모지나 다름없는 우리나라의 정현 선수가 4강까지 올라가 온 나라를 뜨겁게 달구었습니다. 정현 선수는 16강전에서 테니스의 세계 3강 중 하나인 노박 조코비치를 꺾어서 온 국민을 열광케 하였고, 4강전에서 테니스의 황제인 로저 페더러를 꺾는 기적을 일으키길 염원하였으나 아쉽게도 기권패를 당하였습니다. 페더러는 30대 후반의 나이임에도 강력한 서브와 체력을 아끼는 영리한 플레이를 펼쳐 정현을 4강에서 꺾고 결승전에서도 이겨 우승을 차지하였습니다.

그런데 페더러가 호주 오픈 예선전부터 결승전까지 경기하는 동안 한 번도 빠지지 않고 경기를 관람하는 노부부가 있었습니다. 그리고 TV 중계진은 자주 그들을 클로즈업해서 보여주어 대부분의 사람들은 그들이 페더러의 부모님으로 생각했습니다. 그러나 사실 그들은 페더러의 부모가 아니라 페더러의 어릴 적 테니스 코치인 피터 카터의 부모님이었습니다.

페더러는 2005년 호주 오픈 대회부터 본인의 자비로 퍼스트 클래스 항공석, 최고급 호텔 숙박권 및 제반 경비를 부담해 지금까지 13년째 매년 그들을 초청하여 본인의 경기를 볼 수 있도록 하고 있습니다. 그리고 페더러는 이렇게 말하고 있습니다.

"우승하는 것보다 더 좋은 것은 저를 응원하는 사람들이 기뻐하는 것을 볼 수 있다는 것입니다. 특히 피터의 부모님이 기뻐하시는 모습이요."

페더러가 그들을 13년째 초청하는 이유가 세간에 알려져 세상 사람들로 하여금 많은 감동을 받게 하고 있습니다. 페더러는 8살 때 스위스에서 주니어 테니스 클럽에 입단하고 거기서 코치인 피터와 운명적인 만남을 갖게 됩니다. 페더러의 천부적인 재능을 알아본 피터는 그가 훌륭한 선수로 클 수 있도록 많은 격려와 지도를 하게 되고, 이에 페더러는 실력이 일취월장해져서 17세의 어린 나이에 프로 선수로 데뷔해 피터의 곁을 떠나게 됩니다.

그러나 페더러는 스위스를 떠나 프로 선수 생활을 시작한 뒤에도 계속 피터와 연락하며 만남을 지속해 우정을 쌓아갔습니다. 그러던 어느 날 페더러는 청천벽력과도 같은 소식을 접하게 됩니다. 그것은 바로 피터가 아내와 여행 중 교통사고로 사망했다는 소식이었습니다. 페더러의 슬픔은 이루 말할 수 없었고, 특히 본인 때문에 피터가 죽게 되었다고 더욱 자책을 하게 되었습니다.

원래 피터는 유럽으로 여행을 갈 계획이었는데, 그와의 통화 중 페더러는 어머니의 고향인 남아프리카공화국이 훨씬 더 아름답고 좋은 곳이라 추천해 피터가 남아프리카공화국으로 여행지를 변경해 여행하던 중 교통사고를 당했기 때문입니다.

세월이 흘러 2005년 호주 오픈에 참석한 페더러는 피터의 고향이 호주인 것을 기억하고는 피터의 부모님을 초청해서 대회를 관람할 수 있게 하였고, 그렇게 그 뒤로 13년간 계속 그들을 초대하고 있습니다. 피터의 부모님 또한 하늘나라에 있는 아들도 그가 키운 세계적인 선수 페더러를 자랑스럽게 생각할 것이라며 건강이 허락하는 한 페더러의 초청을 수락하겠다고 하였습니다.

페더러는 실력뿐만 아니라 훌륭한 인품까지 갖춘 진정한 테니스계의 황제입니다.

20
감동

우리가 한평생을 살면서 얼마나 감동하고 살 수 있을까요? 감수성이 예민했던 청소년 시절에 주무시는 부모님이 깰까 봐 형광등 끄고 TV 볼륨 최대한 줄이고 이불 덮어쓰고 눈만 내놓고 보던 KBS-TV 〈명화극장〉이나 MBC-TV 〈주말의 명화〉에서 본 감동적인 흑백 영화는 지금도 가슴 한 곳에 켜켜이 쌓여 있습니다.

아마 지금의 감성으로 그 영화들을 보았다면 "뭐 이런 시시하고 재미없는 영화가 다 있어" 하고 꺼버렸을지도 모릅니다. 세상이 각박해져서인지 나이가 들어서인지 모르겠지만 갈수록 감동 코드가 무뎌져가는 것 같아서 나도 모르게 쓴 웃음을 짓게 됩니다.

그래도 가끔 슬픈 드라마를 보면 눈가에 맺힌 이슬을 아내에게 들키지 않으려고 "이젠 노안 때문에 TV도 못 보겠네" 하면서 슬쩍 닦아내는 것을 보면 아직 감성이 완전히 바닥난 것은 아닌 것 같아 다행입니다. 다시 많이 감동하며 살고 싶습니다.

미국의 어느 시골 마을에 앞이 보이지 않는 시각 장애인 소년이 살았습니다. 앞을 볼 수 없는 그 소년은 주변에 친구도 없었고, 앞을 볼 수 가 없기에 직접 몸을 움직여서 하는 취미도 가질 수 없었습니다. 그런 소년이 가장 좋아하는 것은 야구였습니다. 소년의 유일한 즐거움은 자신이 좋아하는 강타자가 속해 있는 야구팀의 경기 중계를 라디오로 듣는 것이었습니다. 그 선수가 홈런을 치면 즐거워했고, 삼진 아웃이 되면 안타까워했습니다. 어느새 그 선수는 소년의 영웅이 되었습니다.

어느 날 소년은 용기를 내어 그 선수에게 편지를 썼습니다.

"나의 히어로에게…

안녕하세요. 저는 눈이 보이지 않습니다. 그래서 당신이 활약하는 모습을 직접 볼 수가 없습니다. 그러나 당신의 홈런 소식으로 매일 매일이 즐겁습니다. 나도 당신 같은 훌륭한 야구 선수가 되고 싶습니다. 그렇지만 앞을 볼 수 없어 그럴 수가 없습니다. 수술을 하면 앞을 볼 수 있다고는 하는데 수술해도 앞을 못 볼까봐 너무 겁이 나서 수술을 받을 용기가 나지 않습니다. 저도 당신 같은 강한 정신력과 용기를 갖고 싶습니다."

소년의 편지가 매스컴에 소개되면서 그의 편지는 야구팬들에게 큰 화제가 되었고, 많은 사람들이 소년의 사연에 안타까워했습니다.

그러던 중 그 선수가 소년의 사연을 알게 되어 마침내 소년과 선수는 직접 만나게 되었습니다. 소년은 자신의 히어로를 직접 만나게 되어 너무너무 기뻤습니다. 선수 또한 자신을 좋아하는 소년에게 희망과 용기를 불어넣어 주고 싶었습니다. 그래서 선수는 소년에게 한 가지 제안을 했습니다.

내일 시합에서 만일 그가 홈런을 치게 되면 소년도 반드시 용기를 내어 수술을 받아 시력을 되찾으라고… 소년도 흔쾌히 선수의 제안을 수락하였습니다. 그리고 반드시 내일 홈런을 쳐달라고 부탁하였습니다.

다음날 경기는 시작되었고, 선수는 소년과의 약속을 지키기 위해 평소보다 훨씬 비장한 각오로 경기에 임했습니다. 이 소식을 전해들은 관중뿐만 아니라 라디오 중계를 듣는 청취자, 그리고 각종 매체에서도 이 선수가 홈런을 치기를 간절히 기대하며 응원하였습니다. 그러나 선수는 긴장한 탓인지 평소의 기량을 발휘하지 못하고 홈런은커녕 안타 하나 기록하지 못하고 많은 사람들의 가슴만 태웠습니다.

소년도 라디오를 들으면서 그의 영웅의 홈런을 응원하였으나 안타깝게도 그의 홈런은 터지지 않은 채 마지막 회까지 경기가 진행되었습니다. 그리고 마지막 회 타석에 들어선 선수는 크게 헛스윙을 하면서 삼진 아웃되었습니다.

소년과의 소중한 약속을 지키지 못한 선수는 크게 실망하여 고개를 들지 못하였습니다. 그리고 이 안타까운 광경을 지켜본 모든 관중들도 말을 잊은 채 온 스타디움은 순간 적막에 싸였습니다. 모두들 그가 홈런을 쳐서 시각 장애인 소년에게 희망과 용기를 줄 것을 기대하였으나 그것을 이루지 못한 눈앞의 현실을 원망하면서 망연자실해졌습니다.

잠시 적막이 흐르던 그 순간 갑자기 장내 아나운서의 경기 실황 중계가 크게 울려 퍼졌습니다.

"홈런! 홈런! 홈런입니다. 그것도 엄청나게 큰 초대형 홈런입니다. 너무 큰 홈런이라 홈런 볼을 도저히 찾을 수 없는 홈런입니다."

잠시 어리둥절하던 관중들도 곧 엄청난 박수와 환호성을 보냈습니다.

21

제이 맥 J-Mac

2006년 미국의 고교 농구 대항전에서 그리스 아테네 고등학교는 정규 시즌 마지막 경기를 호적수인 스펜서 포크 고등학교와 벌이고 있었습니다. 마지막 4쿼터에 경기 종료 4분여를 남기고 10점차로 경기를 이기고 있자 감독은 선수 교체를 지시합니다.

그리고는 농구 선수라 하기에는 체구가 아주 작고 깡마른 백인소년이 코트에 들어서자 갑자기 장내가 술렁이더니 급기야 관중들이 환호성을 지르고, 벤치에 앉아 있던 선수들마저 모두 기립하여 그를 환영하였습니다. 그는 백넘버 52번의 제이슨 맥 얼웨인이라는 선수였습니다. 사실 제이슨은 선수라기보다는 코트 밖에서 선수들을 보조하고 잡무를 도맡아 하던, 즉 매니저 역할을 하던 학생이었습니다. 따라서 그는 당연히 고교 3년 동안 단 한 번도 시합에 출전해본 적이 없었습니다.

제이슨은 어릴 적부터 자폐를 앓아 정상적인 생활을 할 수가 없었습니다. 어느 날 그의 형이 제이슨에게 농구를 가르쳐 주었는데, 그때부터 제이슨은 농구를 너무 사랑하게 되어 거의 매일 농구공과 함께 뒹굴었고, 그의 어머니도 제이슨을 특수학교로 진학시키지 않고 농구부가 있는 그리스 아테네 고교로 진학을 시켰습니다.

제이슨은 학교에 입학하자마자 농구부에 입단하고자 테스트를 받았으나 통과하지 못했습니다. 그러나 제이슨이 매일 농구부 주변을 맴돌면서 선수들이 연습하는 장면과 시합하는 것을 지켜보자, 그의 농구에 대한 열정을 알게 된 감독이 농구부 매니저 역할을 제안함으로써 비록 선수들의 뒷바라지와 코트 정리 등 허드렛일을 하는 것이지만 그가 농구단의 일원이 될 수 있었습니다. 제이슨은 정규시간에는 선수 보조 역할을 충실히 했지만, 선수들이 연습을 끝내고 집으로 돌아간 뒤에 혼자 남아 아무도 없는 코드에서 남몰래 연습을 하였습니다.

이런 제이슨을 3년간 지켜본 감독이 경기 종료가 4분여밖에 남지 않고 10점이나 리드하자 제이슨의 소원인 코트에 서게 해주기 위해 선수 교체를 한 것입니다. 그래서 제이슨이 코트에 들어서자 모두들 환호를 하였고, 응원석에서는 제이슨의 애칭인 J-Mac 플래카드를 꺼내 흔들었습니다. 이 또한 감독이 사전에 학생들과 준비한 제이슨을 위한 감동의 이벤트였습니다.

모든 사람의 환호 속에 코트에 들어간 제이슨은 3점 슛을 시도하였지만 림 근처에도 도달하지 못했고, 수비진을 돌파한 후 시도한 레이업 슛도 무산되자 모두 안타까워했습니다. 물론 제이슨의 소원을 이뤄주기 위해 시합에 출전시킨 것이지만 오히려 그에게 더 큰 상처를 줄 수도 있는 순간이었습니다.

그런데 얼마 지나지 않아 기적과도 같은 일이 벌어졌습니다. 제이슨이 다시 3점 슛을 시도하였고, 공이 그림과도 같이 림을 통과하였습니다. 마침내 제이슨은 평생 처음으로 득점을 기록한 것입니다. 경기장은 곧바로 흥분의 도가니로 바뀌었습니다. 제이슨은 여기에 그치지 않고 그 후로 3점 숏 3개를 더 성공시키며 경기를 지배했고, 약 4분간 무려 20득점을 기록하였습니다. 경기가 79대 43으로 끝나자 친구와 관중은 코트로 몰려나와 제이슨을 헹가래치며 환호하였습니다. 제이슨은 단 4분 출전으로 최다 득점자의 명예를 얻었고, 처음이자 마지막으로 인생 최고의 경기를 갖게 되었습니다.

그의 경기 영상은 순식간에 인터넷을 통해 퍼져 나갔고, 미국의 주요 방송사는 앞다투어 이를 방영하였습니다. 디즈니와 워너 브러더스 등의 영화 제작사는 이 감동 스토리를 영화로 제작하겠다고 달려들었고, 그의 애칭이 인쇄된 J-Mac 티셔츠는 불티나게 팔려나갔습니다.

10년이 지난 요즘 제이슨은 지역 농구 캠프와 모교에서 코치로 활동하며 어려운 환경에 처한 많은 청소년과 장애를 가진 아이들에게 농구를 통해 용기와 희망을 전달하는 희망 전도사로 활동하고 있다고 합니다.

"뜻이 있는 곳에 길이 있다"라는 명언과도 같이 농구에 대한 끝없는 열정과 사랑이 제이슨으로 하여금 그 꿈을 이루게 한 것입니다. 그리고 그 열정을 알아보고 그로 하여금 꿈을 이루게 도와주고 인도해준 감독이 있었기에 제이슨은 새로운 인생을 맞이할 수 있게 되었습니다. 그래서 인생은 놀랍고 경이로운 것이 많은가 봅니다.

22
아가페

흔히 인간의 사랑에는 세 가지 종류가 있다고들 합니다. 남녀 간의 사랑은 에로스라고 말을 하고, 친구와의 우정, 형제와의 우애와 같은 사랑은 필로스라고 합니다. 이 두 사랑은 모두 그렇다고 할 수는 없지만 약간은 조건부적인 사랑이라고 할 수 있습니다. 연인과 부부의 에로스적인 사랑은 이별이나 이혼으로 끝날 수 있고, 친구와 형제자매의 필로스적 사랑도 오해와 불신으로 깨질 수 있습니다.

이에 비해 신에 대한 사랑이나 자식에 대한 사랑은 무조건적이고 절대적인 사랑으로 아가페라고 부릅니다. 물론 신에 대한 사랑도 개종을 함으로써 변할 수 있고, 사회가 험악해짐에 따라 요즘은 부모가 자식을 버리는 일도 많아졌지만 그래도 일반적으로 부모의 자식에 대한 사랑은 맹목적이라 볼 수 있습니다.

1997년 콜롬비아의 평범한 시골 고등학교에 구스타보라는 선생님이 있었습니다. 그는 사랑하는 아내와 19살 된 아들과 함께 행복하게 살고 있었는데, 그 해 아들 파블로가 군에 입대를 하였습니다. 그런데 파블로가 입대한 지 얼마 되지 않아 좌익 게릴라 조직인 무장혁명군에 납치되어 인질이 되었습니다. 무장혁명군은 콜롬비아 정부에 파블로를 비롯한 납치 인질과 체포된 무장혁명군 간부들과의 교환을 요구하며, 만일 요구를 들어주지 않으면 인질 모두를 사살하겠다고 협박하였습니다.

이 소식을 들은 구스타보는 정부기관에 찾아가 아들을 구해 달라고 하소연했지만 정부는 그 어떤 테러조직과도 협상을 하지 않는다는 원칙만을 고수한 채 아무런 행동도 취하지 않았습니다. 그러자 구스타보는 학교도 그만두고 아들을 구하기 위한 탄원서를 만들기 위해 시민들에게 서명을 받기 시작하였습니다. 이 소식을 접한 많은 시민들이 서명을 해 구스타보는 금세 2백만 명의 서명을 받을 수 있었고, 그는 탄원서를 들고 정부기관을 다시 찾아가 아들의 구명을 요구하였습니다. 그러나 정부는 똑 같은 말만 되풀이한 채 무장혁명군과의 협상을 묵살하였습니다.

구스타보는 협상기한을 넘기자 무장혁명군이 아들을 처형했을 거라 생각하며 슬픈 나날들을 보내고 있었습니다. 그렇게 세월이 흘러 10년이 지난 2007년에 구스타보는 우연히 TV를 보다가 반군이 방송사에 보낸 영상 속에서 아들 파블로가 반군의 요구사항을 대신 읽는 장면을 보게 되었습니다. 이에 구스타보는 아들을 위해 더 이상 가만히 있을 수 없다고 생각하고 반군이 포로를 묶을 때와 같은 방식으로 쇠사슬을 양손에 묶고 목에 두른 채 콜롬비아 전국을 도보행진하기 시작하였습니다. 그의 셔츠에는 아들 파블로의 사진이 새겨져 있었고, 그는 한 달에 1,000km 이상 전국을 걸으면서 포로 교환을 위해 정부가 나서주기를 호소하고, 아들의 억류 사실을 콜롬비아와 전 세계에 알리기 시작하였습니다.

그의 고행이 알려지자 그가 마을에 들어서면 수천 명의 마을 사람들이 그의 뒤를 따랐고, 그를 평화의 보행자라고 불렀습니다. 그가 수천 km를 걸어 수도 보고타에 도착하였을 때는 수만 명의 사람들이 그를 맞이하며 그의 이름을 연호하였습니다. 거기에서 멈추지 않고 그는 유럽 전역을 계속 도보로 행군하였고, 교황도 그를 찾아가 격려를 하였습니다. 그러자 반군과는 절대 협상을 할 수 없다던 콜롬비아 정부도 마음을 바꾸어 반군과 협상을 시작하였습니다.

마침내 납치된 지 12년 만인 2010년에 아들 파블로는 반군에게서 풀려나 플로렌시아 타맥 공항에 착륙한 헬기에서 내려 아버지를 만날 수 있게 되었습니다. 그때까지도 아버지 구스타보의 손에는 쇠사슬이 감겨 있었고, 아들 파블로는 직접 아버지 손목에 감겨 있는 쇠사슬을 벗겨주었습니다. 아버지의 끝없는 아가페적인 사랑이 아들을 반군으로부터 12년 만에 풀려나게 해준 것입니다.

23
마중물

요즘은 수돗물이 너무 흔해 아무런 불편 없이 모든 사람들이 편하게 사용하고 있지만, 내가 아주 어렸을 적에는 수돗물 나오는 집은 나름 잘 사는 집에 속할 정도로 수도 시설이 귀한 대접을 받았던 시절이 있었습니다. 대도시에는 그나마 상수도 시설을 갖춘 가정집이 조금 있었지만 시골에서는 거의 수도를 사용하지 못하고 펌프를 사용하였습니다.

펌프는 땅 속 깊은 곳에 파이프를 박아 넣고 지하수를 끌어올리는 데 사용하는 도구입니다. 요즘 아이들은 아마도 "이것이 뭐하는 물건인고?" 할 수도 있는 추억의 물건이 되어버렸습니다. 그런데 지하에 있는 물을 끌어올리기 위해 펌프질을 할 때 그냥 손잡이를 잡고 아래위로 펌프질을 하면 아무리 해도 물이 올라오지 않습니다. 그럴 때는 주변을 둘러보면 항상 한 바가지의 물이 비치되어 있습니다. 이 물을 펌프에 먼저 붓고 펌프질을 몇 번 하면 신기하게도 지하에 있던 물이 올라오기 시작합니다. 여기에서 이 한 바가지의 물을 마중물이라고 합니다. 지하에 있는 물을 마중하는 물이라고 해서 마중물이라고 부릅니다.

그런데 이 마중물이 없으면 아무리 물을 끌어올리고 싶어도 끌어올릴 수가 없습니다. 그래서 사람들은 마중물을 이용하여 자기가 필요한 만큼 지하에서 물을 끌어올려 사용하고 난 후에는 뒤에 물을 사용할 다른 사람들을 위해 꼭 한 바가지의 마중물을 펌프 주변에 남겨놓고 갑니다. 그렇게 하지 않으면 다른 사람들이 나중에 물을 끌어올리지 못하기 때문입니다.

그래서 마중물은 지하에 있는 새 물을 끌어올리는데 필요한 매개체이고, 다른 사람들이 물을 끌어올릴 수 있게 해주는 견인차 역할을 하기 때문에 '소통'과 '배려'의 아이콘으로 많이 표현됩니다. 누가 쓸지는 모르지만 뒤에 사용할 사람을 위하여 한 바가지의 물을 남겨놓는 배려는 엄청난 노력을 하는 것은 아니지만 그 작은 행동이 다른 사람에게는 엄청난 결과를 미칠 수도 있습니다. 이는 우리 민족의 정서인 정精과도 맥락을 같이 하는 것이 아닐까 합니다. 정이 있기에 누가 시키지 않아도 자연스럽게 누군가를 위해 한 바가지의 마중물을 남겨놓는 관습은 참 멋지고 아름답습니다.

반면에, 영어로는 마중물을 'Priming Water'라고 하는데 Priming의 사전적 의미는 뇌관, 점화, 기폭제 등입니다. 즉, 물을 끌어올리는 기폭제의 역할을 한다는 의미이겠지요. 우리는 지하에 있는 새 물을 마중 나간다는 의미로 마중물이라는 아주 시적이고 따뜻한 표현을 쓰는데, 서양에서는 지하에 있는 새 물을 끌어올리는 점화제 또는 기폭제의 물로 표현하는 것을 보면 정을 중요시하는 우리와 합리와 과학적 사고를 중요시하는 서양인과는 확실히 문화적 감성의 차이가 있는 것 같습니다.

요즘은 이런 펌프를 거의 찾아보기가 힘든 세상이 되어 당연히 마중물도 보기가 힘들어서 그런지 마중물 같은 사람을 보기가 쉽지 않은 것 같습니다. 세상이 각박해져서 그런지 남들과 소통하는 것을 꺼려하고 간혹 남을 배려하는 것이 오히려 바보 취급을 당하는 현실이 참으로 안타깝습니다. 그러나 판도라의 상자가 열렸을 때 그 안에 희망이 남아 있었듯이 아직 이 사회에도 마중물 같은 사람이 남아 있습니다.

2000년 4월 전주시 노송동 주민센터에 어느 초등학생이 심부름이라며 저금통을 들고 찾아왔습니다. 저금통 안에 들어 있던 돈은 58만4천원. 그 후 연말만 되면 노송동 주민센터에 어느 중년 남성이 전화를 걸어와 어느 장소를 가보라는 메시지를 남깁니다. 그곳에는 어려운 이웃을 위해 써달라는 내용을 담은 짧은 쪽지와 현금이 든 쇼핑백이나 종이상자가 있었습니다. 그 후 그의 기부는 계속되어 2016년 12월까지 16년 동안 17차례에 걸쳐 그가 기부한 금액은 총 4억5천만원이 되었습니다.

지난 16년간 이어진 그의 기부에 그에 대한 궁금증과 호기심이 커져갔고 몇몇 언론에서는 그의 정체를 밝히고자 잠복 취재를 하기도 하였지만, 그의 선행을 드러내고 싶지 않아 하는 순수한 뜻을 지켜주자는 많은 사람들의 여론에 의해 더 이상 그를 찾는 일은 하지 않고 있습니다. 그는 아직도 매년 어김없이 신분을 밝히지 않은 채 간단한 쪽지와 기부금만 놓고 갑니다. 그래서 그를 전주의 얼굴 없는 천사라고 부릅니다. 또한 그의 선행과 나눔의 정신을 기리기 위해 얼굴 없는 천사의 거리와 천사마을이 생겼고, 그곳에는 아기자기한 천사의 벽화가 그려져 있습니다. 이 얼굴 없는 천사야말로 진정 마중물 같은 사람이 아닌가 싶습니다.

24
소확행

자신이 어렸을 때 부모님이 이혼하고, 그들이 다시 따로 결혼함으로써 혼자가 된 청년이 있었습니다. 그는 이 세상에서 행복이란 단어와는 전혀 어울리지 않는다고 생각하고 살고 있었습니다. 아니, 그는 행복이 무엇인지 그 자체를 알 수가 없었습니다.

삶의 이유를 찾지 못한 그는 세상과 작별하기로 결심하고, 마지막으로 다른 사람들은 도대체 어떤 행복을 가지고 있는지 알아나보고 세상과 작별하기로 마음먹었습니다. 그래서 그는 SNS에 "나는 행복이 무엇인지 알지 못하는 사람입니다. 여러분은 어떤 행복을 가지고 살아가나요?"라는 글을 올렸습니다. 그러자 수많은 사람들이 답을 보내왔습니다.

오늘 저녁 퇴근하여 집에 가면 맛있는 라면을 먹을 수 있어 너무 행복합니다, 운동하고 난 후 샤워하고 나서 시원하게 먹는 맥주 한 잔이 나를 너무 행복하게 합니다, 주말에 온종일 볼 수 있는 만화책이 있어서 너무 행복해요, 오늘 불금에 고등학교 동창 친구들을 만나 한잔할 생각을 하니 너무 행복해요, 내가 응원하는 프로 야구 팀이 포스트 시즌에 진출해서 기분이 날아갈 것만 같아요…

그것들을 보면서 청년은 너무도 소소한 것들이 행복이었다는 사실에 스스로 깜짝 놀랐습니다. 그리고 자신이 그러한 행복을 왜 느끼지 못하고 살았었나 후회하면서 세상과 작별할 생각을 버리게 되었습니다.

이렇듯 소소하지만 확실한 행복을 '소확행'이라고 합니다. 원래 소확행이라는 말은 일본의 소설가 무라카미 하루키의 에세이 〈랑겔한스섬의 오후〉에서 쓰인 말로 갓 구운 빵을 찢어 먹을 때 느끼는 행복, 서랍 안에 반듯하게 정리되어 있는 속옷을 볼 때 느끼는 행복과 같이 일상에서 느끼는 작은 즐거움을 뜻합니다.

우리 사회가 갈수록 어려워짐에 따라 취업, 주택 구입, 결혼 등 성취가 불확실한 행복을 좇기보다는 일상의 작지만 성취하기 쉬운 소소한 행복을 추구하는 삶의 경향이 두드러지게 등장했고, 확실한 사회적 트렌드로 자리 잡고 있습니다. 팍팍한 삶에 대한 자포자기 같아 씁쓸하지만, 한편으로는 생각보다 우리 주변에 많은 행복이 있다는 희망적인 면도 있습니다.

행복도 느끼지 못하면 행복이 아닙니다. 행복도 행복해지는 연습을 하지 않으면 행복해지지 못합니다. 지구상에 존재하는 70억 인구 중에 우리가 얼마나 행복한지, 얼마나 많은 축복을 받고 있는지 한 번쯤 생각해봐야 할 필요가 있습니다.

만일 당신의 냉장고에 먹을 음식이 있고, 입을 옷이 있고, 잠을 잘 수 있는 지붕이 있다면 당신보다 더 가난한 사람이 이 세상에서 75%나 됩니다.

만일 당신의 은행과 지갑에 돈이 있고, 집안 어디인가에 있는 접시에 얼마의 잔돈이 있다면 당신은 전 세계의 상위 8%에 해당되는 부자입니다.

만일 당신이 아침에 아프지 않고 깨어났다면 당신은 이번 주에 죽어갈 수백만 명보다 훨씬 더 축복 받은 사람입니다.

만일 당신이 전쟁의 위험, 감옥에서의 외로움, 고문과 굶주림의 고통을 전혀 경험한 적이 없다면 당신은 이 세상에서 이를 경험한 5억 명보다 훨씬 더 행복한 사람입니다.

만일 당신의 부모님이 살아계시고 아직 결혼한 상태라면 이는 아주 드문 경우이고, 그렇지 않은 상태에 있는 사람보다 아직 훨씬 더 행복한 것입니다.

만일 당신의 얼굴에 계속 미소를 띨 수 있다면 이것은 정말로 고마운 일입니다. 이런 축복은 많은 사람이 누릴 수는 있지만 모든 사람이 누릴 수 있는 것은 아니기 때문입니다.

만일 당신이 다른 사람의 손을 잡아주고, 그들을 안아주고, 그들의 어깨를 두드려줄 수 있다면 당신은 그들에게 위로를 줄 수 있기 때문에 매우 축복 받은 사람입니다.

만일 당신이 지금 이 글을 읽을 수 있다면 이 글을 전혀 읽을 기회가 없는 이 세상의 20억 명보다 훨씬 더 축복 받은 사람입니다.

오늘 당신이 좋은 하루가 되길 빌며, 위에 쓰여져 있는 당신의 행복을 한 번 세어 보세요. 그리고 우리가 얼마나 축복 받은 사람이라는 것을 다른 사람에게 알려주세요.

이제 여러분이 얼마나 행복한지 아시겠습니까?

제2부

같은 꿈, 다른 생각

꽃이나 새는 자기 자신을 남과 비교하지 않는다. 저마다 자기 특성을 마음껏 드러내면서 우주적인 조화를 이루고 있다. 비교는 시샘과 열등감을 낳는다. 남과 비교하지 않고 자기 자신의 삶에 충실할 때, 그런 자기 자신과 함께 순수하게 존재할 수 있다. 사람마다 자기 그릇이 있고, 몫이 있다. 그 그릇에 그 몫을 채우는 것으로 자족해야 한다.

1
힐링

언제부턴가 우리는 '힐링Healing'이라는 용어를 자주 사용하고 있습니다. 2007년에 시작해 2016년에 끝난 SBS-TV의 〈힐링캠프 - 기쁘지 아니한가〉라는 프로 때문에 힐링이라는 말이 인구에 회자되기 시작했는지 아니면 그때부터 더 유행이 되었는지는 모르겠지만 대충 그 즈음부터 힐링이라는 단어가 매우 익숙해지기 시작했던 것 같습니다.

힐링을 굳이 번역하자면 치유, 치료라고 할 수 있는데 이 단어가 주는 느낌은 육체적인 것보다는 정신적 치유에 더 가깝지 않을까 싶습니다. 힐링을 하게 해주는 것에는 여러 가지가 있습니다. 좋은 영화 한 편을 보고 힐링했다는 사람도 있고, 여행을 다녀와 힐링이 되었다는 사람도 있고, 템플 스테이를 하고 와서 아주 힐링이 많이 되었다는 사람도 있습니다.

여기에서 힐링하는데 빠질 수 없는 것 중 하나는 음악입니다. 음악이야말로 가장 쉽고 편하게 힐링을 할 수 있는 것이 아닐까 싶습니다. 얼마 전에 〈연예가중계〉라는 TV 프로에서 '한국인이 사랑하는 힐링송/ 힐링 팝송 베스트 10'을 선정하였습니다. 하나하나 발표될 때마다 저절로 고개를 끄덕이며 수긍하며 시청하였습니다. 한국 가요 힐링송 10위는 옥상달빛의 〈수고했어, 오늘도〉, 9위는 윤항기의 〈나는 행복합니다〉, 8위는 강산에의 〈넌 할 수 있어〉, 7위는 이승철의 〈그런 사람 또 없습니다〉, 6위는 김광석의 〈일어나〉, 5위는 봄여름가을겨울의 〈Bravo, My life〉, 4위는 해바라기의 〈사랑으로〉, 3위는 양희은의 〈아침이슬〉, 2위는 카니발의 〈거위의 꿈〉, 대망의 1위는 국민 힐링송 들국화의 〈걱정 말아요 그대〉였습니다.

1위를 한 〈걱정 말아요 그대〉는 원래 2004년 전인권의 4집 앨범 타이틀곡으로 사용된 노래인데, 드라마 〈응답하라 1988〉에서 이적이 리메이크해서 불러 드라마의 인기와 더불어 공전의 히트를 하고 국민 힐링송으로 등극하였습니다. 원작자 전인권은 이 때문에 어마어마한 저작권료 수입을 올려 이적을 평생의 은인으로 생각한다는 후문이 있습니다.

힐링 팝송 10위는 에릭 크랩튼의 〈Tears in heaven〉입니다. 이 노래는 에릭 크랩튼의 4살짜리 아들이 불의의 사고로 숨지자 그 슬픔을 이기고자 만든 노래입니다. 이 노래의 첫 소절이 "내가 너를 천국에서 만난다면 너는 내 이름을 알까?Would you know my name if I saw you in heaven"입니다. 아들을 그리워하는 마음이 가득 담긴 가사가 아닌가 싶습니다. 9위는 린든 데이비드 홀의 〈All you need is love〉입니다. 크리스마스면 생각나는 영화 〈러브 액츄얼리Love actually〉 삽입곡으로 공전의 히트를 친 노래입니다.

8위는 2016년 노벨상 수상자 밥 딜런의 〈Blowin in the wind〉입니다. 바람만이 아는 대답이라는 제목의 노래로 그가 노벨 문학상을 수상

할 자격이 있다는 것을 증명할 만한 가사를 가진 노래입니다. "사람이 얼마나 많은 길을 걸어봐야 비로소 참된 인간이 될 수 있을까? 전쟁의 포화가 얼마나 많이 휩쓸고 나서야 진정한 평화가 찾아오게 될까? 친구야 그건 바람만이 그 답을 알고 있다네." 참으로 시적인 가사입니다.

7위는 영국의 전설적 록 그룹 퀸의 〈We are the champion〉입니다. 리더인 프레디 머큐리가 작곡한 이 곡은 항상 콘서트의 대미를 장식하는 노래입니다. 6위는 팝의 황제 마이클 잭슨의 〈Heal the world〉입니다. 이 곡은 마이클 잭슨이 직접 작곡한 곡으로 전쟁이나 기아로 죽어가는 아이들을 도와주자는 말 그대로 힐링송 그 자체입니다. 그가 사망했을 때 그의 장례식에서 불린 노래이기도 합니다. 5위는 웨스트라이프의 〈You raise me up〉으로 이 노래 제목 자체가 주는 의미가 듣는 이로 하여금 힐링이 되게 합니다. 특히 후렴구 가사 "You raise me up to more than I can be(나보다 더 큰 내가 되도록 당신은 나를 일으켜 세웁니다)"는 마치 성경 구절 같습니다.

4위는 또 다시 마이클 잭슨의 〈You are not alone〉입니다. 팝의 황제답게 톱 10 안에 두 곡의 노래를 랭크시켰습니다. 3위는 사이먼 앤 가펑클의 〈Bridge over trouble water〉입니다. 이 노래는 〈험한 세상 다리가 되어〉라는 제목으로 우리나라에서 아주 유명해진 노래로 "당신이 지치고 힘들 때 내가 험한 세상에 당신의 다리가 되어주겠다"는 대표 힐링송입니다. 2위는 존 레논의 〈Imagine〉입니다. 가사 중의 "Imagine all the people living life in peace(모든 사람이 모두 평화롭게 살 수 있다고 상상해 보세요)"는 상상만으로도 힐링이 되는 것 같습니다.

대망의 1위는 비틀스의 〈Let it be〉입니다. 렛잇비Let it be를 굳이 해석하자면 '내버려둬'입니다. 구어체로 말하면 '냅둬' 정도 되겠지요. 가사의 시작은 이렇습니다. "내가 힘들 때 성모 마리아가 오셔서 지혜의 말씀을 전해주셨지 내버려두라고…" 어떤 특별한 해결책이 없을 땐 진짜 그냥 내버려두는 게 최고의 힐링인가 봅니다.

2
욜로 라이프

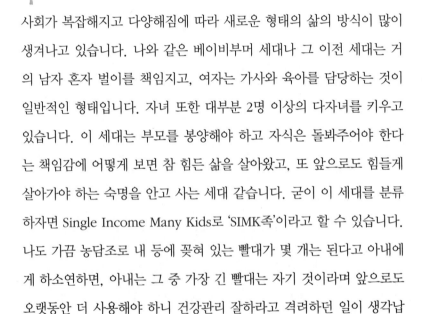

사회가 복잡해지고 다양해짐에 따라 새로운 형태의 삶의 방식이 많이 생겨나고 있습니다. 나와 같은 베이비부머 세대나 그 이전 세대는 거의 남자 혼자 벌이를 책임지고, 여자는 가사와 육아를 담당하는 것이 일반적인 형태입니다. 자녀 또한 대부분 2명 이상의 다자녀를 키우고 있습니다. 이 세대는 부모를 봉양해야 하고 자식은 돌봐주어야 한다는 책임감에 어떻게 보면 참 힘든 삶을 살아왔고, 또 앞으로도 힘들게 살아가야 하는 숙명을 안고 사는 세대 같습니다. 굳이 이 세대를 분류하자면 Single Income Many Kids로 'SIMK족'이라고 할 수 있습니다. 나도 가끔 농담조로 내 등에 꽂혀 있는 빨대가 몇 개는 된다고 아내에게 하소연하면, 아내는 그 중 가장 긴 빨대는 자기 것이라며 앞으로도 오랫동안 더 사용해야 하니 건강관리 잘하라고 격려하던 일이 생각납니다.

1990년대가 지나면서 남자 혼자 벌어 아내와 아이까지 먹여 살리기가 힘들어지고 여성 인력이 점점 전문화, 고급화 되면서 여성들도 직장전선에 뛰어들기 시작했습니다. 이른바 맞벌이의 시대가 열린 것입니다. 이를 Double Employments With Kids라 하여 'DEWK족'이라고 부릅니다. 그리고 맞벌이를 함에도 불구하고 경제적으로 쪼들리거나 결혼을 해서 가정을 꾸렸지만 아이들 때문에 자신의 인생을 희생하지 않고 경제적으로 풍요로운 인생을 살기 위해 아이를 낳지 않는 부부가 늘어나기 시작했습니다. 이들을 Double Income No Kid라고 하며 'DINK족'이라고 불렀습니다. 나와 같은 SIMK족과 정반대의 삶을 살아가는 부류입니다. 이들 가운데 아이 대신 애완동물을 키우는 부류를 Double Income No Kid and Pet이라 하여 'Dinkpet족'이라고 합니다.

맞벌이 가정인 DEWK족은 아이를 돌봐줄 사람이 마땅치 않아 그들의 부모에게 아이의 양육을 많이 부탁합니다. 대부분의 부모는 자식들의 사정이 딱해 그들의 요구를 수용하여 손자손녀를 돌보지만 온종일 손자손녀에 매달려 자신의 노년 인생을 즐길 수 없어 더 이상 전통적인 할머니 할아버지의 역할을 거부하고 'TONK족'을 선언하는 노부부가 많이 생겨나고 있습니다. TONK족은 Two Only, No Kids의 뜻으로, 손자손녀를 더 이상 돌보지 않고 두 부부만이 오붓하게 살고자 하는 부류를 일컫습니다.

최근 들어서는 아이는 고사하고 아예 결혼 자체를 하지 않는 부류가 급속도로 늘어나고 있습니다. 이런 경향은 전통적인 사회 관습에서 벗어나 모든 것을 혼자 하는 '나 홀로' 시대로 탈바꿈하고 있습니다. 현재 우리나라 전체 가구의 27%인 518만 가구가 1인 가구라고 합니다. 나 홀로 가구가 늘어나면서 혼자 밥 먹는다는 '혼밥', 나 혼자 술을 마신다는 '혼술', 심지어 나 홀로 여행 간다는 '혼행'이 유행하고 있습니다.

TV도 이런 사람들의 삶을 보여주는 〈나 혼자 산다〉라든가 〈미운 우리 새끼〉와 같은 프로그램이 인기를 얻고 있습니다. 이러한 사회적 경향은 마침내 YOLO라는 새로운 트렌드를 만들어 냈습니다. 욜로는 'You Only Live Once'라는 것으로 '한 번 뿐인 인생'이라는 뜻입니다. 그러니 후회 없는 삶을 살자는 부류들로, 이러한 욜로족들이 최근 들어 부쩍 늘어났습니다.

언제부터 욜로라는 말이 인구에 회자되었는지 잘은 모르지만 2011년 미국의 인기 래퍼 드레이크의 〈더 모토〉라는 노래에 등장하면서 세계적인 유행어가 되었다 합니다. 요즘 해외 배낭 여행객들 사이에서는 "헬로"라고 인사하는 대신 "욜로"라고 인사하는 것이 거의 정석이 되었다 합니다. 급기야는 욜로가 2016년 9월 영국 옥스퍼드 사전에 신조어로 정식 등재되기도 하였습니다. 욜로는 로마시대 시인인 호라티우스가 미래보다 현실을 즐기라며 외쳤던 '카르페 디엠'의 현대판이라고 할 수 있습니다.

욜로족이 늘어나면서 여행, 호텔, 공연 업계에서도 이들을 잡기 위한 마케팅이 더욱 뜨거워지고 있습니다. 특히 혼자서 호텔 숙박을 즐길 수 있는 1인 패키지가 인기라고 합니다. 이는 호텔은 혼자 묵는 건 아깝다라고 하는 기존의 통념을 뛰어넘는 상품입니다. 이러한 욜로 라이프에 대해 어느 설문조사 업체에서 조사한 결과 84%가 긍정적인 반응을 보였다 합니다. 그 이유는 나중에 후회하지 않기 위해서, 또는 자기 주도적 삶을 살 수 있어서가 대부분이라 합니다.

그런데 이러한 트렌드 때문에 이성과의 만남을 피하거나 결혼을 거부하는 미혼남녀의 비율이 30%를 넘는다는 사실을 접하게 되니 그들의 삶의 방식에 대해 수긍은 가나 한편으로 씁쓸한 생각이 드는 것도 어쩔 수가 없습니다. 〈개그콘서트〉에서 어느 개그맨이 말하던 "소는 누가 키우나"라는 유행어가 떠오르는 요즘입니다.

3
머피가 샐리를 만났을 때

우리나라 힙합 댄스 그룹 중에 DJ DOC라는 그룹이 있습니다. 지금은 그리 인기가 많지는 않지만 1990년대에는 최고의 인기 그룹 중 하나였습니다. 〈DOC와 춤을〉 〈런투유〉 〈겨울 이야기〉 〈여름 이야기〉 등 수많은 히트곡을 가지고 있고, 그 중 〈DOC와 춤을〉이라는 노래는 매우 재미있는 가사와 멜로디를 가지고 있고, 특히 안무가 매우 독특해 관광버스 춤이라고 불리며 당시 전 국민의 인기를 독차지하였습니다. 그들의 또 다른 히트곡으로 〈머피의 법칙〉이라는 노래가 있는데, 이 노래의 가사를 보면 "… 친구들과 미팅을 갔었지. 뚱뚱하고 못생긴 애 있길래 와 쟤만 빼고 다른 애는 다 괜찮아 그러면 꼭 개랑 나랑 짝이 되지… 오랜만에 꼬질꼬질한 모습으로 우리 동네 목욕탕을 찾은 날은 한 달에 두 번 있는 정기 휴일이 왜 꼭 걸리는 거야… 꼬질꼬질 지저분한 내 모습 그녀에게 들키지 말아야지 하면 벌써 저기에서 그녀가 날 왜 어이없이 바라볼까…"라는 구절이 있습니다. 노래 제목인 〈머피의 법칙〉에 딱 맞는 아주 전형적인 사례가 되는 가사입니다.

이렇듯 일이 좀처럼 잘 풀리지 않고 갈수록 꼬이기만 하는 현상을

'머피의 법칙'이라고 합니다. 대표적인 사례는 계속 일을 열심히 하다 잠깐 피곤해서 쉬는데 사장님이 들어오시는 경우, 몇 년 만에 휴가 내어 어렵게 관광 휴양지에 갔는데 태풍이 온 경우, 약속이 있는 날에는 꼭 야근할 일이 생기는 경우, 출근시간 늦은 날에는 꼭 버스나 엘리베이터가 늦게 도착하는 경우, 빵에 잼 발라 먹으려다 떨어뜨리면 꼭 잼이 있는 부분이 바닥에 떨어지는 경우 등이 있습니다.

이런 머피의 법칙은 1949년 미국의 에드워드 공군기지에서 일하던 머피 대위가 처음 사용한 말입니다. 당시 미 공군에서는 전극봉을 이용해 조종사의 신체 상태를 측정하는 실험을 하였는데, 할 때마다 실패를 하였습니다. 그 이유를 나중에 조사해보니 전극봉의 한 쪽 끝이 잘못 연결된 것이었습니다. 이는 한 기술자가 배선을 제대로 연결하지 않아 발생한 사소한 실수 때문이었습니다. 이를 본 머피가 "어떤 일을 하는 데는 여러 가지가 있는데, 그 가운데 한 가지가 재앙을 일으킬 수 있다면 누군가가 꼭 그 방법을 쓴다"라고 말했는데, 그 후로 자신이 바라는 것은 이루어지지 않고 우연히도 나쁜 방향으로만 일이 전개될 때 이를 머피의 법칙이라고 부르게 되었습니다.

머피의 법칙과 반대되는 개념을 '샐리의 법칙'이라 합니다. 샐리의 법칙은 일이 우연히도 자기가 바라는 대로 진행되는 경우입니다. 예를 들어 맑은 날에 회사에 있던 우산을 집으로 가져가기 위해 갖고 나왔는데 갑자기 비가 쏟아지는 경우, 시험날 아침에 급하게 펼쳐본 부분에서 시험 문제가 출제된 경우, 중요한 미팅에 약속시간보다 늦게 도착하였는데 내가 도착한지 3분 뒤에 상대방이 도착하여 미안하다고 말하는 경우 등이 샐리의 법칙에 해당됩니다.

이 샐리의 법칙은 로맨틱 코미디의 여왕 맥 라이언이 1989년에 주연한 영화 〈해리가 샐리를 만났을 때〉에서 유래된 말입니다. 영화 속 여주인공 샐리는 대학을 졸업하고 뉴욕에 일자리를 얻어 뉴욕으로 가는 해리를 차에 태워주게 되고, 둘은 12년간 친구로 지내면서 티격태격하지만 마침내 해리가 샐리에게 사랑 고백을 하고 둘은 해피엔딩을 맞게 됩니다. 그 후 이 영화 속 주인공 이름을 따서 샐리의 법칙이 되었습니다.

사람들은 머피의 법칙이든 샐리의 법칙이든 자신에게 일어나는 현상을 '징크스'라고 말합니다. 부정적인 현상이 반복되면 머피의 법칙이고, 긍정적인 현상이 반복되면 샐리의 법칙이 되겠지요. 그러나 어떠한 일이 일어나도 굳이 그것을 징크스로 고정시킬 필요는 없을 것 같습니다. 원효대사가 주창하신 '일체유심조—切唯心造'라는 말이 있습니다. 일체의 것은 오로지 마음이 만들어낸 것이다, 즉 모든 것은 마음먹기에 달려 있다는 말입니다. 자기의 운명은 자기가 만들어야 하지 않겠습니까? 〈해리가 샐리를 만났을 때〉를 감독한 롭 라이너 감독에게 속편 제작을 의뢰해볼까 합니다. 제목은 "머피가 샐리를 만났을 때." 머피가 샐리를 만나면 어떤 결말이 나오게 될까요? 해피엔딩? 새드엔딩? 나도 정말 궁금합니다.

4

오늘

"Yesterday is history, Tomorrow is mystery, Today is gift of god. That's why we call it present. Present is present."라는 말이 있습니다. "어제는 지나간 과거이고, 내일은 알 수가 없습니다. 오늘은 신이 준 선물입니다. 그래서 우리는 오늘을 선물이라 부릅니다. 현재Present는 선물Present입니다." 이 문구는 시간의 소중함을 일깨우는 말입니다.

사람이 인생을 살아감에 있어서 가장 중요한 세 가지 금이 있습니다. 그것은 황금, 소금 그리고 지금입니다. 황금은 돈 즉 경제를 뜻하고, 소금은 생명을 유지하는데 없어서는 안 되는 식품 즉 건강을 말하며, 지금은 시간 즉 오늘을 말함입니다. 인간에게 세 가지 다 반드시 필요한 것이지만 황금(돈)은 소금(건강)만 못하며, 소금 또한 지금(시간)이 없으면 아무 소용이 없습니다.

따라서 신이 준 선물인 오늘을 소중히 생각하며 보내야 할 것입니다. 황금에 대한 욕망은 조금 줄이고, 소금은 과하거나 부족하지 않게 균형을 맞추고 지금에 대한 열망을 조금 더하면 보다 윤택한 삶을 영위할 수 있을 것입니다.

나태주 시인의 시 〈틀렸다〉를 읽어보면 우리가 어떻게 오늘을 살아야 하는지에 대한 답이 들어 있습니다.

돈 가지고 잘 살기는 틀렸다.

명예나 권력, 미모 가지고도 이제는 틀렸다.

세상에는 돈 많은 사람들이 얼마나 많고

명예나 권력, 미모가 다락같이 높은 사람들이 얼마나 많은가?

요는 시간이다.

누구나 공평하게 허락된 시간

그 시간을 어디에 어떻게 써먹느냐가 열쇠다.

그리고 선택이다.

내 좋은 일, 내 기쁜 일, 내가 하고 싶은 일 고르고 골라

하루나 한 시간, 순간순간을 살아보라.

어느새 나는 빛나는 사람이 되고, 기쁜 사람이 되고

스스로 아름다운 사람이 될 것이다

틀린 것은 처음부터 틀린 일이 아니었다.

틀린 것이 옳은 것이었고, 좋은 것이었다.

그러나 이 또한 모든 사람에게 정답이 될 수는 없을 것 같습니다. 각박한 현실세계에서 우리는 이런 지금의 소중함을 잊고 황금을 우선시하는 많은 사람들을 너무도 자주 볼 수 있습니다. 우리 자신도 돈보다는 건강, 행복을 우선하자고 매일 다짐하지만 바로 그것을 망각하고 다시 황금을 좇는 게 일상이 되어버렸는지 모릅니다. 그러다 또 내가 이

러면 안 되지 했다가 어느새 또 현실과 타협하고, 그렇게 매일매일 반복하며 살지 않나 싶습니다. 어쩌면 이것이 우리네 소시민의 인생이 아닌가 스스로 자기 합리화도 하면서 매일 맞는 오늘을 보내고 있습니다.

어느 남편이 돈만 너무 밝히는 아내를 일깨우고자 세 가지 금의 중요성에 대해 문자를 보냈습니다.

"세상에서 제일 중요한 세 가지 금. 황금, 소금, 지금. 그 중에서 제일 중요한 것은 지금이래. 그러니 너무 돈 돈 하지 말 것. – 남편"

그러자 집안일을 하다 문자를 본 아내는 화가 나서 답장을 보냈습니다.

"내가 좋아하는 세 가지 금은 현금! 지금! 입금! 안 그러면 집에 들어오지 마! – 아내"

이 문자를 받은 남편은 괜히 아내의 심기를 불편하게 했다고 후회하며 바로 항복의 답장을 보냈습니다.

"여보 미안해, 잘못했어. 현금, 조금, 입금. – 당신의 남편"

우스갯소리이지만 어쩌면 이것이 우리의 현실이 아닌가 싶습니다.

우리는 오늘이라는 시간을, 지금이라는 순간을 가끔은 되새겨보아야 합니다. 오늘은 우리가 어떻게 생각하느냐에 따라 많은 의미를 갖는 날입니다. 오늘은 어제 죽은 사람이 그토록 살고 싶었던 내일입니다. 그리고 오늘은 나의 남은 인생에서 가장 젊은 날입니다. 또한 오늘은 이제까지 내가 살아온 마지막 날이고, 내일은 내가 앞으로 살아갈 날의 첫날입니다. 그래서 오늘 하루하루를 정말 소중하게 살아야 할 것입니다. 왜냐하면 'Present is present.' 즉 오늘은 신이 인간에게 준 소중한 선물이기 때문입니다.

5
그대

'그대'라는 낱말을 국어사전에서 찾아보면 '듣는 이가 친구나 아랫사람인 경우 그 사람을 높여 이르는 이인칭 대명사'라고 씌어있습니다. 이인칭 대명사는 영어에서는 'you'라는 단어 하나밖에 없지만 우리나라는 '너', '당신', '그대' 등 많은 단어가 있습니다. 정말 우리나라 말의 표현력은 전 세계의 어떤 언어도 따라오지 못하는 것 같습니다.

이 이인칭 단어 중에서 가장 친근한 호칭은 아마 '그대'가 아닐까 싶습니다. 상대방을 너무 얕잡아 부르는 것도 아니고 또 너무 높여 부르는 것도 아닌, 아주 친근하면서도 존중해서 부르는 호칭이 바로 그대라는 단어일 것 같습니다. 그래서 그런지 그대라는 말은 많은 드라마와 노래의 제목으로 사용되었습니다.

1997년 방영된 〈그대 그리고 나〉라는 드라마는 최고 시청률 62.4%를 기록하면서 역대 최고 시청률 6위에 랭크되었습니다. 그리고 '천송이' 신드롬을 일으킨 2013년 방영 드라마 〈별에서 온 그대〉는 국내뿐 아니라 중국에서 엄청난 인기를 끌어, 여자 주인공인 천송이가 입었던 코트를 중국에서 온라인으로 구매하는데 공인인증서가 없으면 구매할 수 없다는 문제가 제기되어 급기야 대통령이 천송이 코트를 우리나라의 규제의 상징인양 언급하는 해프닝을 유발하였습니다.

노래에서도 그대라는 단어가 들어간 많은 히트곡이 있습니다. 1988년 소리새라는 듀엣이 부른 드라마 제목과 같은 〈그대 그리고 나〉라는 서정적인 노래가 유명하고, 1984년 작은 거인 김수철이 부른 〈젊은 그대〉는 이 노래를 삽입곡으로 사용한 영화 〈고래사냥〉과 더불어 당시 젊은 대학생들에게 폭발적인 인기를 누렸습니다. 그 외에도 〈그대는 나의 인생〉 〈그대여〉 같은 노래가 대중들로부터 많은 사랑을 받았고, 2004년 전인권이 발표한 〈걱정 말아요 그대〉는 그리 큰 히트를 치지 못했다가, 2015년에 방영된 드라마 〈응답하라 1988〉에서 이적이 리메이크한 노래가 주제곡으로 삽입되어 드라마와 함께 공전의 히트를 치자 원곡도 더불어 유명해져 명실공히 국민 위로송이 되었습니다. 김남조 시인의 시를 노래 가사로 쓴 송창식의 〈그대 있음에〉는 송창식이 대중적인 가수로 알려지게 만든 노래였습니다.

이렇듯 시가 노래의 가사로도 많이 사용되는데, 그 중에서 내가 가장 좋아하는 노래는 박인희의 〈목마와 숙녀〉와 이태원의 〈그대〉입니다. 이태원의 〈그대〉는 정두리 시인의 〈그대〉라는 시에 곡을 붙여 이태원이 노래를 불렀습니다. 이태원은 두 글자 제목의 '새 시리즈' 노래를 히트시킨 가수로도 유명한데 1980년 〈솔개〉, 1983년 〈고니〉, 1985년 〈타조〉를 연속 히트시키면서 유명해졌습니다. 〈그대〉는 1985년 타조가 실린 앨범에 같이 수록된 곡으로 내가 이 노래를 좋아하는 이유는 사실 이태원의 노래 파트보다는 이름 모를 어느 나레이터가 낭송하는 정두리 시인의 시 부분이 좋아서였습니다.

그대 아름다운 얼굴에 슬픈 미소 짓지 말아요.

그대 사랑하는 이 마음 언제라도 있지요.

그대 아름다운 마음에 슬픈 추억 갖지 말아요.

그대 좋아하는 이 마음 언제라도 있지요.

우리는 누구입니까? 빈 언덕의 자운영꽃

혼자 힘으로 일어설 수 없는 반짝이는 조약돌

이름을 얻지 못한 구석진 마을의 투명한 시냇물

일제히 흰 띠를 두르고 스스로 다가오는 첫눈입니다.

우리는 무엇입니까? 늘 앞질러 사랑케 하실 힘 덜어내고도

몇 배로 다시 고이는 힘. 이파리도 되고 실팍한 줄기도 되고

아! 한몫에 그대를 다 품을 수 있는 씨앗으로 남고 싶습니다.

허물없이 맨발인 넉넉한 저녁입니다.

뜨거운 목젖까지 알아내고도 코끝으로까지 발이 저린

우리는 나무입니다. 우리는 어떤 노래입니까?

이노리나무 정수리에 낭낭 걸린 노래 한 소절

그대 아름다운 얼굴에 슬픈 미소 짓지 말아요.

그대 사랑하는 이 마음 언제라도 있지요.

그대 아름다운 마음에 슬픈 추억 갖지 말아요.

그대 좋아하는 이 마음 언제라도 있지요.

아름다운 세상을 눈물 나게 하는

눈물 나는 세상을 아름답게 하는

그대와 나는 두고두고 사랑해야 합니다.

그것이 내가 네게로 이르는 길

네가 깨끗한 얼굴로 내게로 되돌아오는 길

그대와 나는 내리내리 사랑하는 일만 남겨두어야 합니다.

그대 아름다운 마음에 슬픈 추억 갖지 말아요.

그대 좋아하는 이 마음 영원토록 있지요.

6
SAHD Stay-at-home-dad

2016년에 가정에서 아이를 돌보거나 살림을 전담하는 우리나라 남성 전업주부가 16만 명으로 사상 최대치를 기록하였답니다. 이 수치는 2년 전인 2014년 13만 명 대비 24%나 급증된 수치입니다. 이는 매년 남성 전업주부가 10% 이상 증가한다는 의미가 됩니다.

미국에서는 남성 전업주부의 의미인 '하우스 허즈번드House husbund'라는 말이 1990년대 초부터 등장하였습니다. 이 말은 '집에 있는 아빠'라는 뜻에서 SAHDStay-at-home-dad라고 부르기도 하고, 수컷이 새끼를 돌보는 키위새를 빗대어 '키위 허즈번드'라고 부르기도 합니다.

내가 2000년에 HP(휴렛 패커드)에 입사하였을 때 HP의 회장은 칼리 피오리나였습니다. 그녀는 나보다 1년 먼저인 1999년에 HP에 입사하였습니다. 그 전에는 AT&T에서 분사된 루슨트 테크놀로지의 CEO로 근무했는데, 그녀의 재임기간 루슨트의 주가는 12배 올랐습니다. 이러한 실적을 바탕으로 칼리는 여성으로서 세계 1, 2위를 다투는 IT 기업의 수장이 되었고, 그녀의 회장 취임 뉴스만으로도 HP 주가가 5% 올랐을 정도로 화제가 되었습니다.

그녀는 HP 회장이 된 이후로 거의 매년 한국 HP를 방문하였습니다. 그것은 한국 HP의 매출이 그룹에 큰 영향을 미쳐서가 아니라 삼성전자가 생산하는 칩을 HP 서버에서 사용하기 때문에 전략적 구매 파트너로서의 회의가 주 목적이었습니다.

칼리가 한국을 방문할 때는 항상 전용기를 타고 왔는데 꼭 같이 다니는 사람이 있었습니다. 그녀의 바로 뒤에 붙어 애완견을 안고 졸졸 따라다니는 사람은 바로 그녀의 남편 프랭크 피오리나입니다. 당시 그는 미국 최고의 '하우스 허즈번드'로 회자되었는데 사실 그도 칼리와 같이 AT&T에서 근무했던 엘리트 임원이었습니다. 그는 아내인 칼리가 루슨트 CEO가 되자 AT&T 부사장직을 내놓고 바쁜 그녀를 대신해 가사와 육아를 도맡았으며 명함에 '칼리 피오리나의 외조자'라고 새기고 다닐 정도로 외조에 헌신적이었습니다.

또 다른 대표적인 하우스 허즈번드는 비틀스의 멤버인 존 레논입니다. 1976년 아내인 오노 요코와의 사이에서 아들이 태어나자 페미니스트였던 그는 모든 활동을 접고 집안에 들어 앉아 가사와 육아에만 전념하며 스스로를 '하우스 허즈번드'라고 칭해 아주 화제가 되었습니다.

전통적인 가부장제 사회였던 한국 사회에서는 불과 얼마 전까지만 해도 남성 전업주부는 상상하기도 힘든 그림이었습니다. 한때는 남자가 부엌에 들어가기만 해도 호통을 치던 시대가 있었습니다. 그러나 1998년 IMF, 2008년 금융위기를 겪으면서 경제가 어려워지고 고용이 힘들어지자 남녀 성별을 따지기보다 수입이 더 많은 쪽이 일하는 것으로 부부 간에 합의가 늘어나고 고소득 전문직 여성이 증가하다 보니 자연스럽게 남성 전업주부가 늘어나는 것 같습니다.

어쨌든 전통적인 성 역할에 대한 편견이 깨지고 있는 것은 바람직한 일인 것 같습니다. 그러나 아직도 한국 남성의 가사 분담은 갈 길이 먼 것 같습니다. 맞벌이 가구의 가사노동 시간은 남성이 40분, 여성이 3시간 14분으로 여성이 남성보다 5배나 더 많은 것으로 나타났습니다. 예전의 '남자는 밖에서 돈을 벌어오고, 여자는 집에서 살림을 한다'라는 공식에서 여성의 가사분담 시간이 더 많은 것은 나름대로 이해가 가는데, 요즘의 맞벌이 가구에서 가사분담 시간이 5배 차이가 난다는 것은 다소 충격적인 사실입니다. 심지어 최근 조사결과에서 남성 중 49.4%는 식사준비를 전혀 하지 않는다, 42%는 설거지를 전혀 하지 않는다고 답했다 합니다. 어림잡아 한국 남성의 절반은 식사준비나 설거지를 절대로 하지 않는다는 이야기입니다.

결혼 후 30년 동안 평생 온전히 나 혼자 돈을 벌어오고도 나름 자주 식사준비나 설거지를 하는 나로서는 상당히 기분 나쁜 통계가 아닐 수 없습니다. 남들은 아내가 돈을 같이 벌어다 주는데도 남편의 절반은 집안일을 절대로 안 한다고 하니 뭔가 엄청난 손해를 본 듯한 느낌입니다. 그렇다고 나도 같이 그 부류에 동참하자니 후환이 엄청 두려워 선뜻 실행에 옮길 수도 없고, 그냥 살던 대로 살아야겠습니다.

이제 와서 집사람이 칼리 피오리나와 같이 능력자가 되어서 나도 그 남편처럼 회사 그만두고 집사람 뒤만 졸졸 쫓아다닐 수도 없고, 열심히 하던 대로 해야겠습니다. 아니, 얼마 후 은퇴했을 때 이제 돈도 못 벌어온다고 집사람으로부터 버림받지 않으려면 더 열심히 밥하고, 설거지하고, 청소해야 하지 않을까 싶습니다. 이사 갈 때 아내에게 버림받지 않으려고 아내가 제일 예뻐하는 강아지 꼭 끌어안고 이사 트럭 앞좌석에 미리 앉아 있었다는 어느 은퇴자에 대한 아재 개그가 더 이상 남의 얘기 같지만은 않습니다.

7
고독

나는 회사 출근길인 남산 소월로를 참 좋아합니다. 봄이면 하얀 벚꽃이 정말 예쁘고, 가을이면 단풍진 나무들이 그렇게 아름다울 수가 없습니다.

며칠 전에는 한바탕 스쳐간 바람에 낙엽이 차의 앞유리로 우수수 떨어졌습니다. 마치 비처럼 떨어지는데 말 그대로 낙엽비인 것 같았습니다. 그 사이를 뚫고 운전하는 기분은 정말 낭만적이고, 환상적이었습니다. 그러나 한편으론 흐린 가을 하늘과 음울한 날씨 분위기가 스산한 바람과 떨어지는 낙엽과 어우러져 나를 깊은 상념으로 몰아넣었습니다.

가을은 남자의 계절이라더니 대부분의 남자들은 이맘때면 괜히 센치해지고 쓸쓸함을 느끼는 것 같습니다. 특히 나 같은 중년의 남자들은 은퇴가 가까워서인지, 주변의 사람들이 하나 둘 떠나가서인지 더욱 쓸쓸함과 고독함을 느끼는 것 같습니다. 누군가가 말했듯이 인간은 원래부터 고독한 존재인 것 같습니다. 무리 속에 속해져 있는 것 같지만 사실은 언제나 혼자이고, 태어날 때 혼자 태어나고 죽을 때도 혼자 죽어

야 하는 인간은 어쩔 수 없이 외로운 존재이고, 인간만큼 고독한 존재
는 없는 것 같습니다.

소월로를 돌아 나올 때쯤 어느 FM 방송에서 DJ가 이문재 시인의 〈자
유롭지만 고독하게〉라는 시를 낭송해줍니다. 나를 더욱 상념에 젖게 만
드는 시구절이 계속 뇌리에서 떠나질 않습니다.

　　자유롭지만 고독하게
　　자유롭지만 조금 고독하게

　　어릿광대처럼 자유롭지만
　　망명 정치범처럼 고독하게

　　토요일 밤처럼 자유롭지만
　　휴가 마지막 날처럼 고독하게

　　여럿이 있을 때 조금 고독하게
　　혼자 있을 때 정말 자유롭게

　　혼자 자유로워도 죄스럽지 않고
　　여럿 속에서 고독해도 조금 자유롭게

　　자유롭지만 조금 고독하게
　　그리하여 자유에 지지 않게

고독하지만 조금 자유롭게

그리하여 고독에 지지 않게

나에 대하여

너에 대하여

자유롭지만 고독하게

그리하여 우리들에게

자유롭지만 조금 고독하게

시구절처럼 자유롭지만 고독하게, 고독하지만 자유롭게 살아야겠습니다. 그런데 어떻게 사는 것이 그렇게 사는 것인지 잘 모르겠습니다. 법정스님의 〈살아있는 것은 다 행복하라〉에서 그 정답을 찾아야겠습니다.

꽃이나 새는 자기 자신을 남과 비교하지 않는다. 저마다 자기 특성을 마음껏 드러내면서 우주적인 조화를 이루고 있다. 비교는 시샘과 열등감을 낳는다. 남과 비교하지 않고 자기 자신의 삶에 충실할 때, 그런 자기 자신과 함께 순수하게 존재할 수 있다. 사람마다 자기 그릇이 있고, 몫이 있다. 그 그릇에 그 몫을 채우는 것으로 자족해야 한다. (…) 그리고 우리들 자신을 거듭거듭 안으로 살펴봐야 한다. 내가 지금 순간순간 살고 있는 이 일이 인간의 삶인가, 지금 나답게 살고 있는가… 스스로 점검을 해야 한다. 무엇이 되어야 하고 무엇을 이룰 것인가 스스로 물으면서 자신의 삶을 만들어 가지 않으면 안 된다. 누가 내 인생을 만들어 주는가… 내가 내 인생을 만들어 갈 뿐이다. 그런 의미에서 인간은 고독한 존재다. 저마다 자기 그림자를 거느리고 휘적휘적 지평선 위를 걸어가고 있지 않은가.

8
무료

따뜻한 햇볕 무료
시원한 바람 무료

아침 일출 무료
저녁 노을 무료

붉은 장미 무료
흰 눈 무료

어머니의 사랑 무료
아이의 웃음 무료

무얼 더 바래
욕심 없는 삶 무료

양광모 시인의 〈무료〉라는 시입니다. 가만히 이 시를 음미하다 보니 유료가 가득한 이 세상에 정말 공짜가 많이 있는 것 같습니다. 옛말에 "공짜라면 양잿물도 먹는다"는 말이 있듯이 세상에 공짜 싫어하는 사람은 아무도 없을 것입니다.

얼마 전 추석 연휴 때 이동 인구가 역대 최다였다고 합니다. 물론 역사상 전무후무한 10일 연속 휴일이어서 이동 인구가 많았던 것이기도 했지만, 그때 고속도로 통행료를 무료로 했기 때문에 더욱 많았던 것이라는 원인 분석이 나왔습니다.

특히 우리나라 사람의 특성상 모두에게 공짜인데 나만 그 혜택을 못 받으면 매우 억울해하는 경향이 많아 고속도로 통행료보다 훨씬 더 많은 기름값이 드는 데도 무작정 차를 끌고 나온 사람들도 꽤 많았을 것입니다. 사람 심리가 특이한 것이 배고픈 것은 참아도 배 아픈 것은 못 참는 것 같습니다. 그래서 "사촌이 땅을 사면 배 아파한다"는 속담이 생겼는가 봅니다.

고향이 지방인 나는 고향보다 서울에서 산 세월이 훨씬 더 많은 데도, 한때 내가 낸 서울시 지방세가 나에게는 아무런 혜택도 주지 않고 모두 다 어디에 쓰느냐고 불만을 토로하던 시절이 있었습니다. 말 그대로 내 돈을 공짜로 다른 서울 시민들이 다 가져다 쓰는 것 같아 배 아파했던 것입니다.

광진구에서 20년 넘게 살아온 나는 눈앞에는 한강이요, 등 뒤는 아차산을 병풍처럼 휘두르고 있는 천하의 명당이라는 배산임수의 요지에 집을 두고 있으면서도 그 혜택을 10년 넘게 스스로 포기하고 있었습니다. 주말이면 하루 종일 TV를 보거나 골프를 치러 가거나 근교에 밥을 먹으러 가는 유료 서비스만 사용해왔었습니다. 주변에 수많은 환상적인 무료 서비스를 마다하고 굳이 내 돈을 써가며 내 세금 모두 어디 갔느냐고 불평만 하였던 것이었습니다.

그러던 어느 날 신문 구독 서비스로 받은 그리 좋지 않은 자전거를 썩히기 아까워 무작정 자전거를 끌고 한강변으로 나갔습니다. 광진구로 이사온 지 무려 13년 만에 엎어지면 코 닿을 거리의 한강변으로의 외출이었습니다. 그렇게 한강 로드 자전거 정복은 시작되었습니다. 처음에는 하루 10km, 다음에는 15km, 서서히 주행거리를 늘리게 되어 하루 60km 이상을 달리지 않으면 싱거워서 자전거를 탄 것 같지 않게 되었습니다. 올림픽대교에서 출발하여 여의도를 정복하고, 성산대교를 정복하고, 행주대교를 정복한 후 눈을 돌려 의정부를 정복하고, 성남 비행장을 정복하고, 팔당 댐을 정복하고⋯ 마치 내가 칭기즈칸이 된 것처럼 나의 자전거 영토를 확장했습니다. 석양이 질 무렵 집으로 돌아오는 길에 잠실철교 밑 파라솔에서 천원 주고 산 막걸리를 5백원 주고 산 김치 안주와 곁들여 마시며 여의도 63빌딩에 걸친 석양을 바라보는 정취는 세상 그 무엇과도 바꿀 수 없는 행복이었습니다.

한강변 로드 정복 영토가 약 2,000km 될 무렵 나는 아차산이라는 또 다른 무료 서비스로 눈을 돌렸습니다. 초입의 암석 고바위를 올라 고구려정(당시 팔각정)에 도착하여 서울 시내를 내려다보고, 대성암 가는 길에 남한강과 북한강이 만나는 지점에서 잠시 바람을 쐰 후 범굴사에 들러 부처님과 잠시 대화를 나눈 뒤에, 아차산 2보루 3보루를 거쳐 아차산 정상에서 서울시와 구리시를 360도 회전하여 섭렵하고, 내려오는 길에 아차산 제1소나무와 제2소나무를 한번 어루만져주고 해맞이동산

에서 잠시 땀을 식히고, 마지막 경유지인 영화사 대웅전에서 부처님과
보현보살님, 문수보살님을 알현하여 감사의 명상을 하고, 108개의 공
덕을 마음에 하나하나 심으며 108계단을 올라 미륵부처님 법당에서 기
나긴 하소연과 소망의 대화를 나눈 후, 108개의 욕심을 또 하나하나 마
음에서 뽑아내며 108계단을 내려와 집으로 가는 길에 바라보는 꽃길은
세상 둘도 없는 평화와 위안을 나에게 주었습니다.

이 모든 것이 공짜. 나는 이 모든 무료 서비스를 그 후로 지금까지 10
년 동안 만끽하고 있습니다. 참으로 행복했던 한 해였습니다.

아차산 신록 무료

한강 바람 무료

성남 비행장 옆 코스모스 무료

구리 보리밭 무료

중랑천 살곶이 다리 무료

의정부 갈대밭 무료

108번뇌 해결 무료

기쁨 행복 충전 무료

9
시인

류시화 시인의 시 〈만일 시인이 사전을 만들었다면〉을 한 줄 한 줄 그 뜻을 음미하면서 읽어보면 정말로 '시인은 언어의 마술사답다'라는 생각이 듭니다.

> 만일 시인이 사전을 만들었다면
> 세상의 말들이 달라졌으리라.
> 봄은 떠난 자들의 환생으로 자리바꿈하고
> 제비꽃은 자주색이 의미하는 모든 것으로
> 하루는 영원의 동의어로
>
> 인간은 가슴에 불을 지닌 존재로
> 얼굴은 그 불을 감추는 가면으로
> 새는 비상을 위해 뼛속까지 비우는 실존으로
> 과거는 창백하게 타 들어간 하루들의 재로
> 광부는 땅속에 묻힌 별을 찾는 사람으로

누군가를 사랑한다는 것은

그 사람 가슴 안의 시를 듣는 것

그 시를 자신의 시처럼 외우는 것

그래서 그가 그 시를 잊었을 때

그에게 그 시를 들려주는 것

만일 시인이 사전을 만들었다면

세상의 단어들이 바뀌었으리라.

눈동자는 별을 담는 그물로

상처는 세월이 지나서야 열어 보게 되는 선물로

목련의 잎은 꽃의 소멸로

죽음은 먼 공간을 건너와 내미는 손으로

오늘 밤의 주제는 사랑으로

이 시를 쓴 류시화 시인을 처음 알게 된 곳은 아주 뜻밖의 장소입니다. 오랫동안 서울 광진구 광장동에서 산 나는 아차산을 아주 좋아합니다. 그리 높지 않아 힘들지 않고, 북한강의 전경과 서울 도심을 한눈에 내려다볼 수 있는 아차산은 정말 나에게는 비타민 같은 존재였습니다. 이 산 가까이에서 20년 이상 살았다는 인연으로 아마도 나는 그동안 100번은 넘게 이 산을 찾은 것 같습니다. 어떤 때는 고구려정을 거쳐 해맞이광장을 돌아 아차산 3보루를 넘어 정상으로, 어떤 때는 낙타고개를 넘어 대성암에서 잠시 부처님과 대화를 한 후 아차산 정상에서 서울 시내를 내려다보면 육체와 정신 모두에게 엄청난 자양분이 공급

되는 느낌을 받곤 했습니다.

아차산 정상으로 가는 여러 경로 중 대성암을 거쳐 가파른 암벽길을 힘들게 올라서면 눈앞에 시 한 수가 정겹게 나를 반겨줍니다.

세상을 잊기 위해 나는
산으로 가는데
물은 산 아래
세상으로 내려간다
버릴 것이 있다는 듯
버리지 않으면 안 되는 것이 있다는 듯
나만 홀로 산으로 가는데

채울 것이 있다는 듯
채워야 할 빈 자리가 있다는 듯
물은 자꾸만
산 아래 세상으로 흘러간다.

지금은 그리움의 덧문을 닫을 시간
눈을 감고
내 안에 앉아
빈자리에 그 반짝이는 물 출렁이는 걸
바라봐야 할 시간

류시화 시인의 〈지금은 그리움의 덧문을 닫을 시간〉이라는 시입니다. 언제인지는 기억이 나질 않지만 내가 그를 처음 만난 곳입니다. 그날은 조금 늦게 아차산에 올라가 날이 어둑어둑해졌을 때, 가파른 깔딱고개의 끝에서 숨을 헐떡이며 다음 경로로 막 움직이려는 내 앞에 나타난 그의 시는 날이 점점 어두워져 갈 길 바쁘고 마음도 바쁜 나를 아주 오랫동안 그곳에 서 있도록 만들었습니다. 마치 세상을 잊으려, 무언가를 채우려 산으로 가는 나를 꾸짖는 것만 같아 많은 생각을 하고, 느지막이 이미 어두워진 세상 속으로 돌아왔습니다.

10
노벨상

내가 어릴 적에는 꿈이 무엇이냐고 물으면 대부분의 어린아이들은 대통령, 장군, 큰 회사 사장 등 지위가 높고 권력이 있는 사람이 되기를 원했습니다. 그런데 요즘은 방탄소년단 같은 아이돌이나 도끼와 같은 래퍼가 되는 것이 대세라고 합니다. 세대가 바뀜에 따라 어릴 적 꿈도 참 많이 바뀌는 것 같습니다.

그런데 그때 대통령, 장군만큼 인기 있던 꿈이 있었는데 그것은 바로 한국 최초로 노벨상 수상자가 되는 것이었습니다. 당시에는 그만큼 노벨상 수상자 되는 것은 하늘의 별 따는 것만큼 어렵고 영광스러운 것이었습니다. 하긴 국력이 많이 성장한 지금도 노벨상 수상자가 되는 것은 무척 어렵습니다.

사실 역대 우리나라 노벨상 수상자는 김대중 전 대통령이 유일무이합니다. 그것도 대통령 재임기간인 2000년에 받은 노벨 평화상이어서 노벨 물리학상, 화학상, 생리의학상, 문학상, 경제학상과 비교해서 상대적으로 그 가치가 떨어지는 것은 주지의 사실입니다.

노벨상은 다이너마이트를 발명하고 이를 기업화하여 거부가 된 스웨

덴의 화학자 알프레드 노벨의 유언에 따라 그의 유산을 기금으로 1901년에 제정된 상으로, 세계에서 가장 권위 있는 상으로 인정받고 있습니다. 그런데 이 노벨상이 탄생한 배경에는 재미있는 일화가 숨겨져 있습니다.

노벨이 다이너마이트를 발명하기 전에 화약으로 많이 쓰이던 물질은 나이트로글리세린이라는 무색투명한 기름 상태의 액체였는데, 이 물질의 단점은 약간의 충격에도 폭발을 한다는 것입니다. 노벨의 막내 동생도 그 같은 폭발사고로 사망하게 되자, 노벨은 나이트로글리세린을 고체로 만들어보자는 아이디어를 생각해냈고, 규조토에 나이트로글리세린을 흡수시키고 이를 폭발시킬 수 있는 뇌관까지 개발하여 '다이너마이트'라는 상표로 새로운 화약을 판매하기 시작하였는데, 이 새로운 화약에 대한 반응은 그야말로 폭발적이었습니다. 게다가 그 무렵 수에즈 운하가 건설되고, 알프스 산맥에 터널이 개통되는 등 호재가 줄줄이 이어지면서 노벨은 단숨에 돈방석에 앉게 되었습니다.

그러던 1888년 어느 날 프랑스의 한 신문에 그의 사망 사실을 알리는 부고 기사가 실렸습니다. 부고 기사의 제목은 '죽음의 상인, 사망하다'라고 되어 있었습니다. 그리고 부제로 '사람을 더 많이, 더 빨리 죽이는 방법을 개발해 부자가 된 인물'이라고 기술해 그를 폄하하였습니다. 그런데 이 기사는 사실 오보였습니다. 그의 친형인 루드비그 노벨의 사망을 그의 죽음으로 착각한 신문기자의 오보에서 비롯된 해프닝이었습니다.

멀쩡히 살아 있던 노벨은 그 기사를 보고 아연실색했습니다. 특히 죽음의 상인이라고 표현된 기사를 보고 그는 큰 충격을 받았습니다. 그래서 그의 유산을 인류에 공헌한 사람에게 상금으로 수여한다는 유언을 남겨 노벨상이 만들어지게 되었다 합니다.

평생 독신으로 살았던 노벨은 막대한 부를 소유하고 있었음에도 매우 소박한 생활을 한 것으로 알려져 있습니다. 한때 내연관계에 있던 여인이 있었지만 그녀의 사치와 방종으로 인연을 끊었는데, 그녀는 노벨이 사망한 후 그의 유언이 공개되고 그의 유산을 사람도 아닌 엉뚱한 상에게 빼앗기게 되자 소송을 제기했다고 합니다. 하마터면 세계적으로 권위 있는 상이 시작도 못하고 사라질 뻔하였습니다.

말년에 협심증으로 고생한 노벨에게 의사들은 바로 다이너마이트의 원료인 나이트로글리세린을 권하였으나 그는 의사의 말을 듣지 않았고, 결국 1896년 63세의 나이로 세상을 떠났습니다.

그로부터 100년 후 미국의 약리학자 루이스 이그나로 박사가 나이트로글리세린이 분해됐을 때 발생하는 산화질소가 혈관을 이완시킨다는 사실을 발견해 협심증 치료효과에 대한 연구로 1998년 노벨 생리의학상을 수상했습니다. 노벨은 나이트로글리세린과 참 인연이 많은 것 같습니다. 노벨이 의사의 권유대로 자신에게 돈을 벌게 해준 다이너마이트의 원료인 나이트로글리세린을 먹었더라면 아마 몇 년 더 살 수 있었을지도 모르겠습니다.

여하튼 노벨이 죽었을 때 그의 형이 죽어서 오보가 났던 기사와는 다르게 '노벨은 자신만을 위해 산 것이 아니라 다음 세대를 위해 투자하고 헌신했다'라고 신문 부고가 났습니다. 아마 노벨은 죽어서도 행복했을 것입니다.

그런데 오랜 기간 노벨 문학상 후보로 손꼽혔던 우리나라 어느 노 시

인이 훗날 사망하면 그의 부고란에는 과연 어떤 글이 실릴지 갑자기 아

주 궁금해집니다.

11
얼굴

1960년대 어느 대학 캠퍼스에 남자 생물학도가 있었습니다. 그는 긴 생머리를 한 국문학과 여학생을 짝사랑했습니다. 그러나 좋아한다고 고백도 못 하고 먼발치에서 그녀를 매번 바라만 보았습니다. 그러다 그녀가 다니는 문학 동아리에 가입해 끈질긴 구애 끝에 드디어 그녀와 연인이 되었습니다. 그렇게 그들은 사랑하며 공부하며 즐거운 대학시절을 보냈고, 똑 같이 교사 임용고시에 합격해 한 명은 생물 선생님으로, 또한 명은 국어 선생님으로 임용되어 행복한 미래를 설계하였습니다.

그러나 행복한 순간도 잠시 그들은 어떤 이유에선가 헤어지게 되었습니다. 그렇게 사랑하는 연인과 헤어진 생물학도는 중학교 생물 선생님이 되어 평범한 하루하루의 일상을 보내고 있었습니다. 그런데 그가 다니고 있는 중학교 교장 선생님은 교무회의 시간에 아주 긴 연설로 유명한 분이었습니다. 한 얘기 또 하고, "다시 말해서", "마지막으로", "정말 끝으로" 등 끝낼 듯 하면서도 끝없는 일장 훈시는 매번 선생님들로 하여금 지루함과 따분함을 느끼게 했고, 대부분의 선생님들은 교장 선생님의 말씀을 듣지 않고 다른 짓을 하고 있었습니다. 생물 선생님도 지루함을 이기지 못해 공책에 동그라미를 그리며 낙서를 하다 문득 대학시절 사랑하다 헤어진 그녀가 생각나 그녀의 얼굴을 그리게 되었습니다. 그리고 그녀의 얼굴 옆에 하나의 시를 적었습니다.

동그라미 그리려다 무심코 그린 얼굴
내 마음 따라 피어나던 하얀 그때 꿈을
풀잎에 연 이슬처럼 빛나던 눈동자
동그랗게 동그랗게 맴돌다 가는 얼굴

동그라미 그리려다 무심코 그린 얼굴
무지개 따라 올라갔던 오색빛 하늘 나래
구름 속의 나비처럼 날으던 지난 날
동그랗게 동그랗게 맴돌곤 하는 얼굴

지루한 교무회의가 끝나고, 생물 선생님의 그림과 시를 본 음악 선생님이 바로 이 시에 곡을 붙였습니다. 이 노래가 바로 1970년대 젊은이들에게 폭발적인 인기를 끌었던 〈얼굴〉이란 노래입니다.

두 선생님이 만든 이 노래가 인기를 끌게 된 계기는 이 곡을 작곡한 음악 선생님이 어느 라디오의 노래자랑 프로그램 심사위원을 맡게 되었는데, 출연자들이 각기 다른 노래를 불러 심사가 어려워 동일한 노래로 출연자들이 부르면 공정한 심사가 될 것이라며 PD가 제안했습니다. 그리고는 알려진 노래보다는 알려지지 않은 신선한 노래를 찾자 음악 선생님이 자신의 노래 〈얼굴〉을 추천했고, 이 노래가 전파를 타자 수많은 청취자들이 이 노래를 신청하였고 그렇게 우연한 기회에 인기를 끈 이 노래는 40여년이 지난 지금도 많은 사람들이 사랑하는 노래가 되었습니다.

그리고 이 노래의 가사를 만든 생물 선생님은 동그라미 그리려다 무심코 그린 얼굴을 잊지 못하고 오랜 세월이 지나도 동그랗게 동그랗게 맴돌곤 하던 얼굴이 그리워 대학시절 사랑했던 그녀를 다시 찾아 결혼을 하여 해피엔딩을 맞았습니다.

인간에게 있어서 얼굴은 어떤 의미를 가지고 있을까요? 목욕탕에 불이 나 사람들이 발가벗고 탈출할 때 대부분은 치부가 아닌 얼굴을 가린다고 합니다. TV 뉴스 프로그램에서 나오는 범죄자들은 거의 모두 마스크를 쓰거나 옷으로 얼굴을 가립니다. 그만큼 인간은 얼굴을 다른 어떤 부위보다 중요하게 생각합니다. 그것은 얼굴은 곧 자신의 명예와 같은 것이기 때문입니다.

사람은 자기 나이 연수만큼 자신의 얼굴을 보며 살아왔습니다. 그렇기 때문에 자기 나이만큼 변해 버린 자신의 얼굴을 제대로 알지 못합니다. 동창모임에 나가면 나 빼놓고 모든 친구들이 왜 이렇게 늙어 버렸는지… 그러나 그들도 나와 똑 같은 생각을 하고 있다는 사실을 알지 못합니다. 설령 알고 있다 하여도 굳이 시인을 하려 하지 않습니다. 그래서 인생 황혼 무렵에 절대 첫사랑을 다시 만나지 말라고 하는 것 같습니다. 더 이상 그녀는 40~50년 전의 풀잎에 맺힌 이슬처럼 빛나던 눈동자를 가진 소녀가 아니고, 그는 구름 속의 나비처럼 날아다니는 소년이 아니기 때문입니다.

피천득 선생님도 수필 〈인연〉에서 아사코와의 세 번째는 아니 만났어야 좋았을 것이라고 회상했습니다. 그것은 시들어 가는 아사코의 모습을 보았기 때문입니다. 나이가 들어감에 따라 얼굴이 변해가는 것은 자연의 섭리이기에 어쩔 수 없다지만, 링컨 대통령의 "나이 사십이 넘으면 자기 얼굴에 책임을 져라"라는 말을 다시 한 번 생각해봐야 할 것 같습니다.

12
운명

사람에게는 정해진 운명이 정말 있을까요, 아니면 본인 스스로 운명을 개척할 수 있을까요? 이 해묵은 질문에 명쾌하게 답을 하기는 무척 어려운 것 같습니다. 운명론자들은 세상만사가 미리 정해진 필연적 법칙에 의해 따라 일어난다는 사상을 주장하며, 인간의 의지적 행위로 자신의 운명을 바꿀 수 없고 어떤 전지전능의 힘이 인사의 일체를 지배한다고 믿고 있습니다.

그리스인들은 인간의 운명을 관장하는 세 여신이 있는데 인간의 탄생을 지배하며 생명의 실을 잣는 클로토와 인간의 일생을 마음대로 조종하는 라케시스, 인간의 죽음을 관장하여 생명의 실을 끊어버리는 아트로포스가 있다고 믿어, 그 운명의 힘 속에 신의 섭리와도 비슷한 의지의 존재를 믿고 그것에 거역하지 않고 순종하여 살았다고 합니다. 그런데 이런 깨달음으로 오히려 비관적이지 않고 세상을 낙관적으로 보게 되었다고 합니다. 그래서 그리스에서 철학이 그렇게 발달한 것이 아닌가 싶습니다.

미즈노 남보쿠라는 일본 에도시대의 전설적인 관상가가 있었습니다.

젊은 시절 매일 술과 도박 그리고 싸움을 일삼던 그는 어느 관상가로부터 1년 안에 칼을 맞아 죽을 운명이니 빨리 절로 가서 출가하라는 말을 듣고 절로 갔지만, 그 절의 주지 스님이 출가는 인내가 필요한 것이니 1년 동안 콩과 보리만 먹고 오면 받아주겠다고 돌려보냈습니다. 그 후 그는 고된 일을 하면서도 정말 콩과 보리만 먹고 1년을 보낸 후 주지 스님을 다시 찾아가다 자신에게 1년 전에 경고했던 관상가를 만났습니다.

그 관상가는 미즈노의 상이 완전히 바뀐 것을 보고 놀라며 더 이상 칼을 맞을 운명이 아니라며 식사습관이 그의 운명을 바꾸어 놓았다고 말했습니다. 이를 계기로 미즈노는 출가하는 대신 사람의 얼굴, 골격, 자세, 생활습관 등을 연구하게 되고, 관상과 운명을 개척하는 방법을 개발하여 큰 명성을 얻게 되었습니다.

그는 "만물을 소중하게 대하지 않고 하찮게 대하면 자신 또한 만물로부터 똑 같은 취급을 받습니다. 사람들은 복을 가지고 태어난다고 믿지만 스스로 쌓은 덕이 복이 되어 돌아옵니다. 자신의 운명은 매일 자신이 하는 바에 고스란히 나타납니다. 그렇기 때문에 매일 대하는 물건이나 도구를 다루는 모습만 보더라도 스스로 자신의 운명을 예측해볼 수 있습니다"라고 말했습니다. 이를 보면 인간은 운명을 스스로 바꿀 수 있을 것 같기도 합니다.

어느 산에 스님 한 분이 살았습니다. 들리는 바로는 아직까지 단 한 명도 그 스님의 말문을 막히게 한 사람이 없다고 합니다. 어느 날 아주 똑똑한 아이가 스님의 말문을 막히게 하려고 손에 작은 새 한 마리를 쥐고 스님에게 가서 물었습니다.

"스님, 이 새가 죽은 건가요, 아니면 살아있는 건가요?"

그리고 생각했습니다. '만일 이 스님이 살았다고 하면 새를 목 졸라 죽여 버리고, 죽었다고 하면 살려서 날려 보내야지. 내가 드디어 이 스님을 이기는구나!'

그러자 스님이 웃으면서 말했습니다.

"얘야, 그 새의 생사는 네 손에 달렸지 내 입에 달린 것이 아니란다."

꼬마는 새를 날려 보내며 말했습니다.

"스님은 어떻게 이토록 지혜로우신가요?"

그러자 스님이 대답했습니다.

"예전에는 나도 정말 멍청한 아이였단다. 그러나 매일 열심히 공부하고 생각하다 보니 지혜가 생기기 시작하더구나. 아마도 너는 나보다 더 지혜로운 사람이 될 것 같구나."

그러나 아이는 슬픈 기색을 보이며 말했습니다.

"어제 어머니께서 점을 보셨는데 제 운명은 아주 엉망이라고 말했다고 합니다."

스님은 잠깐 동안 침묵하더니 아이의 손을 당겨 잡았습니다.

"얘야, 네 손금을 좀 보여주렴. 이것은 감정선, 이것은 사업선, 이것은 생명선. 이제 주먹을 쥐어보렴."

아이는 주먹을 꼭 쥐고 스님을 바라보았습니다.

"얘야, 네 감정선, 사업선, 생명선이 어디 있느냐?"

"바로 제 손 안에 있지요."

"그렇지, 바로 네 운명은 네 손 안에 있는 것이지 다른 사람의 입에 달린 것이 아니란다. 다른 사람으로 인해 네 운명을 포기하지 말거라!"

이 스님의 말처럼 운명은 내 손 안에 있을까요, 아니면 남의 손 안에 있을까요?

정답이 어렵지만, 요즘 비행기 사업을 하는 부모님 밑에서 조물주 밑의 건물주 운명을 타고 나서 대박생활을 하다 쪽박 찬 삼 남매를 보면 운명은 나 개인적으로는 내 손 안에 있는 쪽에 걸겠습니다. 누가 말했는지는 모르겠지만 "용기 있는 자로 살아라! 운이 따라주지 않는다면 용기 있는 가슴으로 불행에 맞서라"라는 격언이 역시 내 스타일에 맞는 것 같습니다.

13
복면

'만일 목욕탕에서 불이 나 미처 옷을 입지 못하고 탈출해야 할 경우 당신은 어느 신체 부위를 가리고 나올 것 같습니까?'라는 설문에 많은 사람들이 신체의 부끄러운 특정 부분보다는 얼굴을 가리고 나온다는 설문 결과가 많았습니다. 그만큼 인간은 본능적으로 체면을 중요시하고 있습니다.

그런데 역으로 굳이 체면을 차릴 이유가 없는 입장이 되면 인간은 평소와는 180도 다른 행태를 보이게 되는 경우가 많이 있습니다. 예를 들어 멀쩡히 사회생활을 하다가도 예비군복만 입으면 이상한 행동을 하게 되는 심리 같은 경우가 이에 해당합니다. 옷만 바꾸어 입어도 이렇게 행동이 돌변하는데, 만일 얼굴을 가리게 된다면 어떤 현상이 일어날까요?

요즘 〈복면가왕〉이라는 TV 프로그램이 아주 인기가 많습니다. 방청객 및 패널들이 알지 못하게 출연자가 복면을 쓰고 나와 노래경연을 하는데, 승자는 복면을 쓰고 경쟁을 계속하게 되고 패자는 복면을 벗어 정체를 드러내는 아주 독특한 포맷의 예능 프로그램입니다. 출연자는 패널과 방청객을 속이기 위해 평소 하던 행동과는 전혀 다른 행동을 하여 시청자들에게 재미를 주고 있습니다. 나중에 복면을 벗은 출연자 대부분은 복면을 쓰고 있는 것이 편안하고 나를 알지 못할 것이라는 생각에 전혀 뜻밖의 행동을 편하게 할 수 있었다고 말했습니다.

1970년대 허영만 화백의 〈각시탈〉이라는 청소년에게 최고의 인기를 누리던 만화가 있었습니다. 조선인이지만 일본 경시청 순사로 동포를 괴롭히던 이강토라는 청년이 어떤 깨달음을 얻고 자각한 후 각시탈 가면을 쓰고 일본과 맞서 싸운다는 설정입니다. 평소 어리숙한 일본 순사로 생활하다 각시탈 가면만 쓰면 영웅으로 탈바꿈해 일본 악당들을 통쾌하게 무찔러 당시 독자로 하여금 짜릿한 쾌감을 맛볼 수 있게 해주었습니다. 나도 당시 〈각시탈〉의 광팬 중 한 명이었습니다.

조선의 복면 영웅이 '각시탈'이라면 미국의 복면 영웅은 '쾌걸 조로'입니다. 조로는 미국의 작가 매컬리가 1919년 쓴 소설 속의 주인공으로, 미국 캘리포니아의 스페인 식민지에 사는 귀족 돈 디에고 데라바가의 또 다른 이름입니다. 그는 검은색 망토 그리고 모자와 가면을 쓰고 홀연히 나타나, 선량한 사람들을 괴롭히는 독재자와 악당들을 물리치고 조로를 상징하는 'Z'자를 남긴 채 유유히 사라지는 정의의 사도입니다. 조로는 소설뿐만 아니라 영화로도 제작되어 많은 인기를 끌었습니다.

이외에도 우리에게 아주 친숙한 할리우드의 복면 영웅이 많이 있습니다. 고담시를 지키는 외로운 영웅 배트맨, 도시 정의의 수호자 스파이더맨, 백만장자 천재 아이언맨 등 자신의 정체를 다양한 복면으로 숨긴 채 수많은 악당들을 물리친 영화 속의 복면 영웅이 그들입니다.

요즘 가이 포크스 가면이 아주 화제입니다. 국내 항공사 오너 가의 갑질 때문에 촉발된 촛불집회에 오너 가의 보복이 두려워 본인의 정체를 숨기기 위해 가이 포크스 가면을 쓰고 참가하는 항공사 직원들이 늘고 있습니다. 가이 포크스는 1605년 가톨릭 탄압에 대항해 영국의 국회의사당을 폭파시키고자 화약 음모 사건을 일으킨 주동자로서, 거사 직전에 발각되어 1606년 극형에 처해졌습니다. 그 후 가이 포크스는 저항과 무정부주의의 상징으로 여겨지게 되었고, 후대 영국인들은 거사를 단행하려 했던 11월 5일을 '가이 포크스 데이'로 지정해 기념하고 있으며, 이 날에는 그 유명한 짙은 콧수염이 그려진 가이 포크스 가면을 쓰고 화려한 불꽃놀이를 즐기게 되었습니다.

이 가면은 〈브이 포 벤데타V for Vendetta〉라는 소설과 동명의 영화에서 주인공 브이가 써서 널리 알려졌고, 이 때문에 벤데타 가면이라고도 불리게 되었습니다. 또한 유명한 해커 그룹 '어나니머스Anonymous'의 로고로도 사용되어 그 유명세를 더하게 되었습니다. 이런 가이 포크스 가면이 한국에도 상륙하여 K항공 회장 일가의 일관된 갑질에 저항하기 위해 등장하게 되었고, 공교롭게도 또 다른 항공사 A항공의 기내식 대란에 이은 회장의 기자회견 사건 및 기체 결함에 따른 책임을 물어 회장 퇴진의 촛불집회에도 등장하였습니다.

각시탈이든 조로든 배트맨이든 가이 포크스든 누구라도 지금의 대한민국 현실세계에 나타나 가진 자들의 갑질을 한 방에 날려주고 서민들의 마음을 통쾌하게 풀어줄 복면 영웅이 나타났으면 하는, 조금은 유치하지만 의미 있는 생각이 드는 요즘입니다.

14
가을

가을엔 편지를 하겠어요. 누구라도 그대가 되어 받아주세요

– 〈가을 편지〉

가을엔 가을엔 떠나지 말아요. 차라리 하얀 겨울에 떠나요

– 〈내 마음 갈 곳을 잃어〉

가을을 남기고 떠난 사랑, 겨울은 아직 멀리 있는데

– 〈가을을 남기고 떠난 사랑〉

그대 사랑 가을 사랑, 단풍 일면 그대 오고 낙엽 지면 그대 가네

– 〈가을 사랑〉

가을이 오면 눈부신 아침 햇살에 비친 그대의 미소가 아름다워요

– 〈가을이 오면〉

가을 잎 찬바람에 흩어져 날리면 캠퍼스 잔디 위엔 또 다시 황금 물결

– 〈날이 갈수록〉

가을비 우산 속에 이슬 맺힌다　　　　　　– 〈가을비 우산 속〉

가을에 관한 노래나 시는 밝음, 쾌활, 기쁨보다는 어둡고, 우울하고,

슬픈 감정을 표현하는 것이 대부분입니다. 그래서 가을에 관한 노래는 만남보다는 이별을, 기쁨보다는 슬픔을, 환한 미소보다는 눈물을 묘사하고 있습니다. 그 이유는 사계절 중 가을 자체가 가지고 있는 쓸쓸함, 고독함, 낭만, 외로움 때문이 아닌가 합니다.

가을 하면 떠오르는 가장 일반적인 풍경은 한적한 오솔길을 스산한 바람결에 긴 머리를 흩날리며 버버리 코트(트렌치 코트) 깃을 세우고 금방이라도 눈물이 떨어질 것 같은 우수에 찬 눈동자를 한 사람이 홀로 쓸쓸히 낙엽을 밟으며 고독을 음미하며 깊은 사색에 빠져 걸어가는 모습이 아닐까요? 거기에 비마저 부슬부슬 내리면 가을 외로움의 절정을 느낄 수 있을 것 같습니다. 흔히 봄은 여자의 계절이고, 가을은 남자의 계절이라고 합니다. 그 이유는 정확히 모르겠지만, 나도 봄보다는 가을이 훨씬 좋습니다.

모든 남자들은 한 번쯤 자신을 이 세상에서 가장 외롭고 쓸쓸하고 고독한 사람으로 스스로 자신의 감정을 강요한 적이 있을 것입니다. 그러다 일상으로 돌아오면 그 치기에 부끄러워 혼자 쓴웃음 지은 경험도 있을 것입니다. 그러나 해마다 돌아오는 가을마다 그 정도 감정의 사치에 잠시 빠져보는 것도 괜찮지 않을까 생각합니다.

9월에 가을이 와서, 10월에 가을이 한없이 깊어지고, 11월이면 가을이 떠나갑니다. 갈수록 지구의 이상 기후 때문에 여름과 겨울은 길어지고 가을은 짧아져 가서, 가을을 사랑하는 나는 매우 아쉽습니다. 9월의 가을은 아직 여름이 남아 있고 11월의 가을은 벌써 겨울이 조금 다가와 있어, 나는 10월의 가을을 가장 좋아합니다.

10월이야 말로 가을 정취의 진수를 느낄 수 있는 달입니다. 이런 10

월에 가장 유명한 가을 노래 두 개를 꼽자면 이용의 〈잊혀진 계절〉과 노르웨이 그룹 Secret garden의 〈시월의 어느 멋진 날에〉입니다. "지금도 기억하고 있어요. 시월의 마지막 밤을. 뜻 모를 이야기만 남긴 채 우리는 헤어졌지요"라고 시작하는 〈잊혀진 계절〉은 신인이었던 이용을 1982년 당시 최고의 인기를 구가하던 가왕 조용필을 누르고 가수왕으로 만들어 주었습니다.

원래 이 노래는 가수 조영남이 노래를 불러 9월에 발표할 예정이었고, 가사도 "시월의 마지막 밤을"이 아니라 "구월의 마지막 밤을"이었으나 음반사와 계약 문제로 녹음이 지연되자 가수를 이용으로 바꾸었고, 음반이 10월에 발매됨에 따라 가사도 "시월의 마지막 밤을"로 바뀌었고, 매년 10월 31일이 되면 가장 많이 전파를 타는 노래가 되었습니다. 사람만 운명이 바뀌는 것이 아니라 노래도 운명이 바뀌는가 봅니다.

"널 만난 세상 더는 소원 없어/ 바램은 죄가 될 테니까/ 살아가는 이유 꿈을 꾸는 이유/ 모두가 너라는 걸/ 네가 있는 세상 살아가는 동안/ 더 좋은 것은 없을 거야/ 시월의 어느 멋진 날에"로 맺는 〈시월의 어느 멋진 날에〉는 노르웨이 출신의 뉴 에이지 그룹 Secret garden의 〈Serenade to spring〉이 원곡으로, 사실 봄에 관한 노래를 작사가 한경혜가 가을에 관한 노래로 탈바꿈시켜 버렸습니다.

이 노래 역시 운명이 바뀐 노래가 아닐 수 없습니다. 이 노래는 성악가 김동규가 불러 국내에서 아주 유명한 노래가 되었습니다. 곡 자체도 좋지만 10월의 가을 노래로 바뀐 가사가 참으로 아름답습니다. 10월의 어느 멋진 날에 잘 어울리는 멋진 가사인 것 같습니다.

남자의 계절인 가을을 더 자주 타고 싶은데 나이가 듦에 따라 그 센치한 감성이 예전만큼 자주 오질 않습니다. 이것이 나이 탓인지, 현실의 무게감에 눌린 감성의 메마름인지 솔직히 잘 모르겠습니다. 앞으로는 의도적으로라도 10월의 어느 멋진 날과 10월의 마지막 밤을 기억해 내야 할지도 모르겠습니다. 갑자기 김현식의 〈추억 만들기〉가 듣고 싶어지는 며칠 남지 않은 10월의 어느 멋진 오후입니다.

그리고 아직 나는 가을이 정말 좋습니다.

15
단풍

나뭇잎은 봄에 싹을 움트고, 여름에 신록을 내뿜다가 가을이 되면 단풍
으로 물들었다가 떨어져 낙엽이 되고, 겨울에는 그 존재마저 없어집니
다. 마치 사람의 생로병사와 같은 사이클을 가지고 있습니다. 해마다
가을이 되면 나뭇잎은 울긋불긋한 단풍이 되어 만산홍엽을 이루어 그
자태를 뽐내고, 사람들은 그것을 즐기기 위해 유명한 산을 찾아 인산인
해를 이룹니다.

그런데 이런 단풍이 만들어지는 데는 오묘한 자연의 섭리가 담겨 있
습니다. 가을이 되면 나뭇잎은 어쩔 수 없이 나뭇가지와의 이별을 준비
해야만 됩니다. 그래서 나뭇가지에서 쉽게 떨어지도록 나뭇잎과 가지
의 연결 부위에 특별한 세포층을 만들게 되는데, 이를 이층離層 또는 떨
켜라고 합니다. 이 떨켜는 나뭇잎에 있는 수분이 빠져나가는 것을 막기
도 하지만 미생물이 침입하는 것도 막아주는 역할을 합니다.

단풍이 드는 이유는 가을이 되어 온도가 내려가게 되면 나뭇잎에 있
는 영양분이 줄기로 이동하게 되고 떨켜가 생겨 나뭇잎에 수분을 공급
하지 못하게 되지만, 광합성 작용은 계속 진행되고 이 과정에서 나뭇잎

을 초록으로 보이게 하는 엽록소가 파괴되면서 엽록소보다 분해 속도가 느린, 그간 보이지 않았던 여러 종류의 색소들이 표면에 드러나면서 빨갛게, 노랗게 또는 갈색으로 나뭇잎을 물들이는 것입니다.

우리는 단풍을 그냥 아름답게만 보고 있지만 단풍이 생기는 데에는 자연의 이치와 과학이 담겨 있습니다. 봄꽃은 하루에 30km의 속도로 북상을 하고, 가을 단풍은 하루 20km의 속도로 남하합니다. 북쪽에 있는 설악산 단풍의 절정은 10월 중순이고, 남쪽에 있는 내장산의 단풍의 절정은 11월 초인 까닭이 여기에 있습니다.

사람들은 가을이 오면 괜히 고독해지고, 사색적이게 되는 것 같습니다. 봄에는 모든 사람이 시인이 되고, 가을에는 모든 사람이 철학자가 된다는 말이 있습니다. 인생으로 따지면 중년에 해당하는 가을이 사람들로 하여금 많은 것을 생각하게 하고, 감상에 젖게 하기 때문인 것 같습니다. 따라서 가을과 낙엽과 단풍은 예로부터 많은 시인이나 성현의 글 소재가 되었습니다.

一葉落天下知秋(일엽락천하지추)

나뭇잎 하나 떨어지는 것을 보고 천하에 가을이 온 것을 알았다는 시구입니다. 이를 줄여서 일엽지추一葉知秋라고 합니다.

깊어가는 가을 달밤에는 아래 시구가 아주 제격입니다.

高月照深池 紅葉下秋庭(고월조심지 홍엽하추정)

높이 뜬 달은 깊은 연못 위에 비치고
붉은 단풍잎은 가을 뜰에 떨어지는도다.

어떤 옛 시인은 가을과 단풍을 이렇게 표현했습니다.

白菊粉山面 丹楓脂洞口(백국분산면 단풍지동구)
하얀 국화는 산의 얼굴에 분을 칠하고
붉은 단풍은 마을 입구에 연지를 바르네.

요즘 같은 단풍철에 가장 유명한 한시는 중국 당나라 시인 두목杜牧
의 〈산행山行〉입니다.

遠上寒山石徑斜(원상한산석경사)
白雲生處有人家(백운생처유인가)
停車坐愛楓林晚(정거좌애풍림만)
霜葉紅於二月花(상엽홍어이월화)

멀리 가을 산 위로 돌길이 비스듬히 놓여있고
흰구름 이는 곳에 인가가 보이네.
마차를 세워 놓고 늦은 단풍을 즐기는데
서리 맞은 단풍이 이월의 꽃보다 붉구나.

많은 시인이 가을의 정취와 낭만을 노래했습니다. 그런데 요즘은 이런 감흥을 느낄 새도 없이 가을이 금방 지나가는 것 같습니다. 여름의 뜨거운 태양을 떠나보내고 가을의 단풍을 즐길 새도 없이 겨울로 넘어가고 있습니다. 문태준 시인의 〈가을날〉이 이런 아쉬움을 표현하고 있습니다.

아침에 단풍을 마주 보고 저녁에 낙엽을 줍네.
오늘은 백옥세탁소에 들러 맡겨둔 와이셔츠를 찾아온 일밖에 한 일이 없네.
그러는 틈에 나무도 하늘도 바뀌었네.

월하독작 月下獨酌

내 고교시절 국어 선생님은 가끔 교과서 내용과는 전혀 상관없이 교실 문을 들어서자마자 아무런 말도 없이 칠판에 한시를 적고서는 그 뜻을 풀이하면서 "이 얼마나 멋진 비유이냐"라고 스스로 감탄하셨습니다. 한 시의 내용은 물론 선생님이 써놓으신 한자 하나하나의 필체 또한 정말 내 눈에는 명필이었습니다. 그때부터 나는 한자와 한시를 사랑하게 되 었습니다. 그 한시 속에는 인생이 담겨 있고, 세월이 있고, 감동, 사랑, 슬픔 그리고 자연이 있었습니다.

그로부터 40년이 지난 지금도 그 시구절 하나하나가 생생히 머릿속 에 각인되어 있습니다.

千尺絲綸直下垂(천척사륜직하수)

一波纔動萬波隨(일파재동만파수)

夜靜水寒魚不食(야정수한어불식)

滿船空載月明歸(만선공재월명귀)

천 길의 낚싯줄을 물속에 드리우니

한 물결 일어나 만 물결을 따라 일게 하네.

밤은 깊고 물이 차니 고기는 물지 않고

빈 배에 달빛만 가득 싣고 돌아오네.

　중국 송나라 때의 고승 야부도천冶父道川 선사가 지은 〈공재월명空載月明〉이라는 한시입니다. '일파만파一波萬波'라는 고사성어가 바로 이 한시에서 유래되었다 합니다. 달빛 가득한 한밤중에 배를 저어 강으로 나아가 낚싯대를 드리우니 물결 파동이 한없이 일어나 여러 개의 커다란 원을 계속 그리고, 긴 시간 기다렸으나 고기는 잡지 못하고 빈 배에 달빛 맞으며 돌아오는 모습이 눈에 선하지 않습니까? 속세의 보이는 것에 마음을 뺏기지 말고 허공 같은 마음으로 세상을 살라는 가르침이 있는 한시입니다. 이 시를 음미하고 있으면 내 마음도 정말 고요해지는 것 같습니다.

白頭山石磨刀盡(백두산석마도진)

豆滿江水飮馬無(두만강수음마무)

男兒二十未平國(남아이십미평국)

後世誰稱大丈夫(후세수칭대장부)

백두산 돌은 칼을 갈아 닳게 하고

두만강 물은 말에게 먹여 마르게 했네.

사나이 이십 세에 나라를 평안케 하지 못하면

후세에 누가 대장부라 칭하겠는가.

이 시는 조선 세조 때 16세에 무과에 급제하고, 26세에 이시애의 난을 평정하여 1등 공신에 책봉되었으며, 이듬해 병조판서가 되었지만 몇 달 뒤 병조참지 유자광의 모함으로 역모죄로 처형된 남이 장군이 이시애의 난을 평정한 뒤 쓴 한시입니다.

남이 장군은 27세의 젊은 나이에 지금의 국방장관에 해당하는 위치에 오른 우리나라의 역사상 유일무이한 인물입니다. 이에 걸맞게 백두산의 모든 돌을 칼을 갈아 닳아 없어지게 하고, 두만강의 물을 모두 말에게 먹여 말라 없어지게 한다는 하늘을 찌를 듯한 사나이의 기개를 시에 담았습니다. 그러나 유자광이 未平國(미평국) 즉 '나라를 평안케 하지 못하면'이라는 내용을 未得國(미득국)이라고 바꾸어서 '나라를 얻지 못하면'이라는 뜻으로 고쳐서 그를 무고하였으니, 그는 자신의 멋진 시 때문에 역모에 몰려 젊은 나이에 안타까운 죽음을 당하였습니다.

天若不愛酒(천약부애주)

酒星不在天(주성부재천)

地若不愛酒(지약부애주)

地應無酒泉(지응무주천)

天地旣愛酒(천지기애주)

愛酒不愧天(애주부괴천)

已聞淸比聖(이문청비성)

復道濁如賢(복도탁여현)

聖賢旣已飮(현성기이음)

何必求神仙(하필구신선)

三盃通大道(삼배통대도)

一斗合自然(일두합자연)

但得醉中趣(단득주중취)

勿謂醒者傳(물위성자전)

하늘이 만약 술을 사랑하지 않았다면

주성이 하늘에 있지 않았을 것이고,

땅이 만약 술을 사랑하지 않았다면

땅에는 마땅히 주천이 없었으리라.

하늘과 땅이 이미 술을 사랑하고 있으니

술을 사랑하는 것은 천지에 부끄럽지 않다.

이미 청주를 성인에 비유하고,

또한 탁주를 현인에 비유하여 말하기도 하네.

성인과 현인을 이미 마셨으니

어찌 구태여 신선이 되기를 구하겠는가?

석 잔을 마시면 큰 도에 통하게 되고,

한 말을 마시면 자연에 합하게 된다.

다만 술 취해 얻은 정취이니

깨어 있는 사람에게 말하여 전하지 마라.

한시에 있어서 술은 떼래야 뗄 수 없는 주제입니다. 이 시는 〈월하독작 2月下獨酌 二)라는 중국에서 가장 유명한 시인 이백李白의 작품입니다. 달빛 아래에서 홀로 먹는 술이라는 아주 낭만적인 제목입니다. 이백은 시선이면서 주선이니 어찌 술에 관한 시를 짓지 않았겠습니까? 이 시에 의하면 하늘이 술을 사랑하고 땅이 술을 사랑한다니 우리도 당연히 술을 사랑해야 하고, 청주를 먹으면 성인이 되고 탁주를 먹으면 현인이 된다니 어찌 술을 마다할까요? 석 잔을 마시면 도를 알게 되고 한 말을 마시면 자연을 깨닫게 된다니 정말 '권주시勸酒詩'로서는 최상의 시가 아닐 수 없습니다.

그래도 약간은 미안했던지 술 안 먹는 사람에게는 비밀로 하자고 하니 최소한의 양심은 있는 것 같습니다. 여하튼 나도 오늘 하늘과 땅이 사랑한 성인과 현인을 만나 도를 깨닫고 자연과 동화되어야겠습니다. 다만 깨어 있는 아내에게는 말하여 전하면 안 되는 것을 전제로 말입니다.

17
장자

方舟而濟於河(방주이제어하)

有虛船來觸舟(유허선래촉주)

雖有惼心之人不怒(수유편심지인불로)

有一人在其上(유일인재기상)

則呼張歙之(즉호장읍지)

一呼而不聞(일호이불문)

再呼而不聞(재호이불문)

於是三呼邪(어시삼호사)

則必以惡聲隨之(즉필이악성수지)

向也不怒而今也怒(향야불노이금야노)

向也虛而今也實(향야허이금야실)

人能虛己以遊世(인능허기이유세)

其孰能害之(기숙능해지)

한 사람이 배를 타고 강을 건너는데

빈 배가 다가와 부딪친다면

비록 속 좁은 사람일지라도 화내지 않을 것이다.

그러나 그 배에 사람이 타고 있었다면

즉시 그 사람을 거세게 불렀을 것이다.

한 번 불러 듣지 못했으면

다시 불렀을 것이고, 그래도 듣지 못했으면

다시 세 번째로 더 거세게 불렀을 것이고,

이에 반드시 좋지 않은 소리를 했을 것이다.

처음에는 화를 내지 않다가 지금 화를 내는 것은

처음에는 빈 배지만 지금은 사람이 있기 때문이다.

사람이 빈 배가 되어 세상을 살아갈 수 있다면

누가 그대를 해하겠는가.

이 시는 중국 전국시대의 사상가 장자의 〈빈 배虛舟〉라는 한시입니다. 장자는 기원전 369년에 태어난 것으로 알려져 있어 맹자와 동시대의 사람이며 노자와 함께 도가를 형성한 사상가로, 그의 학문은 대자연에 철저히 순응하는 한편 삶과 죽음이 하나가 되는 무위자연적 달관의 경지에 이르는 것이 핵심입니다.

그의 아내가 죽었을 때 그는 울기는커녕 대야를 두드리며 노래를 불렀다는 동서고금을 막론하고 유례없는 일화가 전해져 내려오고 있습니다. 그의 가장 절친한 벗이자 사상가인 혜시가 장자의 아내가 죽었다는 소식을 듣고 조문을 왔다가 장자가 아내의 관 옆에서 두 다리를 쩍 벌리고 앉아 대야를 두드리며 노래하는 모습을 보고 화가 나 이 무슨 해

괴한 짓을 하냐고 소리치자 장자는 이렇게 말했습니다.

"그런 게 아니라네. 나도 아내가 죽었는데 어찌 가슴이 아프지 않겠는가? 그런데 한편으로 다르게 생각해보면 꼭 울기만 할 일도 아니라네. 한 사람으로서 내 아내는 본래 생명도, 형체도, 심지어는 기氣조차 없었는데 언제부터인가 무엇인지 알 수 없는 것들이 점차 한데 섞여 기가 되고, 형체가 되고, 또 생명이 되어 생겨난 것이지. 그리고 지금 이 상황은 그저 생명이 죽음으로 변한 것뿐이라네. 마치 봄·여름·가을·겨울이 순환하는 것과도 같은 것이라네. 지금 내 아내는 마치 편히 쉬고 있는 것이나 마찬가지라네. 그런데 내가 그 옆에서 울기만 한다는 것은 생명변화의 이치를 모른다는 이야기지. 그래서 울지 않는 것이라네."

이렇듯 장자의 사상은 일부러 일삼지 않아도 스스로 다스려진다는 무위이치無爲而治로, 아무 것도 하지 않고 다스린다는 자연의 이치를 따른다고 할 수 있습니다. 요즘 현대인들이 새겨야 할 장자의 가르침 7선이 매우 가슴에 와 닿습니다. 그 첫째는 마음을 비워서 이해관계가 없고, 둘째는 이름이 없어서 명예를 구하지 않으며, 셋째는 공로를 탐내지 않아서 남과 다투지 않고, 넷째는 말이 없어서 시비를 가리지 않고, 다섯째는 귀천이 없어서 편안하고, 여섯째는 생사를 초월해서 기쁨도 슬픔도 없으며, 마지막 일곱째는 처음도 끝도 없이 대자연에 몸을 맡기는 것이 곧 인간이 행복에 이르는 길이라고 정의하였습니다.

어찌 보면 장자의 사상은 아무 일도 하지 않고 무위도식하는 사람이 가장 현명한 사람이라고 주장하는 것 같고, 소극적 인생관을 내세우고 냉소적이고 허무한 삶을 표방하는 것 같지만 그의 사상에는 풍요로운 비유와 유머가 들어 있고, 세상 모든 일은 억지로 해서는 되지 않고 자연스럽게 해결되도록 해야 한다는 순응의 진리가 담겨 있습니다. 그래서 2400여년 전의 장자의 사상이 지금 복잡하고 어지러운 현대사회의 인간들에게 가장 어울리는 가르침이 아닐까 하는 생각에 공감이 갑니다. 그의 시처럼 우리가 빈 배가 되어 세상을 살아갈 수 있다면 누가 우리를 해하겠습니까?

그러나 그것이 쉽지 않음을 우리는 잘 알고 있습니다. 우리네 인간들은 어떻게 하면 조금이라도 더 배 안을 채우려 고민하지, 그 배에 실려 있는 욕망을, 욕심을 던져 버려 빈 배를 만들려 하지는 않기 때문입니다.

장자의 무위이치가 필요할 때인 것 같습니다. 갑자기 어느 CF의 카피가 생각납니다.

"아무 것도 하고 싶지 않다. 격하게 아무 것도 하고 싶지 않다."

18
L=BCD

'L=BCD'라는 공식이 있습니다. L은 B와 D 사이에 C가 있다는 것으로, 이는 '인생Life은 탄생Birth에서 죽음Death까지 수많은 선택Choice의 연속이다'라는 뜻을 내포하고 있습니다. 참 그럴싸한 이야기인 것 같습니다.

인간은 하루에도 수만 번의 선택을 하게 됩니다. 무엇을 먹을까? 무엇을 입을까? 좀 더 잘까, 일어날까? 등 참으로 수많은 선택을 의식적 무의식적으로 하게 됩니다. 또한 이런 사소한 선택뿐만 아니라 본인 인생에 있어서 아주 중차대한 선택을 해야만 합니다. 태어나서 1년이 지나 돌이 되면 우리는 돌잔치상 위에 있는 여러 물건 중 하나를 선택합니다. 또한 죽어가면서 나를 화장시키라든지 매장하라든지, 나의 유산을 누구에게 주라든지 등 끝까지 선택을 해야만 합니다. 정말 공식과 같이 인생은 선택으로 시작하여 선택으로 끝납니다.

이 공식에서 변수 C는 선택Choice이 끝나면 또 다른 C인 도전Challenge으로 변환이 됩니다. 본인이 선택한 것에 대해 인간은 또 날 때부터 죽을 때까지 도전의 연속을 맞이해야만 합니다. 도전이 없으면 우리의 인생에서 이룰 수 있는 것은 아무 것도 없기 때문입니다.

존 고다드John Goddard라는 사람이 있었습니다. 그는 아주 평범한 소년이었으나 그가 15살 되던 해 할머니와 숙모의 대화 내용을 듣고 인생의 큰 변곡점이 될 선택을 하게 됩니다. 그는 그들이 "내가 이것들을 젊었을 때 했더라면…"이라는 한숨 섞인 대화 내용을 듣고 자신은 '했더라면'이라는 말을 하지 않는 인생을 살아야겠다는 결심을 하고, 자신의 삶에서 진정 자신이 원하는 것 127가지를 선택합니다. 그리고 그것들에 대해 도전을 시작합니다.

그는 120개국을 여행하는 동안 뉴지아나의 인간 사냥꾼에서 중앙아프리카의 피그미 족까지 260여 부족과 만났으며, 47종의 비행기를 직접 조종하여 여행했으며, 마르코 폴로의 〈동방견문록〉을 몸소 체험하고, 킬리만자로를 정복하고, 비행기 사고와 지진, 익사 직전에서 구출과 많은 빈사 상태의 경험 그리고 맹수들의 공격으로 38회나 죽음의 문턱을 오가면서도 도전을 그치지 않은 사람이 되었습니다. 1972년 그가 47세가 되던 해 그는 127개 목표 중 103개를 달성하였고, 1980년 그는 우주 비행사가 되어 달에 감으로써 마침내 127개의 목표 전부를 이루었습니다. 그는 진정한 L=BCchallengerD를 이룬 사람이었습니다.

선택Choice과 도전Challenge은 반드시 이에 대한 또 다른 C인 책임Charge이 따릅니다. L=BCD, 인생은 탄생과 죽음 사이에서 역시 책임의 연속을 맞이해야 합니다. 어떤 선택과 도전을 했느냐에 따라서 어떤 책임을 맞이할지 결정될 것입니다.

그리스 로마 신화에서 제우스는 최초의 여자 '판도라'를 탄생시켜 에피메테우스에게 보냅니다. 에피메테우스는 형인 프로메테우스의 경고를 무시하고 판도라를 아내로 맞이하는 선택을 하게 됩니다. 에피메테우스의 집에는 인간에게 해가 되는 온갖 것들이 들어 있는 상자가 있었는데, 우리가 잘 알고 있는 바대로 호기심 많은 판도라는 유혹에 시달리다가 마침내 그 상자를 여는 도전을 하게 됩니다. 그러자 그 상자 안에서 죽음과 병, 질투와 증오 등 수많은 해악이 튀어나와 사방에 흩어지게 됩니다. 판도라는 뒤늦게 후회하며 상자를 닫았지만 유일하게 상자에 들어 있는 희망을 제외하고는 모든 해악이 풀려나왔고, 그때부터 지금까지 인간은 여러 가지 재앙으로 괴로워하게 되었습니다.

만일 에피메테우스가 형의 말을 듣고 판도라를 아내로 맞이하는 선택을 하지 않았더라면, 판도라가 호기심을 누르고 상자를 여는 도전을 하지 않았더라면 우리는 어떤 삶을 살고 있을까요? 아마 우리가 알지 못하는 또 다른 운명에 대한 책임을 지며 삶을 영위하고 있을 것입니다.

L=BCD, 인생은 탄생Birth에서 죽음Death 사이에 수많은 선택Choice과 도전Challenge과 그에 따른 책임Charge의 연속입니다. 그 책임이 후회가 될지, 환호가 될지는 아무도 알지 못합니다. 단지 해보지 못한 선택과 도전에 대한 미련은 평생을 따라다니지만 선택과 도전에 대한 실패는 그리 오래 가지 않을 것 같습니다. 그것은 자신이 결정한 것에 대한 책임이기 때문입니다.

L=BCD, 참으로 오묘하고도 단순한 인생 공식인 것 같습니다.

19
사랑과 우정 사이

2014년에 발표된 〈썸〉이라는 노래가 있습니다. 여기에서 '썸'은 영어 'something'을 의미하는 말로서 '썸싱을 타다' 또는 '썸 탄다'고 하면 남녀 간에 서로 탐색만 하는 단계, 즉 남녀가 본격적인 연애를 하기 전의 미묘한 관계를 말합니다. 이렇듯 '썸'은 남도 아니고 연인도 아닌 애매한 단계를 지칭하는 신조어입니다. 이 노래의 가사가 '썸'에 대한 정의를 확실하게 내려줍니다.

"연인인 듯 연인 아닌 연인 같은 너… 내 거인 듯 내 거 아닌 내 거 같은 너… 네 거인 듯 네 거 아닌 네 거 같은 나"

말장난 같으면서도 또 맞는 말 같은 이 가사가 노래와 더불어 당시 엄청난 신드롬을 일으켰습니다. 이 노래는 연인과 타인과의 대칭점에서 어디까지가 타인이고, 어디서부터가 썸이며, 어디서부터가 사랑의 시작인지를 생각해보게 만든 노래였습니다.

〈썸〉보다 22년 전인 1992년에 발표된 〈사랑과 우정 사이〉라는 노래가 있습니다. 이 노래 역시 남녀 사이에 우정이 존재할 수 있느냐는 아주 해묵은 논쟁을 야기시키며 당시 큰 인기를 끈 노래였습니다. 이 노래의 가사에도 "사랑보다는 먼 우정보다는 가까운 날 보는 너의 그 마음을 이젠 떠나리… 연인도 아닌 그렇게 친구도 아닌 어색한 사이가 싫어 난 떠나리"라고 표현해 연인과 친구와의 대칭점에서 어디까지가 친구이고, 어디서부터가 사랑의 시작인지를 고민하게 만든 노래였습니다. 당시에 만일 '썸'이라는 단어가 있었다면 사랑과 우정 사이의 단계를 훨씬 더 편하게 정의할 수 있었을 것 같습니다.

하여간 남녀 간에 있어서 타인과 연인 사이든 사랑과 우정 사이든 애매한 관계는 어색하고 불편한 사이임에는 틀림없는 것 같습니다. 수학의 미분과도 같이 둘 사이를 아무리 갈라도 또 가를 수 있는 간격이 남아 있고, 적분과도 같이 아무리 쌓아도 그 사이의 간격이 남아 있듯이 '썸' 단계는 영원한 미해결의 영역인 것 같습니다. 타인이 되든 연인이 되든, 친구가 되든 연인이 되든 둘 중에 하나로 결론이 나야 끝이 나지 영원히 '썸'의 단계로 남아 있을 수는 없을 것 같습니다.

살아감에 있어서 우정이 사랑으로 바뀔 수도 있고, 또 그 사랑이 다시 우정으로 바뀔 수도 있습니다. 그런데 일반적으로 우정이 사랑으로 바뀌면 그것은 좋은 새로운 만남이 되고, 사랑이 다시 우정이 되면 그것은 안타까운 이별이 됩니다. 그렇게 보면 인간의 감정에 있어서 사랑이 우정보다는 더 강한 감정이 아닌가 싶습니다.

그러나 피천득 선생님의 수필을 읽다보면 썸이냐, 사랑이냐, 우정이냐를 굳이 분류하는 것이 아무런 의미가 없다는 생각이 듭니다. 종국에는 그저 인간의 잔잔한 정만이 남는 것 같습니다. 그게 우정이든 사랑이든 아무려면 어떻겠습니까?

손에 묻은 모래가 내 눈에 들어갔다.

영이는 제 입을 내 눈에 갖다 대고 불어대느라 애를 썼다.

한참 그러다가 제 손가락에 묻었던 모래가 내 눈으로 더 들어갔다.

나는 눈물을 흘리며 울었다. 영이도 울었다. 둘이서 울었다.

어느 날 나는 영이 보고 배가 고프면 골치가 아파진다고 그랬다.

'그래 그래' 하고 영이는 반가워하였다.

그때같이 영이가 좋은 때가 없었다.

우정은 이렇게 시작되는 것이다.

하품을 하면 하품을 하듯이 우정은 오는 것이다.

나에게는 수십 년간 사귀어온 친구들이 있다.

그러나 하나둘 세상을 떠나 그 수가 줄어간다.

친구는 나의 일부분이다. 나 자신이 줄어가고 있다.

20
라이벌

라이벌Rival을 우리나라 말로 바꾸면 경쟁자, 맞수, 적수 또는 호적수라고 할 수 있습니다. 라이벌의 어원은 라틴어로 강을 의미하는 Rivus의 파생어인 'Rivalis'입니다. 이것이 같은 강을 둘러싸고 싸우는 사람들이라는 뜻으로 쓰이다가 하나밖에 없는 물건을 두고 싸우는 사람들이라는 의미로 발전하고, 프랑스어를 통해 영어인 'Rival'로 변했습니다.

그런데 어느 한 쪽이 일방적으로 이기는 경우에는 라이벌이라고 부르지 않습니다. 거의 동등한 실력이나 인기를 가지고 서로 엎치락뒤치락해야 라이벌 관계가 성립될 수 있습니다. 동서고금을 막론하고 많은 라이벌이 존재했고, 지금도 존재하고 있습니다. 어떤 때는 선의의 경쟁으로 서로 발전에 도움이 되고, 어떤 때는 목숨을 걸고 이기기 위해 싸우다가 공멸하는 어리석은 결과도 많이 있습니다.

우리나라 가요계에서 가장 대표적인 라이벌은 1960~70년대 남진과 나훈아였습니다. 남진은 엘비스 프레슬리를 모델로 록적인 음악을 한 반면, 나훈아는 전통 트로트 가요를 추구하면서 각기 다른 매력으로 팬층을 확보하였고, 가수뿐 아니라 팬들도 라이벌 체제로 갈라져 꽤 오랫

동안 라이벌 관계를 형성하였습니다.

같은 맥락으로, 1990년대 최대의 라이벌은 HOT와 젝스키스였습니다. HOT는 1996년에 결성된 5인조 남성 아이돌 그룹으로 최고의 인기를 누렸습니다. HOT는 'High-five of Teenagers'의 약자로 '10대들의 승리'라는 의미인데 당시 "에이치오티"라고 부르지 않고 "핫"이라고 부르면 그들의 팬으로부터 엄청난 공격을 받아야만 했습니다. 그들의 라이벌인 젝스키스는 HOT보다 1년 늦은 1997년에 데뷔한 역시 남성 6인조 아이돌 그룹입니다. 젝스키스는 독일어로 '여섯 개의 수정'이라는 뜻으로 HOT와 더불어 라이벌 관계를 형성했습니다. 그들의 소속사 또한 SM과 YG로 대한민국 엔터테인먼트 업계를 양분한 최대의 라이벌이 되었습니다.

당시 여성 아이돌 그룹의 최대 라이벌은 SES와 핑클로 인기 경쟁의 극치를 이루었습니다.

역사적으로도 수많은 라이벌이 있습니다. 얼마 전 상영한 영화 〈남한산성〉에서 볼 수 있듯이 병자호란 당시 순간의 치욕을 견디고 나라와 백성을 지켜야 한다는 주화파의 수장 이조판서 최명길과 청나라의 공격에 결사항전으로 맞서 대의를 지켜야 한다는 척화파의 리더 예조판서 김상헌은 극단의 라이벌 관계를 형성하였으나, 각각 자신들의 방식으로 충성을 한 최고의 충신들이었습니다.

김영삼, 김대중 전 대통령은 각각 YS, DJ라는 애칭으로 한때는 동지로, 한때는 경쟁자로 오랜 기간 라이벌 관계를 형성하면서 대한민국 정치사를 이끌어왔습니다.

미국 현대사에서 최대의 라이벌은 맥아더 장군과 트루먼 대통령입니

다. 태평양전쟁의 영웅이자 미국 최초의 오성 장군이며 패전국인 일본
에서조차 외국인 쇼군으로 칭송받던 맥아더 장군을 1951년 4월 11일
트루먼 대통령은 해임을 시킵니다. 한국전쟁을 수행하는 와중에 UN군
사령관과 미 극동군 사령관 등 모든 사령관직에서 맥아더 장군을 사임
시키는 파격적인 결정을 합니다. 인천상륙작전의 성공으로 전쟁을 끝
까지 수행하여 끝내자는 맥아더와 중공군의 개입으로 확전을 두려워한
트루먼 대통령의 충돌은 이미 널리 알려진 사실입니다. 트루먼이 맥아
더를 해임시키기 직전 국방장관에게 "그 개자식을 해임시켜야겠소"라
는 말을 할 정도로 라이벌 관계였다고 합니다.

　스포츠계에서도 수많은 라이벌이 있습니다. 여자 피겨 스케이팅의
동갑내기 숙명의 라이벌 김연아와 아사다 마오는 한국과 일본이라는
국가 라이벌 관계와 결부되어 주니어 시절부터 성인 선수 시절까지 치
열한 라이벌 관계를 지속하였습니다. 김연아 선수도 "만일 아사다 마
오가 없었더라면 지금의 나도 없었을 것이다"라고 말할 정도로 그 둘은
선의의 경쟁을 하였습니다.

　대한민국 프로야구사에서 최고의 라이벌은 국보급의 두 투수 최동원
과 선동렬입니다. 지연으로는 전통적 라이벌 관계인 영남과 호남을 각
각 대표하는 선수로, 학연으로는 명문 사립대의 라이벌 관계인 연대와
고대를 졸업한 선수로, 소속 구단으로는 제과업계의 라이벌 관계인 롯
데와 해태 선수로 그들은 대한민국 최고의 투수 자존심을 걸고 경쟁을
하였습니다. 세 번의 선발 맞대결 결과도 1승1무1패로 한 치의 양보도
없는 라이벌 관계를 형성하였고, 그들의 이야기는 〈퍼펙트게임〉이라는
영화로도 만들어졌습니다.

2018년 평창 올림픽에서 또 다른 한일 라이벌 관계인 스피드 스케이팅의 이상화 선수와 고다이라 선수의 라이벌 의식을 뛰어넘는 뜨거운 우정이 세간의 화제가 되었습니다. 스피드 스케이팅 여자 500미터에서 은메달을 따고 그동안 고생을 떠올리며 아쉬움과 후련함에 눈물을 흘리던 이상화 선수에게 다가와 그녀를 안아준 사람은 코치도 아니고 동료도 아닌 바로 금메달을 딴 영원한 라이벌 일본의 고다이라 선수였습니다. 그녀는 다가와 "잘했어. 나는 당신을 존경하고 있어"라고 말했습니다.

진심이 담긴 그녀의 말에 이상화는 "나는 500미터만 뛰었는데 당신은 1,500미터, 1,000미터도 뛰었잖아. 당신이 정말 자랑스러워"라고 화답하며 둘은 서로 손을 잡고 경기장 트랙을 돌았습니다. 정말 감동스런 장면이었고, 그들은 멋진 라이벌이었습니다. 인생에 있어서 이런 멋진 라이벌이 존재한다는 것은 정말 큰 행운이 아닐 수 없습니다.

21
오마주

오마주hommage는 프랑스어로 '감사, 존경, 경의'를 뜻하는 말로 영화나 음악 등 창작 작품에서 존경하는 거장 작품의 핵심 요소나 표현 방식을 흉내 내거나 인용하는 것을 말합니다. 오마주는 뜻에서 주는 존경이라는 의미답게 원작에 대한 존경심의 표현 자체가 목적이어서, 타 작품을 모방하면서도 원본을 알리고 싶어 하지 않는 '표절'이나 원본을 알게 하면서 풍자나 개그의 요소를 가미해 재미있게 하는 '패러디'와는 다른 것입니다.

그러나 패러디와 표절을 구분하기 힘든 것처럼 본인이 오마주라 했다 하더라도 어느 특정 부분만을 인용한 것이 아니라 작품 전체를 인용하였다면 표절과 구분하기가 어렵습니다. 또한 원작자 측에서 자신에 대한 존경심을 전혀 느끼지 못한다면 표절의 시비에서 벗어나기 쉽지 않습니다. 이렇듯 진정한 오마주가 되려면 그 대상에 대한 존경과 그리움, 그리고 그 대상과 같은 인물이 되고 싶은 갈망이 있어야 할 것입니다.

미국의 작가 나다니엘 호손의 소설 〈큰 바위 얼굴〉을 읽어보면 주인공 어니스트의 오마주가 아주 잘 표현되어 있습니다.

남북전쟁 직후, 미국의 어느 작은 시골 마을에 어니스트란 소년이 살았습니다. 그는 어려서부터 자기 마을 뒷동산에 있는 큰 바위 얼굴을 닮은 위대한 사람이 언젠가 이 마을에서 나타날 것이라는 전설을 듣고 자랐습니다. 어릴 때부터 마을 뒤편에 있는 큰 바위 얼굴을 바라보면서 마음속으로 기대하기를 '누가 저 큰 바위 얼굴처럼 위대한 사람이 되어서 이곳에 나타날까?'라며, 자신도 어떻게 살아야 큰 바위 얼굴처럼 될까 생각하면서 진실하고 겸손하게 살아갑니다.

　어느 날 마을이 떠들썩하게 이 마을 출신 거부 게더골드라는 사람이 황금마차를 타고 나타났습니다. 모두들 이 부자에게서 큰 바위 얼굴 같은 위대한 사람을 기대했지만 거만한 그의 얼굴을 보고 실망하였습니다. 그 후 전쟁에서 돌아온 전쟁 영웅에게서 사람들은 큰 바위 얼굴을 기대했지만 그도 큰 바위 얼굴과는 거리가 멀었습니다. 그 후에도 그 마을 출신의 많은 정치가, 훌륭한 시인은 물론 여러 사람이 등장했지만 아무도 큰 바위 얼굴을 닮지 못했습니다.

　세월이 흘러 큰 바위 얼굴을 바라보며 살아온 어니스트는 신학교를 지망했고, 신학 수업을 마치고 난 후 고향으로 돌아와 고향 교회를 섬기는 목회자가 되었습니다. 그의 머리가 희어질 만큼 많은 시간이 흘러간 어느 날, 그는 큰 바위 얼굴이 보이는 들판에서 온 마을 사람을 불러 놓고 설교를 하였습니다.

　저녁 석양의 온화한 햇살이 그를 비추고 있었는데, 지혜가 넘치는 그의 설교를 듣던 마을 사람 가운데 하나가 "우리에게 설교하고 있는 어니스트가 큰 바위 얼굴과 너무나 닮았어!"라고 소리쳤습니다. 마을 사람들은 어니스트와 큰 바위 얼굴을 번갈아 바라보면서 그 말이 사실임을 알게 됩니다.

그러나 어니스트는 자신이 큰 바위 얼굴이 될 만한 인물이 아니라고 생각하며, 언젠가 진정으로 큰 바위 얼굴과 닮은 위대한 사람이 나타날 것이라는 신념을 가지고 묵묵히 그를 기다리며 살아갑니다.

정녕 큰 바위 얼굴에 대한 진정한 오마주가 아닐 수 없습니다.

2000년대 중반 한국 가요계를 지배했던 SG워너비라는 3인조 남성 보컬 그룹이 있었습니다. 일명 소몰이 창법으로도 유명한 이 그룹은 〈내 사람〉〈라라라〉 등 수많은 히트곡을 내며 유명해졌습니다. 그런데 이 그룹의 이름이 'SG wanna be'인데 이것을 해석하면 'SG가 되고 싶다'는 뜻입니다. 그러면 SG는 누구일까요?

바로 1960년대 미국의 전설적인 포크록 듀오 '사이먼 앤 가펑클 Simon & Garfunkel'이 바로 그들입니다. 개인적으로 내가 가장 좋아하는 뮤지션인데, 그들의 주옥같은 노래 〈Sound of silence〉〈Bridge over troubled water〉〈the Boxer〉 등은 언제 들어도 가슴 시린 명곡들입니다. 그런데 SG 워너비나 사이먼 앤 가펑클은 모두 내가 좋아하는 그룹이지만 어째 서로 잘 어울리는 것 같지는 않습니다.

여하튼 인생을 살면서 누구나 각자의 오마주 한 명씩은 있어야 할 것 같습니다. 여러분의 오마주는 누구입니까?

22
최고봉

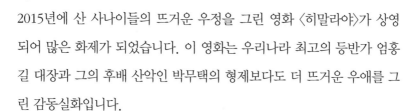

2015년에 산 사나이들의 뜨거운 우정을 그린 영화 〈히말라야〉가 상영되어 많은 화제가 되었습니다. 이 영화는 우리나라 최고의 등반가 엄홍길 대장과 그의 후배 산악인 박무택의 형제보다도 더 뜨거운 우애를 그린 감동실화입니다.

그들은 같이 2000년에 칸첸중가와 K2를 정복하였고, 2001년에는 시샤팡마, 2002년에는 에베레스트 등 히말라야 4좌를 등반하며 생사고락을 같이한 동료이자 형제와 같은 사이입니다. 2004년에 박무택 대원이 에베레스트를 등정하고 하산하던 중 조난사고를 당해 사망하자 2005년에 엄홍길 대장이 휴먼 원정대라는 팀을 꾸려 히말라야로 가 그의 시신을 수습해 더욱 화제가 되었습니다.

그런데 왜 산악인들은 목숨을 걸고 산을 올라갈까요? 이제는 거의 아재 개그와도 같은 답변이 된 '산이 거기 있으니까' 말고 그들만의 무언가가 있지 않을까요?

지구상에서 하늘에 가장 가까운 최고봉들을 정복하기 위해 인간은 끝없는 도전을 했습니다. 그러면 어떤 산들이 가장 높은 산들일까요?

지구상에서 가장 높은 산 '톱 10'은 모두 히말라야 산맥에 위치하고 있습니다. 1위는 너무도 유명한 에베레스트 산으로 8,848m의 높이로 네팔과 인도 그리고 중국 국경에 걸쳐 있습니다. 2위는 등산 브랜드로도 유명한 K2로 8,611m의 높이를 자랑하고 있습니다. 3위는 칸첸중가 8,586m, 4위는 로체 8,516m, 5위는 마칼루, 6위는 초오유, 7위는 다울라기리, 8위는 마나슬루, 9위는 낭가파르밧, 10위는 안나푸르나로 8,091m입니다. 모두 해발 8,000m가 넘는 아주 높은 산들입니다. 히말라야 산맥은 아시아에 위치하고 있으므로 에베레스트 산은 세계에서 가장 높은 산이자 아시아에서 가장 높은 산입니다.

동남아시아에서 가장 높은 산은 말레이시아의 키나발루 산으로 4,101m의 높이를 가지고 있습니다. 우리에게는 코타키나발루라는 관광지로 더 유명한 곳입니다. 키나발루는 '죽은 자가 존경 받는 곳'이라는 뜻으로 히말라야를 정복하고자 하는 산악인이 사전에 전지훈련하는 산으로 아주 인기가 높습니다.

극동아시아에서 가장 높은 산은 티벳의 공가산으로 7,556m입니다. 제2차 세계대전 이전에는 세계에서 가장 높은 9,500m로 알려져 있었으나 후에 측량이 잘못된 것으로 밝혀져 7,556m로 정정되었습니다. 그외 극동지역에서 유명한 일본의 최고봉 후지산은 3,776m, 우리나라의 백두산은 2,744m입니다.

남미 대륙에서 가장 높은 산은 아르헨티나의 안데스 산맥에 위치한 아콩카과 산으로 높이가 6,962m입니다. 북미 대륙의 최고봉은 미국 알래스카의 데날리(매킨리가 2015년 데날리로 바뀜) 산으로 6,194m입니다.

아프리카에서 가장 높은 산은 탄자니아의 킬리만자로 산입니다. 이 산은 조용필의 〈킬리만자로의 표범〉이라는 노래 때문에 우리에게 더욱 유명해진 산으로 높이가 5,895m로 적도지방에 위치해 있는데도 만년설을 가지고 있어 매우 이채롭습니다.

유럽에서 가장 높은 산은 러시아의 엘부르스 산입니다. 이 산은 그리스 로마 신화에서 프로메테우스가 인간에게 불을 전해준 벌로 독수리에게 심장을 뜯긴 곳으로 해발 5,633m로 카프카스 산맥의 중앙에 위치하고 있습니다. 일반적으로 유럽하면 유명한 알프스 산맥에 있는 프랑스의 몽블랑이나 스위스의 융프라우가 가장 높은 산이 아닐까 생각하지만 몽블랑은 4,807m이고, 융프라우는 4,158m입니다.

남극 대륙에도 큰 산이 있을까 생각되지만 남극의 최고봉은 4,892m 높이의 빈슨매시프 산으로 유럽의 알프스 산맥에서 가장 높은 몽블랑보다 더 높습니다. 한편, 호주에서 제일 높은 산은 코지어스코 산으로 2,229m입니다.

대기권이 지상에서 약 100km 정도 되는 것을 감안하면 지상에 붙어 있는 산이 아무리 높아도 기껏 9km가 되지 않는데 그 높이의 서열을 매기는 것이 무의미하고, 또 그것을 누가 먼저 정복했네 못 했네 하는 것을 보면 인간이 참 속이 좁은 것 같지만 우리는 매일 이러고 살고 있습니다. 그것은 산에 오르는 것이나 인생을 사는 것이나 마찬가지이기 때문이 아닐까요? 나에게 누가 만일 당신은 왜 산에 오르느냐고 묻는다면 〈킬리만자로의 표범〉으로 답을 하겠습니다.

"바람처럼 왔다가 이슬처럼 갈 순 없잖아. 내가 산 흔적일랑 남겨둬야지. 한 줄기 연기처럼 가뭇없이 사라져도 빛나는 불꽃으로 타올라야지. 묻지 마라, 왜냐고? 왜 그렇게 높은 곳까지 오르려 애쓰는지 묻지를 마라. 고독한 남자의 불타는 영혼을 아는 이 또 없으면 어떠리."

언제가 될지 모르겠지만 모두 각자의 정상에서 만납시다.

제3부

우리들 각자의 영화관

자기가 태어나기 전보다 세상을 조금이라도 살기 좋은 곳으로 만들어 놓고 떠나는 것, 자신이 한때 이곳에 살았음으로 해서 단 한 사람의 인생이라도 행복해지는 것! 디지털 기기를 들고 다니면서 시공간의 제약을 받지 않고 자유롭게 사는 현대인들은 어떤 사고방식이나 기성적인 가치에 매달리지 않고 끝없이 자신을 바꾸어가는 창조적 행위를 하는, 이 시대의 멋진 노마드이다.

1
제국

제국은 어느 특정 국가 왕의 통치권이 한 나라의 경계를 벗어나 다른 민족이나 국가에 확장되고, 단순히 통치하는 영토의 확장의 의미뿐만 아니라 다른 민족이나 국가의 삶의 방식, 문화 등 제반 모든 것을 변화시킵니다. 쉽게 말해서 제국은 다른 나라나 민족을 식민지화해서 최상의 권력을 가지고 통치하는 것을 의미합니다.

고대에는 이집트 제국, 페르시아 제국, 로마 제국이 있었으며, 중세에는 신성 로마 제국, 몽골 제국이 존재했고, 근대에는 나폴레옹 제국, 대영 제국, 일본 제국 등이 등장해 주변국들을 참으로 많이 괴롭혔습니다.

그런데 이러한 제국을 건설하는 데는 반드시 필요한 선결 조건이 있습니다. 그것은 바로 강력한 지도자가 있어야 한다는 것입니다. 그리스와 페르시아 제국은 마케도니아 왕국의 알렉산더 대왕이 있어서 가능하였고, 로마 제국은 줄리어스 시저라는 위대한 정치가가 있었고, 몽골 제국은 칭기즈칸 테무진이라는 희대의 영웅이 동양인으로서 최대의 제국을 건설하였으며, 나폴레옹 제국은 프랑스의 나폴레옹 황제가 있었기에 제국의 건설을 가능하게 하였습니다. 이외에도 태양이 지지 않는 나라를 건설한 스페인 제국. 대영 제국에도 각각 강력한 지도자가 나타나 거대한 제국을 설계하였습니다. 일본도 메이지 왕이 메이지 유신을 일으켜 막번 체제를 무너뜨리고 왕정으로 복고한 후 제국 건설에 박차를 가했습니다.

이러한 제국의 지도자들을 일컫는 명칭은 시대와 지역에 따라 조금씩 다릅니다. 이집트 제국에서는 '파라오'라 불렸고, 그리스와 페르시아 제국에서는 '대왕', 로마 제국에서는 '황제', 몽골에서는 '칸', 일본에서는 '천황'으로 부르며 각각 그 존엄성을 최고로 표현하고자 노력하였습니다.

또한 그들은 명성만큼 역사에 남을 명언을 남겨 아직도 인구에 회자되도록 하고 있습니다. 알렉산더 대왕은 "두려움을 정복한 자는 세상을 정복할 수 있다"라고 하였으며, 시저(카이사르)는 그의 지휘 한계선인 루비콘 강을 넘어 로마에 입성할 때 "주사위는 이미 던져졌다"라는 유명한 말을 남겼으며, 수많은 반란을 평정할 때마다 "왔노라, 보았노라, 이겼노라vendi, vidi, vici"를 외쳤으나 마지막에 자신이 믿던 친구 브루투스에게 암살당하면서 "브루투스, 너마저!"라는 유명한 말 3종 시리즈를 남기고 죽었습니다. 나폴레옹은 너무도 유명한 "나의 사전에 불가능은 없다"라는 명언을 인류에게 남겼고, 칭기즈칸은 "한 사람이 꿈을 꾸면 단지 꿈에 불과하지만 우리 모두가 동시에 꿈을 꾸면 그 꿈은 반드시 이루어진다"라고 했습니다. 모두들 한 시대를 풍미한 영웅들이었습니다.

그러면 인류 역사상 가장 큰 제국을 건설한 나라는 어디일까요? 시간의 제약 없이 가장 큰 영토를 구축한 제국은 역시 태양이 지지 않는 나라 대영 제국입니다. 1600년대부터 서서히 영토를 키워나가 제1차 세계대전 직후에는 3,700만km²를 지배하였고, 전 세계 인구의 1/4이 영국의 지배를 받았으니 실로 역사상 최대의 제국이라 아니할 수 없습니다. 지금도 홍콩이나 남아프리카공화국, 호주 등은 독립은 되었다고는 하나 당시의 영국 문화, 관습, 제도 등은 면면히 유지되고 있다고 볼 수 있습니다.

단시일에 최대의 영토를 구축한 제국은 뭐니 뭐니 해도 칭기즈칸의 몽골 제국입니다. 1300년경 몽골 제국은 100년도 채 되지 않은 시간에 2,100만km²를 정복하였습니다. 몽골 제국은 중국은 물론 러시아, 폴란드 등 동유럽을 거쳐 지금의 북유럽 지역의 발트 해까지 진출하였으니 약 60년 만에 참으로 거대한 제국을 구축하였습니다. 그 외에도 러시아 제국, 스페인 제국이 한때 매우 큰 영토를 가지고 있었습니다.

반만년 동안 숱한 외침만 받아온 우리 민족에게 제국이 존재하였을까요? 아이러니하게도 나라가 쇠약해지던 시기인 1897년 고종이 자신을 황제로 칭하고 대한제국을 설립하였으나 오히려 이는 일본 제국의 식민지가 되게 하는 빌미를 준 계기가 되었습니다. 그나마 우리 민족이 제국의 모습을 갖춘 유일한 나라는 4세기 무렵 고구려의 광개토대왕이 북쪽으로는 중국 연나라, 남쪽으로는 백제, 그리고 바다 건너 일본까지 영토를 확장한 고구려 제국이 아닐까 합니다. 광개토대왕은 39년의 짧은 생애 동안 많은 공적을 이루어 역시 서양의 단명한 알렉산더 대왕과 비견되는 우리 민족의 자랑스러운 영웅입니다.

현대에 있어서 제국은 더 이상 물리적 영토가 중요한 것이 아니라 네트워크를 이용한 사이버 영토의 크기와 이를 사용하는 사이버 주민의 수가 훨씬 더 중요합니다. 이젠 기존의 민족이나 국가는 더 이상 의미가 없고, 인터넷 제국에서 얼마나 더 많은 인터넷티즌을 확보하느냐가 미래의 제국 성공 열쇠라 할 수 있습니다.

아마존 제국이 세계를 지배할지, 구글 제국이 패권을 잡을지, 아니면 카카오 제국이 팍스 코리아나를 광개토대왕 이후 1천6백년 만에 재현할지 궁금해집니다.

2
아마존

전 세계에서 가장 혁신적인 기업을 꼽으라면 사람들마다 다소 이견이 있겠지만, 아마존이 가장 혁신적인 기업이라는 데는 대부분 동감할 것입니다. 구글이나 엘론 머스크의 테슬라, 스페이스X도 매우 혁신적인 기업이지만 최근 아마존의 행보를 지켜보면 혁신의 규모나 스피드에 있어서 타의 추종을 불허하고 있습니다.

어느 특정 산업에 관계없는 아마존의 전방위적인 혁신 공세는 모든 산업계를 두려움에 떨게 만들고 있습니다. 이미 월가에서는 아마존이 어느 분야에 진출하겠다고 하면 해당 분야 기업들의 주가가 급락하는 현상까지 보이고 있습니다. 블룸버그는 특히 소매업계에서는 아마존 때문에 앞으로 수년 내에 문을 닫는 업체가 급증할 것이라는 예측을 내놓았습니다. 명실상부한 아마존 제국이 건설되어 당분간은 세계를 지배할 것 같습니다.

아마존은 1994년 제프 베조스가 인터넷 서점 사업을 구상하여 만든 '카다브라Cadabra'라는 법인을 1995년 아마존으로 회사명을 바꾸면서 전자 상거래 영업을 시작하였습니다. 1년 뒤인 1996년에는 전자 상거래

사이트 최초로 1천만 명의 회원수를 보유하게 되었고, 이듬해인 1997년에는 IPO를 통해 나스닥에 상장하면서 제프 베조스는 33세의 나이로 1억8천만 달러의 개인자산을 보유한 거부가 되었습니다.

그러나 세상의 모든 일이 그러하듯이 2000년부터 시작된 닷컴 버블의 붕괴와 함께 아마존에도 시련의 시기가 찾아왔습니다. 상장 이후 107달러까지 치솟았던 주가는 2000년 말에는 6달러까지 추락하였고, 2001년 초에는 전체 직원의 13%를 감원하였습니다. 이때부터 아마존의 혁신은 시작되었습니다. 아마존의 비전은 "To be earth's most customer centric company" 즉 지구상에서 가장 고객 중심적인 회사가 되는 것입니다. 여기에서 world(세계)가 아닌 earth(지구)라는 단어를 사용한 것이 매우 이채롭습니다.

아마존에게 있어서 혁신은 고객을 빼고는 의미가 없는 것이었습니다. 2002년 고객이 배송기간을 선택할 수 있는 다양한 배송 서비스를 런칭하고, 2004년에는 연회비를 받고 초고속 배송 서비스를 받을 수 있는 아마존 프라임을 런칭하였으며, 2006년에는 클라우드 컴퓨팅을 제공하는 AWS(아마존 웹 서비스)를 런칭해 현재 세계 1위의 클라우드 시장 점유율을 갖게 되었고, 2007년 전자책 '킨들Kindle'을 출시해 디지털 디바이스의 제조 영역으로 사업을 확장하며 그 해 240%의 주가 성장을 견인하였습니다. 이는 끝없는 혁신의 결과입니다.

이에 그치지 않고 2014년 아마존 인공지능 플랫폼 '알렉사Alexa'를 런칭하여 인공지능 산업을 주도하더니, 드디어 2018년 새해 벽두에는 무인 마트 '아마존 고Amazon Go' 1호점을 시애틀에 오픈하였습니다. 이 무인 마트는 계산대가 없고 계산원이 없는, 그저 물건을 집어 들고 나오면 자동결제가 되는 환상적인 오프라인 매장입니다. 세계 최대의 온라인 쇼핑몰인 아마존이 세계 최고의 혁신적인 오프라인 쇼핑몰을 구축한 것입니다. 아마존의 혁신의 끝은 어디인지 상상이 가질 않습니다.

딜로이트 컨설팅에서 주최한 'Innovation : Game Changer'라는 프로그램에서 아마존 전략 담당 임원의 아마존 혁신에 대한 강의를 듣고 나서야 나는 그 해답을 얻을 수 있었습니다. 아마존은 혁신에 대한 스스로의 공식을 세워 놓고 전 직원의 DNA에 심어 놓았습니다. f(innovation) = (org * arch)$^{(mechanisms * culture)}$가 그들의 공식입니다.

그들의 문화는 "We start with the customer & work backwards" 즉, 고객을 최우선적으로 생각합니다. 그들의 메커니즘은 빠른 실험과 잦은 실패를 통해 리스크를 최소화하고 교훈을 얻습니다. 그들의 아키텍처는 혁신과 반복의 구조입니다. 잦은 혁신과 반복 작업을 계속하면 언젠가 기하급수적인 성공을 갖게 됩니다. 그들의 조직은 '2 pizza team rule(피자 두 판을 소화하는 정도의 소규모 팀)'에 의거하여 소규모의 여러 팀을 가져서 동시에 실험하고 민첩성 있는 개발을 하도록 구성되어 있습니다. 이 공식에 의거하여 아마존은 AWS를 런칭하고, 알렉사를 만들었으며, 킨들을 출시했으며, 아마존 고를 오픈하였습니다. 아마존은 정말 존경스럽고도 두려운 기업입니다.

3
노마드

노마드Nomad는 '유목민'이라는 뜻으로, 원래 중앙아시아나 몽골, 사하라 등의 건조 사막지대에서 목축을 업으로 삼아 물과 풀을 찾아 옮겨다니는 사람들을 말합니다. 이들의 삶은 어느 한 곳에 정착하여 농사를 짓는 정착민보다는 당연히 더 거칠고 도전적일 수밖에 없습니다. 그러나 그 삶이 힘들지라도 그들은 어느 한 곳에 정착하지 못하고 평생을 떠돌아다닙니다. 그것이 그들의 숙명입니다.

21세기를 사는 현대인들도 마치 유목민의 숙명처럼 여러 가지의 노마드 삶을 살아가고 있습니다. 물론 위에서 말한 것처럼 현대의 노마드는 여기저기를 떠도는 노마드를 의미하는 것은 아니고, 디지털 기기를 들고 다니면서 시공간의 제약을 받지 않고 자유롭게 사는 사람들을 말합니다. 이들을 우리는 '디지털 노마드'라고 일컫습니다. 이는 또한 공간적인 이동만을 말하는 것이 아니라 어떤 사고방식이나 기성적인 가치에 매달리지 않고 끝없이 자신을 바꾸어가는 창조적 행위를 하는 사람들을 뜻합니다.

대표적인 유목민족인 몽골의 칭기즈칸은 1200년경에 인류 역사상 가장 큰 제국과 영토를 구축하였습니다. 당시 몽골 제국의 영토는 지금의 서유럽과 인도를 제외한 유라시아 대륙의 대부분을 포함하였는데, 이 제국을 칭기즈칸과 그 후손들이 건설하는데 겨우 70년밖에 안 걸렸다니 실로 어마어마한 일이 아닐 수 없습니다. 이 거대한 제국을 운영하는 힘은 바로 강력한 군사력을 기반으로 한 도로망과 통신망이었습니다. 사람이 살지 않는 초원이나 사막까지 도로를 건설하였고, 매 40km마다 역참을 설치하여 말과 식량과 숙소를 제공하여 거대한 인프라 네트워크를 구축하였는데 그 수가 1,500여 개나 되었다 합니다. 이를 가능하게 한 정복자 칭기즈칸의 어록이 유명합니다.

집안이 나쁘다고 탓하지 말라. 나는 아홉 살 때 아버지를 잃고 마을에서 쫓겨났다.

가난하다고 말하지 말라. 나는 들쥐를 잡아먹으며 연명했고, 목숨을 건 전쟁이 내 직업이고 내 일이었다.

배운 게 없다고, 힘이 없다고 탓하지 말라. 나는 내 이름도 쓸 줄 몰랐으나 남의 말에 귀 기울이면서 현명해지는 법을 배웠다.

너무 막막하다고, 그래서 포기해야겠다고 말하지 말라. 나는 목에 칼을 쓰고도 탈출했고, 뺨에 화살을 맞고 죽었다 살아나기도 했다.

적은 밖에 있는 것이 아니라 내 안에 있었다. 나는 내게 거추장스러운 것은 깡그리 쓸어버렸다. 나를 극복하는 그 순간 나는 칭기즈칸이 되었다.

칭기즈칸이 물리적 대제국을 건설하였다면 대한민국에서 가상의 대제국을 건설한 사람은 카카오의 김범수 의장입니다. 삼성 SDS라는 국내 대기업을 다니다 창업을 위해 사표를 던지고 나와 PC방을 전전하며 프로그램 개발에 몰두해 한게임을 창업하였고, 그 후 한게임과 네이버를 합병하여 NHN을 설립하여 대표가 되었습니다. 그 7년 후 그는 모든 사람의 만류를 뿌리치고 NHN 미국 대표직을 그만두고, 인터넷 기업 아이위랩을 설립하였습니다. 이 아이위랩이 2010년에 사명을 바꾸었는데, 지금 온 국민이 사용하는 국민 메신저 카카오톡을 운영하는 카카오입니다.

김범수 의장은 자신의 인생철학이 에머슨Ralph Waldo Emerson의 시구절인 "자기가 태어나기 전보다 세상을 조금이라도 살기 좋은 곳으로 만들어 놓고 떠나는 것, 자신이 한때 이곳에 살았음으로 해서 단 한 사람의 인생이라도 행복해지는 것, 이것이 진정한 성공이다"라고 합니다. 또한 그의 어록 중 하나인 "배는 항구에 있을 때 가장 안전하다. 그러나 그것은 더 이상 배가 아니다"라는 문구는 참으로 멋있습니다. 그는 진정한 이 시대의 멋진 노마드입니다.

4
G2

1973년 1차 오일쇼크가 일어나자 당시 전 세계에서 가장 선진국이라고 불렸던 미국, 영국, 프랑스, 서독, 일본의 재무장관이 모여 대책을 강구하였습니다. 이후 1975년 2차 오일쇼크가 일어나자 재무장관이 아닌 5개국 정상이 모여 회의를 갖게 되고, 이를 G5라고 불렀습니다. G5는 'Group of 5'의 약자로 선진 5개국 정상회의라고 생각하면 됩니다. 그 후 이탈리아와 캐나다가 참여하면서 G7이 되었습니다.

　G7은 처음에는 경제 문제에 초점을 두었으나 1980년 아프가니스탄을 침공한 소련에게 철수를 요구하면서 정치와 외교 분야까지 의제를 넓혔습니다. 냉전이 끝날 때까지 G7은 미국의 주도로 공산권 국가에 맞서는 단합을 보였으나, 냉전이 끝나고 1997년 러시아가 참여함으로써 G8으로 확장을 했고, 그 후 신흥국들의 경제가 부흥하면서 BRICSBrazil ,Russia, India, China, South Africa나 ChindiaChina + India와 같은 신조어가 만들어지고, 이 나라들과 멕시코가 참여하면서 2005년 G13으로 확장되었습니다.

　2008년 국제 금융위기 이후 유럽연합과 한국, 아르헨티나, 인도네시아, 호주, 사우디아라비아, 터키가 참여하면서 G20이 탄생하였습니다. G20 국가의 총 인구수는 전 세계 인구의 2/3에 해당하며, 국내총생산 GDP은 전 세계의 90%에 이르며, 전 세계 교역량의 80%가 이들 국가를 통해서 이루어지니 말 그대로 전 세계의 경제는 G20에 의해 좌지우지 된다고 해도 과언이 아닙니다.

2000년대에 들어서면서 이렇게 세계의 정치·경제·외교·안보를 이끌어가던 G20에 새로운 변화가 생기기 시작하였습니다. 2009년 런던에서 개최된 G20 정상회의에 참석한 미국의 오바마 대통령과 중국의 후진타오 주석이 만나 향후 양국이 연례 전략회의를 갖고 모든 차원에서 관계를 강화한다는 합의를 하면서 G2의 탄생을 알렸습니다. 2000년대 들어 중국이 엄청난 속도와 팽창력으로 경제대국으로 부상하면서 국제 사회에서의 위상이 높아지자 기존의 유일한 초강대국인 미국과 신흥강국이 된 중국이 글로벌 리더로서 세계 경제위기, 중동사태, 핵 확산, 지구 온난화 등 각종 국제적 이슈를 같이 해결하자는 취지로 G2가 형성되었습니다. 더불어 차이메리카Chimerica라는 신조어도 등장하게 되었습니다.

그러나 겉으로 보기에는 서로 공생관계를 유지하는 듯 보이지만 그 이면에는 치밀하게 자국의 이익에 초점을 맞추고 있습니다. 특히 미국의 오바마 정권이 물러나고 트럼프가 대통령이 된 요즘에는 공생관계가 아닌 끝장 승부를 낼 듯한 무역전쟁이 지속되고 있습니다. 중국도 2000년 이전에는 도광양회韜光養晦, 즉 자신을 드러내지 않고 때를 기다리는 전략을 구사했다가 2000년 이후에는 경제부흥을 계기로 대국굴기 大国崛起로 전략을 수정하여 더 이상 낮은 자세로 미국과의 협상에 임하지 않고 대등한 관계를 유지하려 하고 있습니다.

최초로 세계를 제패한 나라는 로마 제국이라고 볼 수 있습니다. BC 8세기경에 시작된 로마 제국은 왕정을 거쳐 BC 1세기경의 공화정 시기에 율리우스 카이사르가 지중해 연안의 모든 지역과 북아프리카 및 아시아, 북유럽의 영국까지 지배하였습니다. 그 후에는 특출나게 세계를 지배한 나라는 없었다가 13세기에 몽골의 칭기즈칸이 아시아와 러시아, 그리고 유럽에 이르는 대제국을 건설하였습니다. 15세기부터 16세기에는 강력한 해군력을 무기로 포르투갈, 스페인, 네덜란드가 세계를 잠시 제패했었고, 19세기 초에는 프랑스의 나폴레옹이 유럽의 여러 나라를 침략하며 세력을 확장하였으나 러시아 원정 실패와 영국과의 워털루 전쟁에서 패배하여 영국에 항복하였습니다.

19세기 말에서 20세기 초까지 명실공히 세계를 제패한 나라는 영국입니다. 20세기 초 영국은 세계 인구의 1/4, 세계 영토의 1/4을 지배하며 해가 지지 않는 나라로 일컬어졌습니다. 20세기 중반부터는 제1, 2차 세계대전을 거치면서 급속히 산업화에 성공한 미국이 현재까지 초강대국으로서 세계를 리딩하고 있습니다. 이런 상황에서 중국이 G2를 형성하면서 미국과의 패권경쟁에 조심스럽게 도전을 하는 국면입니다.

역사적으로 어느 특정 국가가 한 세기 이상 세계를 지배한 경우는 거의 없었습니다. 미국이 초강대국으로서 반세기 이상 패권을 유지하고 있는 현재 중국이 또 다른 패권국가가 될지 아니면 미국에 맞서다 나락으로 떨어질지 아니면 또 다른 제3의 국가가 이 세상을 지배하게 될지 궁금해집니다.

5
세계 3대/ 세계 4대

중고교 시절 한국사 시험에 단골로 등장하던 문제 중 하나는 '다음 중 임진왜란의 3대 대첩이 아닌 것은?'이라는 문제였습니다. 여기에서 3대 대첩은 권율 장군의 행주대첩, 이순신 장군의 한산도대첩, 그리고 김시민 장군의 진주대첩입니다. 그리고 아주 혼란스럽게 하려고 명량대첩이나 살수대첩 또는 귀주대첩 등을 오답으로 끼워 넣었던 기억이 납니다.

이렇게 아주 유명한 어떤 부류 몇 개를 묶어 우리는 3대, 4대, 7대 또는 10대 무엇 무엇이라고 부릅니다.

세계 3대 테너는 플라시도 도밍고, 루치아노 파바로티, 호세 카레라스입니다.

세계 3대 지휘자는 카라얀, 토스카니니, 번스타인을 꼽습니다.

세계 3대 여성 팝 디바는 휘트니 휴스턴, 셀린 디옹, 머라이어 캐리입니다.

세계 3대 요절 스타는 이소룡, 마릴린 먼로, 제임스 딘을 일컫습니다.

세계 3대 폭포는 미국과 캐나다의 나이아가라 폭포, 브라질의 이구아나 폭포, 짐바브웨의 빅토리아 폭포입니다. 정말 모두 가보고 싶은 곳입니다.

세계 3대 석양은 그리스의 산토리니 섬, 남태평양의 피지 섬, 말레이시아의 코타키나발루입니다.

세계 3대 미항은 호주의 시드니, 이탈리아의 나폴리, 브라질의 리우데자네이루입니다. 이것도 시험에 아주 많이 나왔던 것으로 기억됩니다.

세계 3대 박물관은 영국의 대영 박물관, 프랑스의 루브르 박물관, 러시아의 에르미타주 박물관입니다.

세계 3대 종교는 기독교, 불교, 이슬람교.

세계 3대 철학자는 소크라테스, 플라톤, 아리스토텔레스.

세계 3대 영화제는 칸 영화제, 베니스 영화제, 베를린 영화제.

세계 3대 원두 커피는 아라비카, 로부스타, 리베리카.

세계 3대 기타리스트는 에릭 클랩튼, 제프 벡, 지미 페이지를 꼽습니다.

내가 아주 어렸을 때인 1960년대 한국 3대 여배우는 윤정희, 문희, 남정임을 꼽았는데 이를 1세대 트로이카로 불렀습니다. 그 후 세월이 흘러 1970년대에는 정윤희, 유지인, 장미희가 2세대 트로이카를 구축했는데 이들도 이미 다 예순 살이 넘은 나이가 되었네요. 요즘은 미녀가 너무 많아 3대 여배우를 꼽기는 어렵겠네요.

1980년대 세계 3대 여배우로는 브룩 쉴즈, 피비 케이츠, 소피 마르소였는데, 당시 그들의 인기가 대단했던 기억이 납니다. 모두 당시 청소년들의 책받침 미녀들입니다.

3대를 거쳐 4대에도 재미있는 것이 많이 있습니다.

세계 4대 문명은 황화 문명, 이집트 문명, 인더스 문명, 메소포타미아 문명입니다. 이 또한 세계사 과목에서 빠질 수 없었던 단골 시험문제였습니다.

세계 4대 성인은 석가모니, 예수, 공자, 소크라테스입니다. 혹자는 소크라테스 대신 마호메트를 꼽기도 하는데, 일반적으로 소크라테스를 4대 성인에 포함시킵니다.

세계 4대 뮤지컬은 〈오페라의 유령〉, 〈레미제라블〉, 〈캣츠〉, 〈미스 사이공〉을 꼽습니다.

세계 4대 해전은 기원전 480년 그리스와 페르시아 간의 살라미스 해전, 1588년 무적함대 스페인을 영국의 처녀 여왕 엘리자베스가 격파한 칼레 해전, 1592년 이순신 장군의 한산도 해전, 1805년 프랑스 나폴레옹의 세계 제패 야망을 무너뜨린 영국의 넬슨 제독이 이끈 트라팔가 해전입니다.

세계 4대 괴물은 스코틀랜드 네스 호의 네시Nessie, 히말라야의 설인 예티Yeti, 북아메리카의 거인 빅풋Bigfoot, 아마존 어디엔가 존재한다는 털북숭이 짐승 마뼁과리Mapinguari입니다.

축구에서 세계 4대 미드필더는 예전에는 피구, 지단, 베컴, 베론을 꼽았고, 요즘에는 사비, 리베리, 스네이더르, 파브레가스를 꼽습니다. 2000년대 세계 4대 스트라이커로는 브라질의 호나우도, 프랑스의 앙리, 네덜란드의 반 니스텔루이, 우크라이나의 세브첸코를 들 수 있습니다.

세계 4대 명품 시계는 시계의 황제로 손꼽히는 파텍 필립Patek Philippe,

유럽 황가의 시계 브레게Breguet, 가장 오래된 명품 시계 바쉐론 콘스탄틴Vacheron Constantin, 그리고 세상에서 가장 복잡한 시계 오데마 피게Audemars Piguet입니다.

이 세상에 태어나 역사상 어느 특정 분야에 세계 3대나 세계 4대 인물 안에 들어갈 수 있는 사람이 된다면, 또는 내가 만든 무엇이 세계 3대나 세계 4대 명작의 반열에 든다면 얼마나 좋겠습니까? 그러나 조커, 다스베이더, 렉스 루터와 같은 영화 속의 세계 3대 악당이나 영구, 맹구, 비실이와 같은 코미디계의 3대 바보에 끼지 않는 것만으로도 괜찮을 것 같습니다.

6
세계 7대/ 세계 10대

세계 7대 불가사의에 대한 의견은 아주 분분합니다. 일반적으로 고대 7대 불가사의로는 이집트 쿠푸 왕의 피라미드, 메소포타미아 바빌론의 공중정원, 올림피아의 제우스상, 에페소스의 아르테미 신전, 할리카르나소스의 마우솔로스 능묘, 로도스의 크로이소스 대거상, 알렉산드리아에 있는 팔로스 등대를 말합니다.

시대적으로 어떤 사람은 퀴로스의 궁전이나 바빌론의 바벨탑 혹은 바빌론 성벽(이슈타르의 문)을 고대 7대 불가사의에 포함시키기도 했습니다. 그런데 이들 중 현재 존재하는 것은 피라미드밖에 없습니다.

현존하는 세계 7대 불가사의는 이집트의 피라미드, 로마의 콜로세움, 알렉산드리아의 영굴, 중국의 만리장성, 영국의 스톤헨지, 이탈리아 피사의 사탑, 그리고 터키 이스탄불의 성 소피아 성당을 꼽습니다.

그러나 여기에 포함되지 못한 인도의 타지마할이나 브라질의 거대 예수상, 페루의 마추픽추 등의 불만이 끊임없이 제기되자, 신新세계 7대 불가사의 재단은 6년간의 전 세계 인터넷과 전화투표를 거쳐 2007년 7월에 신 세계 7대 불가사의를 발표하였습니다. 중국의 만리장성,

페루의 잉카 유적지 마추픽추, 브라질의 거대 예수상, 멕시코의 마야 유적지, 로마의 콜로세움, 인도 타지마할, 그리고 요르단의 고대도시 페트라가 선정되었습니다. 이집트의 피라미드가 빠진 것은 투표 대상에 끼는 것 자체가 자존심 상한다고 이집트 정부가 아예 투표 대상에서 빼달라고 요구했기 때문입니다.

세계 7대 수학 난제는 미국의 클레이 수학연구소에서 2000년 선정한 수학계의 중요 미해결 7가지 문제로, 이를 밀레니엄 문제라고 명명하고 이를 해결하는 사람에게는 1백만 달러를 상금으로 주기로 했습니다. 나 같은 수학을 싫어하는 사람은 무슨 말인지도 잘 모르지만 'P-NP문제, 리만 가설, 양-밀스 이론과 질량 간극 가설, 내비어-스톡스 방정식, 푸앵카레 추측, 버치와 스위노톤-다이어 추측, 호지 추측'이 밀레니엄 문제입니다. 그 중 푸앵카레 추측은 2002년에 러시아의 천재 수학자 그리고리 페렐만이 증명에 성공하였는데, 이를 검증하는 데만 3년이 걸려 '참'으로 인정받아 1904년에 처음 제기된 푸앵카레 추측은 102년 만에 해결되었으나, 나머지 6개 난제는 아직도 미해결 상태로 남아 있습니다. 근데 나는 가장 궁금한 것이 이런 것이 해결되면 실생활에서는 무엇이 바뀌는지 입니다. 내 생각에는 별 영향이 없을 것 같은데….

인류 역사상 가장 위대한 10대 발명품은 무엇일까요? 이것도 사람의 견해에 따라 논란의 소지가 많습니다. 미국의 월스트리트저널에서 발표한 세계 10대 발명품은 1위가 나침반입니다. 2위 총, 3위 금속활자, 4위 금속활판, 5위 기계식 계산기, 6위 베이글 빵, 7위 전구, 8위 트랜지스터, 9위 인공위성, 10위가 복제양 돌리입니다. 내 개인적인 생각으로는 나침반이 1위라는 것은 의외고, 총이나 베이글 빵보다는 수레, 증기기관차, 방적기, 전기, 전화, 휴대폰, 컴퓨터, 종이, 비행기 등이 들어가야 하지 않나 생각됩니다.

포브스지가 선정한 2016년 세계 10대 부자는 부동의 1위를 오랫동안 유지하고 있는 빌 게이츠가 750억 달러로 또 1위를 차지하였습니다. 2위는 스페인 사람으로 패션 ZARA의 설립자인 아만시오 오르데카로 670억 달러, 3위는 워렌 버핏으로 608억 달러를 가지고 있습니다. 4위는 카를로스 슬림이라는 멕시코 통신사 회장이며, 5위는 아마존 설립자 제프 베조스입니다. 6위는 마크 저커버그 페이스북 창업자로 446억 달러의 재산을 갖고 있습니다. 7위는 래리 앨리슨 오라클 회장이고, 8위는 마이클 블룸버그 블룸버그 미디어그룹 회장입니다. 9위와 10위는 쌍둥이 형제로 찰리 코크와 데이비드 코크가 각각 396억 달러로 차지하였습니다. 쌍둥이라 재산도 똑 같이 가졌나 봅니다.

나는 세계 몇 대 부자에 들 수 있을까요? 70억 중에 그래도 상위 10%인 세계 7억대 부자, 아니면 1%인 세계 7천만대 부자에 들 수 있을까요? 근데 돈이라는 것이 많으면 좋겠지만 돈이 많다고 꼭 행복한 것은 아닌 것을 우리 모두 알고 있습니다. 나는 그저 세계 10대 행복한 사람에 드는 것이 나의 목표이고, 지금도 잘하면 세계 100대 행복한 사람에는 들어 있지 않을까 하는 생각이 듭니다. 이거 착각일까요?

7
마케팅

기업 활동의 3대 축은 세일즈, 서비스 그리고 마케팅입니다. 이 중에서 마케팅은 자사의 제품이나 서비스가 경쟁사의 그것보다 소비자에게 우선적으로 선택될 수 있도록 하기 위해 행하는 제반활동을 의미합니다.

이런 마케팅은 3C의 분석으로부터 시작하는데 3C는 Customer(고객), Company(자사), Competitor(경쟁사)로 고객의 니즈를 파악하고 자사의 SWOT 분석과 경쟁사의 경쟁 환경을 분석하는 것을 의미합니다. 3C가 완료되면 마케팅의 4가지 요소, 즉 4P에 대한 연구를 진행합니다. 4P는 Product(제품), Price(가격), Place(유통), Promotion(촉진)을 의미하는데 자사의 어떤 유무형 제품을 시장상황에 따라 어느 가격대로, 어떤 유통채널을 통하여, 어떤 프로모션을 할 것인가를 결정하고 실행하는 것을 말합니다.

19세기 후반부터 20세기 초반에 미국에서 시작된 마케팅은 현대사회의 치열한 경쟁 환경 속에서 기업의 성패를 좌우하는 아주 중요한 요소로 자리매김하게 되었습니다. 지금은 과학적이고도 치밀한 마케팅 전략 수립과 집행이 이루어지지만 예전의 마케팅 기법은 단순하고 일차원적이었습니다.

내가 대학에 다니던 1980년대 소주시장의 절대 강자는 진로 소주였습니다. '두꺼비'라는 애칭으로 통용된 이 진로 소주는 80% 이상의 시장 점유율을 가졌던 것으로 기억됩니다. 그런데 당시 술집에서 술을 먹을 때면 병뚜껑을 따자마자 꼭 소주를 조금 버리고 먹곤 했습니다. 이것은 두꺼비를 먹을 때마다 하는 관례처럼 사람들은 이 행위를 하고 난 후에야 잔에다 술을 따랐습니다.

그런데 아무도 왜 그런 행동을 하게 되었는지는 잘 알지 못하였습니다. 혹자는 병 윗부분에 가스가 차 있기 때문에 조금 버리고 먹어야 한다는 사람도 있고, 한 병 가지고 일곱 잔을 맞추기 위해 조금 버려야 한다는 사람도 있고, 여러 가지 소문이 있었지만 모두들 크게 신경 쓰지 않고 그저 무의식적으로 병을 따자마자 술을 조금 버리고 먹었습니다. 그런데 이렇게 버려지는 술의 양이 약 10% 정도 되었고, 그만큼 두꺼비의 소비량이 늘어나 진로 소주의 판매량을 늘리게 하는 회사의 고도의 마케팅 전략이었다는 소문이 돌았습니다. 이를 위해 제품 출시 직후 진로 소주의 전 직원이 전국 술집에 거의 매일 저녁 출근하다시피해서 이 술 버리는 행위를 시작해 전국에 퍼뜨렸다는 소문이 있었습니다.

이것이 사실인지 풍문인지는 모르겠으나 사실이라면 나름대로 그 시절 매우 기발한 마케팅 전략이 아니었던가 싶습니다.

호주 멜버른에 있는 컬렌 호텔은 고가 미술품 전시로 유명한 호텔입니다. 그런데 이 호텔은 고객이 호텔 비품을 자주 훔쳐가 골치를 앓고 있었습니다. 비누나 샴푸와 같은 소모품은 그렇다 치고 어떤 고객은 커피잔이나 목욕 가운, 심지어 다리미와 같은 전자제품도 가져가 대책 마련에 부심하다가 이런 고객의 도둑 심리를 이용한 스틸 마케팅 기법을 도입하였습니다.

호텔 로비에 뱅크시의 작품 〈No ball games〉를 전시하고 호텔 투숙객 중 이 그림을 훔친 후 한 달 동안 들키지 않고 보관하면 1,600만원 상당의 그 그림의 소유권을 인정하겠다고 대대적인 광고를 하였습니다. 그러자 바로 사람들의 화제가 되었고, 호텔은 금방 1,500개의 전 객실이 만실이 되었습니다.

많은 고객들이 합법적으로 그림을 훔치려 시도했지만 24시간 경비와 CCTV 그리고 액자에 붙어 있는 GPS 때문에 아무도 그림을 훔치지 못하였는데, 어느 날 갑자기 그림이 감쪽같이 사라져 버렸습니다. 그리고 한 달 후 매건 애니와 모라 투이라는 두 여성이 이 그림을 가지고 나타나 소유권 이전을 요구해 호텔은 그들에게 그 그림을 주었습니다.

이 두 여성은 이 호텔이 다른 지점 호텔도 있으므로 그곳으로 그림이 옮겨져 전시될 것임을 착안하여 각종 소셜 미디어를 이용해 호텔 담당자 이름을 알아낸 후, 올슨 지점에서 온 직원인데 그림을 가져오라는 지시를 받고 왔다면서 그림을 빼돌리는데 성공하였고, 호텔은 약속대로 그 그림을 그들에게 주었습니다.

호텔이 돈을 벌기 위해 도둑질을 이용한다는 비판적인 시각도 있었지만 독특한 마케팅으로 화제가 되기도 했습니다. 이 호텔은 지금도 다른 작품으로 계속 스틸 마케팅을 하여 고객을 유치하고 있다고 합니다.

이런 기발한 아이디어를 짜내야 하는 기업도, 기업 내에서 관련된 일을 담당하는 직원들도 참 먹고 살기 힘든 세상이 되었습니다. 광고 홍보 마케팅회사 직원의 이직률이 높다는 사실이 이해가 됩니다.

8
세금

인간으로 태어나 어쩔 수 없이 피할 수 없는 두 가지는 바로 죽음과 세금이라고 합니다. 죽음이야 그렇다 치더라도 세금은 왜 피하지 못할까요?

기원전 2천년 무렵의 고대 이집트 벽화에 당시 서기라고 불렸던 세금 징수원의 모습이 그려져 있다고 하니 거의 인간이 문명집단으로 지구상에 존재하면서부터 세금도 같이 존재했다고 보아도 무방할 것 같습니다. 문자가 대략 기원전 1~2천년 무렵에 탄생하면서 인류의 역사시대가 시작된 것으로 알려져 있는데 세금도 문자의 탄생과 비슷한 시기부터 존재한 것으로 알려져 있어, 인류의 역사는 세금의 역사와 그 궤를 같이 하고 있습니다. 세금은 인류의 역사와 같이 하면서 수천, 수만 가지의 형태로 존재했다 사라지고 다시 부활하고 다른 형태로 변화하는 끈질긴 생명력과 다양함을 가졌습니다.

동서고금을 망라하여 아주 특이한 세금의 종류가 많이 있습니다. 영국 버밍엄 시에서는 사람이 죽어서 시신을 관에 넣을 때 관의 크기가 23인치가 넘으면 세금을 징수하여 뚱뚱한 사람을 두 번 죽이는 관재세를 만들었으며, 고대 그리스에서는 매춘부들에게 매춘세를 걷어 아프로디테의 신전을 지었다고 합니다. 여성 매춘부로부터 뜯어낸 세금으로 사랑과 미와 풍요의 여신인 아프로디테의 신전을 지었다 하니 참으로 아이러니합니다. 영국의 헨리 1세는 기사들이 전쟁에 나가지 않을 때 세금을 부과하는 비겁세를 만들었고, 고대 로마 황제는 화장실의 오물을 수거하는 업자들에게 소변세를 부과했다고 하는데 그 이유는 당시에는 오줌 속의 암모니아를 이용해 표백과 세탁을 했기 때문이라고 합니다.

이런 수많은 세금 중에서 가장 징수하기 편한 세금은 바로 인두세입니다. 즉, 사람 머리 숫자대로 세금을 부과하고 징수하는 것입니다. 이 세금은 어느 나라를 막론하고 지배층이 일반 서민층에 대해 착취를 할 때 사용하는 것으로, 우리나라 조선 후기에도 이 인두세가 만연했으며 심지어 죽은 사람에게도 인두세를 적용하는 백골징포白骨徵布를 징수해 일반 백성의 고혈을 빠는 부정의 온상이 되었습니다.

이렇듯 세금은 일반적으로 긍정적인 이미지보다는 착취, 부정, 횡포 등의 부정적 이미지가 훨씬 더 큰 것 같습니다. 사실 세금으로 공공 인프라를 구축하고 복지사업을 확장하여 많은 사람들로 하여금 혜택을 누릴 수 있게 만드는 순기능이 많고, 세금이 없으면 각 개인들도 살아가기가 힘든 데도 막상 내 돈이 나간다 하니 개인은 불만이 있는 것 같습니다.

그러나 세금과는 전혀 어울릴 것 같지 않은 아름다운 세금 이야기도 있습니다. 그것은 고디바라는 유명한 초콜릿과 관련된 이야기입니다. 90년 전통의 명품 초콜릿 고디바의 로고를 보면 말을 탄 여인을 발견할 수 있습니다. 이 여인의 이름이 바로 고디바입니다. 고디바는 11세기 영국 코벤트리 시의 영주인 레오프릭 3세의 부인이었습니다. 악독한 탐관오리인 레오프릭 3세와는 달리 고디바 부인의 인품은 매우 좋아 백성들의 존경을 받았고, 레오프릭 3세의 과도한 세금 징수와 폭정에 시달린 백성들은 참다못해 고디바 부인을 찾아가 선처를 호소하게 됩니다.

고디바는 남편에게 백성들의 사정을 여러 차례 호소했지만 말을 듣지 않자 남편에게 만일 세금을 낮추지 않는다면 나체로 말을 타고 시내를 돌아다니겠다고 선언을 하게 됩니다. 그러자 남편은 비웃으며 설마 그렇게 하겠냐고 생각하며, 그렇게 한다면 세금을 낮추겠다고 장난 하듯이 약속을 했습니다. 그러자 고디바 부인은 불쌍한 백성을 위해 자신을 희생하기로 결심하고 머리카락으로 몸을 일부 감싼 뒤 말을 타고 시내로 나갔습니다.

이 소식을 들은 백성들은 크게 놀라고 감동했습니다. 무엇하나 부족할 것 없는 영주 부인이 자신들을 위해 수치심과 모멸감을 견디고 나체로 마을을 돌아다닌다는 사실에 너무도 감동한 백성들은 앞으로 영주 부인이 말을 타는 날에는 절대 외출하지 않고 심지어 바깥조차 내다보지 않기로 스스로 약속을 하게 됩니다. 그리고 고디바 부인이 말을 타는 날에는 모든 백성들은 너나 할 것 없이 창문을 닫고 커튼을 내렸으며 문을 잠갔습니다. 백성들을 위해 희생하는 고귀한 부인의 몸을 볼 수 없다는 엄숙한 결의 때문에 거리는 고요했습니다.

이런 고디바 부인의 용기 있는 행동과 이에 부응하는 백성들의 결의에 자신의 잘못을 깨닫게 된 영주 레오프릭 3세는 세금을 내리고 백성을 위한 정책을 펼치게 되었다고 합니다. 한 고결한 부인의 희생과 용기가 남편의 실정을 고치고 많은 사람들을 행복하게 만들었습니다. 지금도 영국 코벤트리 시 대성당 앞에는 말을 탄 고디바 부인의 동상이 있다고 하고, 해마다 이곳에서 그녀를 기리기 위한 고디바 축제가 열리고 있다고 합니다.

고디바 부인이 탄 말과 우리나라 정유라가 탄 말은 모두 같은 말일진대 그 결과는 천양지차로 다른 이유는 무엇일까요?

9
더치페이

더치페이는 여럿이 식사를 같이 했을 때 비용을 각자가 부담한다는 의미로, 더치는 네덜란드 사람을 말합니다. 그런데 네덜란드 사람은 이 더치페이라는 말을 매우 싫어합니다. 원래 더치페이는 더치 트리트 Dutch Treat에서 유래된 말로서 이는 다른 사람에게 한턱을 내거나 대접하는 네덜란드인의 좋은 관습인데, 17세기 후반 영국과 네덜란드의 3차례 전쟁 이후 영국인들과 네덜란드인의 갈등이 심해졌고 이에 영국인들은 네덜란드인Dutchman을 비난하기 시작하면서 더치라는 말을 부정적인 의미로 부르기 시작했습니다.

그 후 영국인들은 '대접하다'라는 의미인 트리트Treat 대신 '지불하다'라는 뜻의 페이Pay로 바꾸어 사용하였고, 그 때부터 함께 식사한 뒤 자기가 먹은 음식에 대한 비용을 각자 부담한다는 뜻으로 쓰이게 되었습니다. 이는 마치 일제 때 일본인들이 조선사람을 비하하여 '조센진'이라고 불렀던 것과 맥락을 같이 할 수 있습니다. 따라서 네덜란드 사람들이 더치페이라는 말을 싫어하는 것은 어찌 보면 당연하다고 할 수 있습니다.

내가 신입사원 시절이던 1980년대나 1990년 초반까지만 해도 우리 민족 정서상 더치페이는 그리 일반적이지 않았습니다. 직장 동료들과 같이 점심을 먹으러 가면 일반적으로 선배사원이 점심값을 내었고, 동기끼리 가게 되면 어느 한 사람이 "오늘은 내가 살게" 하면서 지불하면 다음에는 다른 사람이 돌아가면서 점심값을 지불했던 것이 일상적인 풍경이었습니다.

그런데 언제부터인가 자기가 먹은 음식값을 자기가 부담하는 더치페이가 아주 자연스럽고 당연한 사회 현상으로 자리 잡게 되었습니다. 심지어는 남녀가 데이트한 후에도 예전에는 남자가 온전히 그 비용을 다 부담하던 것에서 요즘은 남녀 각각 자신이 사용한 비용을 부담하는 더치페이가 그리 이상하게 보이지 않게 되었습니다. 사회가 각박해져서인지 합리적인 서구문화가 자리잡아서인지 모르겠지만, 요즘 젊은 사람들은 더치페이 문화가 훨씬 더 자연스러운 것 같아 보입니다.

예전처럼 서로 먼저 밥값 술값 내겠다고 계산대 앞에서 실랑이하던 풍경은 찾아보기 힘들게 되었고, 이젠 계산대 앞에 한 명씩 줄 서서 자기가 먹은 식대를 각자 하나씩 카드 계산하느라 결제시간이 늘어나 손님도 주인도 짜증내는 일이 다반사가 되었습니다.

이런 사회 변화에 또 다시 적응하기 위해 누군가 대표로 식사값을 지불하면 모바일 뱅킹이나 카카오 월렛으로 자기 몫을 그 자리에서 송금하는 풍경도 이젠 매우 익숙해졌습니다. 정말로 세상 참 많이 변했구나 하는 말이 절로 나오게 됩니다.

'김영란법' 시행 이후로 더치페이가 더욱 확산되고 있답니다. 특히 시간이 정해진 점심시간은 짧은 시간 내에 식사하고 커피 마시고 해야 하는데 더불어서 길어진 결제시간 때문에 많은 불편을 초래하고 있습니다. 이러한 문제를 해결하기 위해 글로벌 컴퍼니나 스타트업 기업들이 더치페이용 간편 그룹 송금 앱을 앞을 다투어 출시하고 있습니다.

더 이상 상대방의 카드번호나 은행계좌를 알 필요 없이 그저 메신저 ID나 모바일폰 번호만 알면 아주 편하게 송금 수금을 하는 앱이 대중화되어 더치페이를 더욱 편하게 할 수 있도록 도와주고 있습니다. 더치페이는 처음에는 너무 인간적인 정이 없어 보이고 사무적이라는 부정적인 이미지에서 '김영란법' 이후에는 뇌물. 접대 등과 대척점에 있는 청렴의 긍정적인 이미지로 자리매김하고 있습니다.

그래도 아직 내 세대에서는 친구나 동료 또는 후배들과 식사 후에 "야! 오늘 먹은 거는 더치페이야"라고 외치기는 매우 어색한 것 같습니다. "오늘은 내가 쏠게!" 하고 술김에 카드 긋고 집에 가서 와이프에게 카드명세서 걸려 혼나고, 다음날 술 깨어 맨 정신으로 돌아와서 머리 치며 후회도 하는 코리안페이(이 용어가 있는지는 모르겠습니다)가 아직은 더 익숙한 것 같습니다.

더치 리치Dutch Reach라는 말도 있습니다. 이 말은 자전거 천국인 네덜란드에서 차가 정차하고 승객이나 운전자가 내릴 때 갑자기 차문을 열면 뒤에 오던 자전거가 문에 부딪쳐 사고 나는 것을 방지하기 위해 내리는 문 쪽의 반대편 손으로 문을 열자는 캠페인입니다. 그러면 약 1~2초의 시간이 경과되고, 그 사이에 뒤에 따라오는 자전거가 있는지 살펴볼 수 있어 충돌 사고를 미연에 방지할 수 있기 때문입니다.

더치페이나 더치 리치나 본래의 뜻은 참으로 좋은 용어인 것 같습니다.

10

넥타이

요즘은 직장인들이 넥타이를 많이 매는 편이 아니지만 내가 직장생활을 시작한 1980년대 중반에는 검정색이나 짙은 감청색의 말끔한 정장에 하얀 와이셔츠, 그리고 무채색이나 푸른색의 넥타이를 매는 것이 화이트칼라 직장인의 기본 드레스 코드였습니다.

어느 특정 재벌 기업은 아예 공식처럼 슈트뿐 아니라 와이셔츠, 넥타이의 색깔까지 지정해 그 범주에서 벗어나면 인사부에서 제재를 가하던, 지금으로선 상상하기 힘든 시절이 있었습니다. 마치 유니폼인양 베이지색 콤비 슈트에 검정 바지, 그리고 하얀 와이셔츠에 감청색 넥타이를 맨 사람은 굳이 배지를 확인하지 않아도 어느 회사 직원임을 바로 알 수 있었고, 그들을 특정 회사 이름을 따서 OO맨이라고 불렀습니다.

특히 넥타이는 화이트칼라 직장인의 상징처럼 되어 회사원을 넥타이 부대라고 부르기도 하였습니다. 1980년대 후반부터 1990년대 초반에 군부 독재에 맞서 학생들이 데모를 했을 때 직장인들이 가세를 하자 언론에서는 넥타이 부대들도 데모에 합류하였다는 표현을 즐겨 사용하였습니다.

그런데 사람들은 언제부터 넥타이를 매었을까요? 여러 가지 설이 있지만 넥타이의 기원은 17세기 프랑스에서 유행한 크라바트Cravat라는 설이 유력합니다. 'Cravat'를 영어사전에서 찾아보면 넥타이 또는 삼각건이라는 뜻을 가지고 있습니다. 그런데 크라바트가 넥타이로 변천되는 과정에는 아주 재미있는 일화가 숨겨져 있습니다.

17세기 유럽의 '30년 전쟁' 당시 프랑스는 왕실을 보호하기 위해 크로아티아의 용병을 고용하였습니다. 그런데 고용된 크로아티아의 기병대는 모두 목에 붉은 스카프를 매고 전장을 누볐습니다. 크로아티아의 용병들이 붉은 스카프를 맨 이유는 출정하는 군인의 무사귀환을 빌며 붉은 스카프를 매어주는 것이 크로아티아의 오랜 풍습이기 때문입니다.

'30년 전쟁'이 끝난 후 파리에서 개선 퍼레이드가 펼쳐졌을 때 크로아티아의 기병대가 말을 타고 화려한 스카프를 매고 행진하자, 프랑스의 루이 14세가 스카프를 가리키며 시종장에게 "저것이 무엇이냐?"라고 물었습니다. 시종장은 크로아티아 병사를 가리키는 줄 알고 "크라바트(크로아티아 병사)입니다"라고 대답했고, 그 이후 남성의 목에 매는 스카프의 명칭이 크라바트가 되었으며, 지금도 넥타이를 프랑스어로는 크라바트라고 부릅니다.

이 크라바트가 마음에 든 루이 14세는 크라바트를 왕실의 기장으로 삼았으며, 이는 곧 귀족들에게 유행으로 퍼져 나갔습니다. 그 후 크라바트는 영국으로 건너가 그 유행을 이어갔으며, 영국에서는 심플함과 가벼움을 추구하면서 단순한 형태로 바뀌었고, 이름도 넥타이로 불리기 시작했습니다.

그 후 넥타이가 직장인의 대명사가 된 것은 20세기로 들어서면서 미국의 은행가들을 통해서입니다. JP 모건과 같은 은행은 행원을 뽑을 때 외모를 우선시하였습니다. 또한 귀족적 분위기를 강조하기 위해 일괄적으로 단정한 슈트와 넥타이를 착용하도록 하였습니다. 이것이 비즈니스 업계의 상징처럼 되었으며, 다른 은행들도 고객에게 신뢰감을 주기 위해 직원들에게 슈트와 넥타이 착용을 지시하게 되었고, 전 산업계에 퍼져 오늘날의 넥타이 부대가 창설된 것입니다.

남성의 댄디함의 상징인 넥타이가 요즘은 많은 공격을 받고 있습니다. 연구에 따르면 넥타이를 매면 체온이 2도 정도 상승하고, 뇌로 가는 혈액이 7.5% 감소하는 것으로 나타났습니다. 또한 넥타이가 목을 조여 안압을 높여 녹내장을 유발할 가능성이 높다는 연구결과도 있습니다. 이는 일반적으로 건강한 사람에게는 큰 위협이 되지는 않지만, 고혈압 환자나 노약자에게는 조심해야 할 수준의 위험이 될 수도 있다고 합니다. 그래서 혹자는 넥타이를 '사회적 교살자'라는 끔찍한 표현을 써가면서 넥타이를 매지 말아야 한다고 주장하고 있습니다. 특히 폭염의 날씨에서 넥타이는 일사병의 주범으로 꼽히고 있습니다.

나는 양복을 전투복이라고 부릅니다. 삼십 년 넘게 매일 출근 때 이 전투복을 입으면서 넥타이를 맬지 노타이로 갈지를 고민합니다. Y세대에게는 어렵지 않겠지만 나에게는 언제나 쉽지 않은 선택이었고, 지금도 그렇습니다.

11
이도류_{2Way}

어렸을 적에 즐겨보던 야구 만화의 주인공은 항상 4번 타자에 강속구 투수였습니다. 또한 그 주인공은 매우 잘생겼을 뿐만 아니라 공부도 잘하고, 못하는 것이 없는 거의 만능에 가까운 말 그대로 만화에서나 볼 수 있는 사람이었습니다.

그런데 실제 현실에서도 가끔 이런 사람들을 볼 수 있습니다. 그런 사람들을 우리는 '만찢남(만화를 찢고 나온 남자)'이라고 부릅니다. 요즘 현실세계에서 이런 만찢남이 나타나 세상을 떠들썩하게 하고 있습니다. 그는 바로 오타니 쇼헤이라는 이제 만 24세의 일본 청년으로, 그는 이미 일본 프로 야구계를 평정하고 금년부터는 미국 메이저리그의 LA 에인절스의 투수 겸 타자로 활약을 하고 있습니다.

그가 만찢남의 칭호를 받을 수 있는 것은 193cm의 훤칠한 키와 잘생긴 외모뿐만 아니라 야구에서 한 가지만 잘하는 것도 어려운데 그는 투타 겸업을 하는 선수이기 때문입니다. 이를 이도류二刀流라고 하는데, 원래 이도류는 일본 검술에서 쓰는 말로 양손에 칼을 한 자루씩 쥐고 싸우는 검법을 말하는 용어로 야구에서는 투수와 타자를 동시에 수행하는 선수를 말합니다.

오타니는 2014년 일본 프로 야구 사상 처음으로 투수로서 두 자릿수 승리와 타자로서 두 자릿수 홈런(11승, 10홈런)을 달성했습니다. 이듬해인 2015년에는 방어율, 다승왕, 최고승률 등 투수 부문 3관왕을 달성하였고, 더 나아가 2016년에는 역시 일본 프로 야구 사상 처음으로 두 자릿수 승리, 100안타, 20홈런을 달성하며 리그 우승과 재팬 시리즈 우승을 거머쥐며 리그 MVP에 선정되는 영예를 안았습니다. 정녕 그는 만찢남의 호칭을 받는데 충분한 자격이 있는 것 같습니다.

2018년 세계 최고의 선수들만 모이는 미국 메이저리그에 그가 입성했을 때 그의 이도류는 일본에서나 통했던 것이고, 메이저리그에서는 한 가지만 잘해도 성공이라는 견해가 지배적이었습니다. 그리고 시범경기 때 투수로 2경기에 출전해 1패, 평균자책점 27, 타자로 타율 0.125를 기록하자 모든 언론의 공격 대상이 되었고, 역시 이도류는 거품이었다는 비난을 받았습니다. 대부분의 한국인들도 시기와 질투를 하고 있다가 내심 고소해 했던 것도 사실이었습니다.

그러나 막상 본 게임에 들어서자 오타니는 180도 달라졌습니다. 시속 160km를 상회하는 강속구로 메이저리그 강타자를 상대하고, 홈런도 6개나 때려 이도류의 매운 맛을 메이저리그에 보여주자 팬들은 오타니 쇼타임이란 별명을 붙이며 열광을 하고 있습니다.

이런 이도류와 비슷하게 야구에서 20-20, 30-30클럽이라는 또 다른 능력자를 일컫는 말이 있습니다. 일반적으로 힘이 세면 스피드가 느리고, 스피드가 빠르면 힘이 약한데 이 둘을 겸비한 호타준족의 상징으로 일컬어지는데 홈런 20개 이상, 도루 20개 이상을 한 시즌에 하면

20-20클럽에 가입하게 됩니다. 홈런 40개 이상, 도루 40개 이상을 한 40-40클럽 가입자는 역사상 전 세계를 통틀어 단 4명만 달성한 대기록으로 메이저리그에서 3명, 우리나라 KBO 리그에서 에릭 테임즈 선수가 이름을 올렸습니다. 앞으로 수십 년 내에 다시 볼 수 없을지도 모르는 대기록입니다.

이런 이도류, 즉 2way를 넘어서 야구에서 5가지를 잘하는 사람을 5tool player라고 합니다. 우리나라의 추신수 선수가 대표적인 5tool player로 손꼽히는데 타격을 잘해 타율이 높고, 파워도 강해 홈런이 많고, 스피드가 빨라 도루 및 주루 능력이 뛰어나고, 수비를 잘해 실책이 없고, 어깨가 좋아 송구 능력이 좋은 그야말로 야구의 만능선수를 일컫습니다. 정말 부럽지 아니할 수 없습니다.

일반적으로 공부를 잘하면 운동을 못하고, 운동을 잘하면 공부를 못했던 것이 일종의 공식과도 같았는데, 가끔은 이 둘 다를 잘해 문무를 겸비했다는 말을 듣는 사람이 있습니다. 골프의 전인지 선수는 IQ가 높아 멘사클럽 멤버이고, US 오픈의 우승자로 운동도 잘하니 문무를 겸비한 여성이라고 볼 수 있습니다. 거기에다가 예쁜 외모와 예의범절까지 갖추었으니 사도류, 4way의 선수라고 명명해도 되겠습니다.

중국 당나라 때는 관리를 등용하는 기준을 신언서판身言書判이라고 하여 신체용모 좋고, 말 잘하고, 글 잘 쓰고, 판단력이 좋은 사람을 인물 평가의 기준으로 삼았다 합니다. 아주 옛날부터 사도류가 있었나 봅니다.

이도류, 사도류, 5tool player는 못 되어도 최소한 일류 일도류는 되어야겠습니다.

12
통행

"모든 길은 로마로 통한다"라는 말이 있습니다. BC 8세기에 라틴인이 건설한 도시국가 로마는 그 후 급속도로 영토를 확장하여 지중해를 둘러싸는 대제국을 완성하였습니다. 그 과정에서 로마군은 주변국을 점령할 때마다 점령지를 통치하기 위해 점령지와 로마를 잇는 도로를 건설하였습니다.

당시 로마인은 길은 직선으로 만들어야 한다는 신념을 가지고 있었기 때문에 모든 길이 직선이 되도록 산에 굴을 뚫기도 하고, 골짜기에 높은 다리를 놓기도 하였습니다. 이렇게 닦은 길의 전체 길이가 8만5천km에 이르러 "모든 길은 로마로 통한다"라는 말이 생겨난 것 같습니다.

그런데 길을 통행하는데 있어서 어떤 나라는 좌측으로 통행하고, 어떤 나라는 우측으로 통행을 합니다. 개인적으로 항상 해외출장을 가서 길을 건널 때마다 좌측통행 국가인지 우측통행 국가인지를 따져 왼쪽을 조심해야 하나 오른쪽을 조심해야 하나 헷갈려 하면서, 왜 전 세계적으로 동일한 통행 방향을 설정하지 않고 나라마다 다르게 설정되었는지 그 유래를 매우 궁금해 했습니다.

UN이 인정한 193개 독립국가 중에서 우리나라와 같은 우측통행 국가, 자동차로 보면 좌측 핸들 제도를 채택한 나라는 140개국으로 73% 정도이고, 영국이나 일본 같은 좌측통행 국가, 즉 우측 핸들 제도를 채택한 국가는 53개국으로 27% 정도 차지하고 있습니다. 이렇게 우측 통행국, 좌측 통행국으로 나누어지게 된 동기에는 여러 가지 설이 있지만 우측 핸들의 원조격인 영국에서는 자동차의 우측 핸들이 마차에서 유래된 것이라는 설이 가장 유력합니다.

영국의 마차는 말 두 필이 끄는 마차인데 마부석이 따로 없는 것이 특징이었습니다. 사람들이 대부분 오른손잡이여서 마부가 채찍질할 때 손님이 오른쪽에 앉아 있으면 채찍에 맞을 위험이 있어 마부가 손님의 오른쪽에 앉아야만 했고, 마부가 마차의 오른쪽에 앉아 있기 때문에 반대편에서 오는 마차를 보기 위해서는 마차가 좌측으로 다녀야만 해서 좌측통행의 유래가 되었고, 훗날 자동차가 제작되었을 때에도 마부의 영향을 받아 운전자의 위치를 오른쪽으로 하게 되었습니다.

그 후 대영 제국의 지배를 받은 대부분의 나라는 영국의 영향을 받아 좌측통행을 채택하고 있습니다. 아일랜드, 뉴질랜드, 호주, 남아프리카 공화국과 같은 나라가 이에 속합니다.

또 다른 좌측통행 국가의 공통점은 유독 국왕제를 유지하는 나라가 많다는 것입니다. 영국뿐 아니라 일본, 태국, 말레이시아, 네팔, 부탄, 브루나이 등 원인을 알지는 못하지만 국왕제를 채택한 나라가 좌측통행을 하는 나라가 많습니다.

그런데 일본이 좌측통행 국가가 된 유래가 재미있습니다. 일본도 원래는 우측통행 국가였는데 사무라이 시대 때 오른손잡이가 많으므로 대부분 왼쪽 허리에 칼을 차고 다녔는데 좁은 골목에서 우측통행하다 보니 허리에 찬 칼이 자주 부딪혀 싸움의 원인을 제공하자, 불필요한 싸움을 막기 위해 제정한 사무라이 법칙이 좌측통행의 유래가 되었다는 그리 신빙성이 높지 않은 이야기가 있습니다. 사실 일본은 메이지 14년 좌측통행이 공식화 되었는데, 메이지 유신 때 일본이 좌측통행이 일상화된 영국을 근대화의 모델로 삼았고 그때 좌측통행이 도입된 것으로 추측됩니다.

우리나라의 경우는 1905년 대한제국 시절에 공식적인 우측통행이 발표되었으나, 일제 강점기인 1921년에 조선총독부의 강제적인 좌측통행 시행령으로 좌측통행을 실시하다, 해방 이후 1946년 미 군정청이 차량은 우측통행으로 바꾸어 사람은 좌측통행, 차량은 우측통행으로 혼재되어 운용되다, 1994년 경찰청이 사람과 차량 모두 우측통행을 권고해 현재 우측통행을 표준으로 하고 있습니다.

좌측통행이든 우측통행이든 한 번 이런 사회적 인프라가 결정되면 이를 바꾸는 것은 매우 힘듭니다. 특히 100년 전 보행자 중심의 인프라가 아닌 현대사회와 같이 자동차 중심의 인프라가 구성된 시점에서 통행 방향 변경은 거의 불가능하다고 볼 수 있습니다. 왜냐하면 이에 따른 변경 비용이 천문학적 숫자인데다가 사회적 혼란이 엄청나기 때문입니다. 그래서 모든 것에서 초기 표준의 설정이 그렇게 중요한 것입니다.

13
넛지 Nudge

'Nudge'라는 단어를 사전에서 찾아보면 '팔꿈치로 살짝 찌르다' 또는 '가볍게 밀다'라는 뜻을 가지고 있습니다. 즉, 어떤 사람의 주의를 끌기 위해 가볍게 치거나 건드리는 것을 말합니다. 이렇듯 가볍고 작은 변화를 주어 원하는 결과를 얻도록 유도하는 것을 행동경제학에서는 넛지 이론이라고 합니다. 이 이론은 미국 시카고 대학의 행동경제학자인 리처드 탈러 교수와 법률가 캐스 선스타인이 공저한 〈넛지〉라는 책을 통해 대중들에게 알려졌습니다.

재미있는 넛지 이론의 사례가 많이 있습니다. 남자 화장실의 소변기 위에 붙어 있는 '저를 소중하게 대해 주신다면 오늘 제가 본 것은 비밀로 해드리겠습니다'와 같은 문구가 대표적인 넛지 이론의 사례입니다. 절로 웃음이 나는 재치와 위트가 있는 표현입니다. 본인의 숨기고 싶은 신체 구조의 비밀을 지켜준다는데 소변기를 어지럽힐 남성이 어디 있겠습니까? 실제로 이 문구를 사용한 후 이 화장실의 청결도는 엄청나게 좋아졌다고 합니다. 이런 넛지를 이용한 문구는 이전에는 주로 '한 발만 가까이'라는 문구가 대세를 이루었고, 넛지 이후에는 또 다른 넛지 문구인 '남자가 흘리지 말아야 할 것은 눈물만이 아닙니다'와 같은 문구를 사용하여 많은 남성으로 하여금 공감과 웃음을 갖게 하였습니다.

네덜란드 암스테르담 공항의 화장실에는 소변기 안에 파리 모양의 스티커를 붙여 남성들이 소변을 볼 때 파리를 정조준하게 유도하여 소변이 튀거나 옆으로 새지 못하도록 하였습니다. 어떤 곳에서는 파리 대신 축구 골대 모양의 스티커를 붙여 놓았다고 합니다. 이 모두가 남성들이 과녁을 정확히 맞추려는 수렵 채취 본능을 이용한 넛지 이론의 사례들입니다. 그런가 하면 학생들에게 건강에 이로운 음식을 많이 먹이기 위해 음식의 배열을 바꾸어 놓았더니 정크 푸드보다는 과일을 섭취하는 양이 늘어났고, 국민에게 납세 안내장을 보낼 때 '국민들의 90% 이상은 이미 세금을 냈습니다'라는 우회적인 안내문을 보내는 것 또한 넛지의 좋은 사례입니다. 화장실 소변기에 '소변이 튀지 않도록 조심하세요', 급식대에 '과일을 많이 섭취해야 건강해집니다', 세금 안내장에 '세금을 내지 않으면 과태료가 부과됩니다'라는 식의 직접적이고 지시적인 메시지보다 넛지를 이용하는 것이 훨씬 효과적인 것은 이미 입증된 사실입니다.

미국의 오바마 대통령은 2009년에 캐스 선스타인을 백악관의 규제정보국장으로 임명해 넛지를 미국의 정책에 반영하고자 했고, 리처드 탈러 교수는 2017년 이 넛지 이론으로 노벨 경제학상을 수상하였습니다. 우리나라에서도 이명박 대통령이 〈넛지〉 책을 주변에 많이 권했다고 해서 화제가 되었으며, 이로 인해 이 책이 전 세계에서 가장 많이 팔린 나라라는 기록을 세웠습니다. 이 책에서는 넛지를 타인의 선택을 유도하는 부드러운 개입으로 정의하고 타인의 감성을 슬쩍 건드려 설득하라는 개념인데, 여기에는 바로 행동설계의 힘이 들어 있습니다. 남성들의 잘못된 행동을 교정하기 위해 소변기 내에 파리 스티커라는 행동설계로 인해 사람의 생각을 바꾸는 것이 아니라 행동을 바꾸는 것이 행동설계의 힘이고, 이것이 바로 넛지의 힘인데 그 배경에는 행동경제학이라는 학문이 자리 잡고 있습니다.

어느 병원의 수술 동의서에 '수술로 살아날 확률 90%입니다'와 '수술로 사망할 확률 10%입니다'라는 문구를 넣어서 실험을 했는데 첫 번째 동의서를 본 대부분의 환자는 수술에 동의하였고, 두 번째 동의서를 본 환자는 대부분 수술을 거부하였다 합니다. 사실 두 문구는 같은 내용이지만 결과는 천양지차로 달라졌습니다.

4차 산업혁명 시대에 있어서 넛지 이론은 더욱 각광을 받고 있습니다. 온라인상에서 대부분의 경제활동이 이루어지기 때문에 온라인 소비자로 하여금 어떤 행동을 하도록 설계하느냐에 따라 그 결과가 엄청나게 차이를 보이기 때문입니다. 소변기의 파리와 같은 어떤 기발한 넛지가 또 온라인에 등장하게 될까요?

14
예언

인간이 만일 미래의 모든 일을 알고 살아간다면 어떤 일이 일어날까요? 아마 앞으로 일어날 자신의 미래를 모두 알고서는 도저히 살아갈 수 없을 것입니다. 그래서 조물주는 인간으로 하여금 자신의 운명을 알지 못하도록 한 것 같습니다. 따라서 자신의 미래를 알지 못하는 인간은 앞으로 일어날 일에 대해서 매우 궁금해 합니다. 그래서 어떤 사람은 종교를 믿고 그들의 신에게 미래의 안위를 기도하고, 어떤 사람은 무속인에게 점을 보아 자신의 미래에 일어날 일을 알고자 합니다.

이 모든 것은 인간은 그만큼 나약한 존재이고, 미래에 대한 두려움이나 불안감을 갖고 있기 때문입니다. 그래서 사람들은 종교서적이나 유명한 예언자의 예언에 매우 민감하게 반응합니다. 특히 사회적으로 매우 불안한 사건이 일어나거나, 연말이나 세기말 같은 특정 시기에는 더욱 그러합니다.

"1999년 7의 달 하늘에서 공포의 대왕이 내려오리라. 앙골무아의 대왕이 부활하리라. 화성을 전후로 행복하게 지배하리라."

이 시는 프랑스의 세계적 예언자 노스트라다무스의 예언서 〈백시선

(또는 제세기)〉에 나오는 인류의 종말을 의미하는 예언시라고 알려져서 엄청난 화제가 되었던 문구입니다.

1990년대 말, 새천년의 도래를 눈앞에 두었던 시절 인류는 새천년을 경험하지 못하고 종말을 맞이할 거라는 종말론자들의 주장과 더불어 노스트라다무스의 종말에 대한 예언시를 해석하느라 매스컴에서 떠들썩했던 기억이 납니다. 공포의 대왕은 무엇이며 앙골무아의 대왕은 누구인지 당시 수많은 해석과 가설이 난무하다 아무 일도 없이 2000년을 맞이하는 해프닝이 있었습니다.

그러자 2000년이 도래한 후에는 1999년 날짜에 대한 해석이 잘못되었을 뿐 언젠가 노스트라다무스의 예언대로 인류는 종말을 반드시 맞을 것이라는 웃지 못할 예언들이 다시 난무했었습니다.

노스트라다무스는 16세기에 프랑스에서 태어나 어릴 때부터 히브리어, 그리스어, 라틴어, 수학, 점성술을 배웠고, 대학에서는 의학을 전공했습니다. 그는 1546년 프랑스에서 페스트가 발병했을 때 환자를 치료해주어서 유명해졌으며, 그 후로 예언을 하기 시작했습니다. 1555년 그의 예언집 〈제세기〉가 출판되었는데, 이 책은 4행시 1천1백 편으로 불어, 스페인어, 라틴어, 히브리어 등이 뒤섞인 암호와 같은 문장과 난해한 내용으로 이루어져 사람들이 쉽게 해독하지 못해 지금까지도 그 의미를 둘러싸고 해석이 엇갈리고 있습니다. 이 〈제세기〉는 당시 그 신비성 때문에 로마 가톨릭 교회에 의해 금서로 지정되었는데 자신의 죽음뿐 아니라 앙리 2세의 죽음, 생바르텔미의 학살, 프랑스 혁명, 나폴레옹과 히틀러의 등장을 예언해 세상 사람들로부터 주목을 받았습니다.

그가 정말 세기의 예언자인지 희대의 사기꾼인지 알 수는 없으나 지난 수백 년 동안 그랬듯이 인간은 자신의 미래를 알지 못하며 매우 궁금해 하는 본성을 가지고 있기 때문에 앞으로도 인류가 존재하는 한 그의 예언은 계속 인구에 회자될 것입니다.

'남아공의 노스트라다무스'라고 불리는 니콜라스 반 렌스버그라는 예언자가 있습니다. 그는 노스트라다무스가 태어난 1503년보다 359년 늦은 1862년에 남아프리카공화국(남아공)의 한 농장에서 태어났습니다. 그는 미래를 볼 수 있는 초능력을 가진 것으로 알려졌으며, 평생 단 한 번도 신문을 읽은 적이 없다고 합니다.

1926년에 타계한 그의 예언들은 딸 안나가 평소에 노트에 받아 적어 기록한 것을 보관하다가 책으로 출판해 세상 사람들에게 알려졌습니다. 그는 제1차 세계대전 발발을 예언했고, 1929년에 발생할 경제 대공황을 예언했으며, 일본은 대지진으로 파괴된다고 예언했는데 실제 동일본 대지진이 발생했으며, 남아공이 다시 흑인에 의해 통치된다는 그의 예언은 1992년 만델라 대통령이 당선되면서 실현되었습니다. 1919년에 그는 영국에서 귀족으로 태어난 여성이 이혼을 하고 나서 큰 스캔들을 일으킨 후 죽게 되고, 세계 전역에서 그녀를 추모하게 될 것이라고 예언해서 영국의 다이애나 세자빈의 죽음을 정확히 예측하였습니다. 그 외에도 1917년에 성병 때문에 많은 흑인들이 죽게 되고, 이 전염병이 아프리카에서 시작되어 세계 전역으로 퍼지게 된다고 예언했는데 실제 에이즈가 창궐하여 전 세계에 퍼졌습니다.

특히 그는 제3차 세계대전에 관해 예언을 하였는데, 21세기가 시작되면서 러시아와 유럽에서 발생한 인종분쟁이 세계적으로 폭발하면서 제3차 세계대전이 일어나는데 이때 무서운 전염병이 발생하고, 미국과 독일이 동맹국으로 함께 싸우게 된다고 하였습니다. 그러면서 "위아래로 죽음과 파괴의 씨를 뿌리면서 지구를 피로 물들이는 무시무시한 전기 광선들"이라는 표현을 썼습니다. 아마도 그의 예언대로 된다면 레이저 광선포가 조만간에 개발될 것 같습니다.

지금이 21세기 초인데 앞으로 러시아와 유럽의 인종분쟁 상황과 어느 나라에서 레이저 광선포를 개발하는지 신경 써야 할 것 같습니다. 미국과의 금리차 역전, 중국발 미세먼지, 국내 헌법 개정안 등 그러잖아도 신경 쓸 게 많은데 내가 신경 써야 할 일들이 더 늘었습니다.

15
쉼표

어느 살인청부업자가 살인청부 의뢰를 받아 어떻게 대상자를 죽여야 하나 고민을 하다가 그에게 편지를 써서 보냈습니다. 편지를 받은 대상자는 한참 편지를 읽다가 쓰러졌고, 그대로 사망하였습니다. 편지에는 아무런 독도 발라져 있지 않았고, 그 어떤 사람을 해칠 수 있는 장치도 없었습니다. 그런데 왜 대상자는 죽었을까요? 살인청부업자는 어떻게 청부 대상자를 죽일 수 있었을까요?

부검 결과는 질식사였으나 목을 졸린 흔적은 전혀 없었고, 경찰은 질식사에 대한 아무런 단서도 찾지 못하였습니다. 담당 형사는 유일한 단서인 편지를 수십 번 다시 읽어 보았으나 편지의 내용이 매우 길다는 것 외에 단서가 될 만한 것은 없었습니다. 그렇게 수사는 아무런 진전 없이 시간만 흘러서 미제사건으로 남게 될 상황이었는데, 어느 날 경찰이 사인을 밝혀냈다며 수사결과를 발표했습니다. 경찰이 밝힌 사인은 매우 장문이었던 편지에 단 한 번도 쉼표가 쓰여 있지 않아, 평소 고지식했던 사망자가 편지를 끝까지 다 읽을 때까지 한 번도 숨을 쉬지 않아 질식사했다는 것이었습니다.

이 이야기는 아주 오래 전 유행했던 유머입니다. 요즘에는 아재 개그라고 하지요. 그저 웃자고 만든 얘기이지만 나는 여기에서 쉼표라는 문장 부호의 소중함을 느끼게 됩니다. 인생을 살아감에 있어서 우리는 많은 문장부호를 사용하게 됩니다. 무언가 궁금하거나 의문이 생기면 물음표(?)를 사용하고, 감탄하거나 감정을 이입할 때는 느낌표(!)를 쓰고, 일을 마치거나 중요한 프로젝트를 끝냈을 때는 마침표(.)를 찍고, 할 말이 없거나 머뭇거릴 때는 말줄임표(…)를 써서 상황을 모면하고, 남의 말을 인용할 때는 따옴표(" ")를 씁니다.

그런데 우리는 무엇이 그리 바쁜지 쉼표(,)는 그리 많이 쓰지 않는 것 같습니다. 인생이란 긴 문장에 있어서 쉼표는 아주 중요합니다. 적절할 때 쉼표를 찍지 않으면 마지막 마침표를 찍고 더 이상 문장을 이어갈 수가 없기 때문입니다.

요즘 고속도로를 운전하다 보면 졸음운전과 졸음 쉼터에 대한 한편으로는 재미있지만 한편으로는 매우 오싹한 표어가 눈에 많이 들어옵니다. "졸음운전의 종착지는 이 세상이 아닙니다." "5분 먼저 가려다 50년 먼저 갑니다." "시간이 아까우세요? 목숨이 아까우세요?" "졸리면 쉬어야 하지 말입니다"… 이렇듯 몇 시간 운전하여 종착지에 도달하는 여정도 쉼터에 들러 쉬어 가는데, 요즘 백세시대를 맞아 백 년의 긴 인생여정에 있어 적절한 때마다 쉼표의 사용은 정말로 필요합니다.

그런데 우리는 언제 어떻게 쉼표를 사용해야 하는지 잘 모르고 있습니다. 사실 우리나라 50대 이후의 사람들은 어떻게 쉬는 것이 잘 쉬는 것인지 잘 모릅니다. 그저 일하다 시간이 나면 술 먹고 잠이 들고, 깨면 또 다시 일하고, 이런 획일적이고 반복된 일상에 젖은 세대들은 언제

쉼표를 찍어야 하고 또 얼마나 오래 쉬어야 하는지 잘 모릅니다. 오히려 쉼표가 더 부담스러웠던 것이 현실이었습니다.

그러나 세대가 바뀌어 요즘에는 '워라밸'이란 용어가 등장했습니다. 워라밸 즉 '워크 앤 라이프 밸런스Work and Life Balance'의 약자로 일과 휴식의 균형을 잘 잡아야 한다는 의미입니다. 즉, 쉼표와 마침표를 적절히 잘 찍어야 한다는 것입니다.

소설가 박태원이 1936년에 발표한 소설 〈방란장 주인〉은 전문이 단 한 문장으로만 구성되어 마지막 마침표 하나를 제외하고 오직 쉼표만을 사용하여 의식의 흐름 기법을 사용한 아주 실험적인 소설입니다. 1930년대 금전 문제에 쪼들리던 예술인의 좌절감을 그린 작품으로 제약이 큰 구성임에도 불구하고 깔끔하게 한 편의 소설로 풀어낸 수작으로 꼽히고 있습니다.

이 소설을 정독으로 읽으려면 약 20여분이 소요되고, 문장은 단 한 문장이지만 이 소설 전체에 사용된 글자 수는 5,558자로 원고지에 옮겨 쓰면 40매에 해당되는 긴 분량입니다. 이 분량을 단 한 문장으로 표현해낸 작가의 능력에 감탄을 금할 수 없습니다. 아마 앞의 살인청부업자가 이 소설에서 쉼표를 모두 제거하고 청부 대상자에게 보낸 것이 아니었을까 싶습니다. 20분 동안 숨을 쉬지 않고 살 수 있는 사람은 없을 테니 말입니다.

우리도 우리의 인생이란 소설을 쓰면서 상황에 따라 느낌표와 물음표, 말줄임표와 따옴표를 잘 사용해야 할 것입니다. 특히 쉼표를 더욱 잘 사용해야 합니다. 그래야 의미 있고 가치 있는 우리들 인생의 마침 표가 잘 찍힐 테니 말입니다.

16
킬러

현재 지구상에는 약 70억 명의 인구가 살아가고 있습니다. 매일 수많은 신생아가 탄생하고 수많은 사람들이 죽습니다. 인간의 사망 원인에는 여러 가지가 있습니다. 병으로도 죽을 수 있고, 사고로도 죽을 수 있고, 전쟁과 기아 등 수많은 이유로 사망합니다. 그 중에서 전쟁을 제외하고 인간을 가장 많이 죽이는 킬러는 누구일까요? 인간에게 가장 무서운 동물은 과연 무엇일까요? 사자, 호랑이, 표범, 하마, 악어, 상어, 아니면 우리 인간일까요? 인간의 목숨을 앗아가는 치명적인 5대 킬러를 'IB Times'라는 신문사가 발표해 흥미를 끌고 있습니다.

5위는 바로 우리와 가장 친한 동물인 개입니다. 매년 수백만 명이 개에 물리고, 그 중 약 2만5천 명이 목숨을 잃는 것으로 추정됩니다. 이의 원인은 주로 개의 침을 통해 감염되는 광견병 때문입니다. 특히 유기견이 많은 인도의 상황이 최악이라 합니다. 유기견 약 3천만 마리가 광견병에 의한 전 세계 인명 피해의 35%를 일으키고 있습니다. 인간의 애완동물 1위인 개가 매년 2만5천 명의 목숨을 앗아가는 킬러 5위에 해당된다는 사실이 매우 아이러니합니다.

치명적인 킬러 4위는 어떤 동물일까요? 바로 뱀입니다. 2008년 과학자들은 매년 뱀에 물리는 사람이 550만 명이나 된다고 추정했습니다. 그 중 사망자는 9만4천 명 정도입니다. 해독제 덕분에 선진국에선 사망률이 상당히 낮지만, 해독제를 구하기 어려운 국가에선 뱀에 물려 사망할 확률이 훨씬 높습니다. 역시 인도가 최악의 상황이라 합니다. 뱀에 의한 인도의 사망자는 매년 평균 4만6천 명에 이른다고 합니다.

이런 무서운 뱀보다 사람을 2배 더 죽이는 것은 생각지도 못한 달팽이입니다. 정확히 말해 민물달팽이가 인간에게 치명적입니다. 민물에 서식하는 달팽이는 주혈흡충증schistosomes을 일으키는 기생충 애벌레를 방출하고, 그 애벌레가 오염된 물에서 사람 피부를 뚫고 들어가 체내에서 성체로 자랍니다. 시간이 지나면 그 성충이 면역 반응을 일으켜 장기를 손상시킵니다. 정확한 집계는 어렵지만 세계보건기구WHO는 주혈흡충증으로 사망하는 사람이 매년 20만 명에 이르는 것으로 추정하고 있습니다. 움직임도 느리고, 아무것도 하지 못할 것 같은 달팽이가 인간의 치명적 킬러 3위에 해당됩니다.

인간의 킬러 중 2위는 다름 아닌 우리 인간들입니다. 매년 40만 명 이상이 같은 인간에 의해 숨지고 있습니다. 특히 남미와 남아프리카에서의 살인율이 가장 높다고 합니다. 2015년 엘살바도르는 세계의 살인수도로 불렸을 정도로 살인이 많이 일어난 나라입니다. 더 무서운 것은 사회가 각박해지면서 살인을 하고도 죄의식을 느끼지 않는 경향이 늘어간다는 것이고, 심지어는 살인에 쾌감을 느끼는 연쇄살인마나 사이코패스, 소시오 패스가 증가하고 있습니다.

인간의 생명을 앗아가는 치명적 킬러 1위, 즉 인간에게 가장 공포스러운 것은 무엇일까요? 그것은 바로 모기입니다. WHO에 따르면 매년 100만 명 이상이 모기가 전파하는 질병으로 사망합니다. 말라리아가 주를 이루지만, 모기는 뎅기열, 황열, 뇌염도 옮기고 있습니다. 지구에서 지금까지 태어난 인간의 절반을 모기가 죽였다는 속설도 있는 만큼 인간의 목숨을 가장 많이 앗아간 것은 모기입니다. 인간과 모기의 악연은 그 역사가 아주 깁니다. 모기는 2억 년 전부터 지구에 존재했다고 하니 인류가 탄생한 이후부터는 계속 밤만 되면 나타나 인간의 피를 빠는 흡혈귀가 되어 인간을 괴롭혀왔습니다.

불교에서는 모든 것은 생로병사生老病死의 과정을 거친다고 했습니다. 즉, 생명을 가진 모든 것은 태어나고, 늙고, 병들고, 죽을 수밖에 없습니다. 유한한 존재인 것이지요. 한평생을 살아가면서 자신의 수명을 자기 스스로 결정할 수는 없을 것입니다. 그러나 자신의 목숨을 치명적 킬러와 같은 남에 의해 빼앗기는 일은 없어야겠습니다.

그러기 위해서는 불교에서는 본인을 위해, 가족을 위해, 그리고 미래 자신의 후손을 위해 공덕을 쌓으라 했습니다. 공덕을 쌓는 일은 매일 매일 착한 일을 많이 하는 것입니다. '적선지가 필유여경積善之家 必有餘慶'이라는 말이 있습니다. '착한 일을 많이 하는 집안은 반드시 후대에 경사스러운 일이 있다'라는 말입니다. 한 번쯤 새겨볼 만한 말입니다.

17
골든타임

엄밀히 말해 '골든타임'은 사전에 정의된 단어는 아닙니다. 이 단어는 여러 분야에서 사용되는데, 방송계에서는 시청률이 가장 높은 시간대를 의미합니다. 우리나라의 경우에는 황금시간대라고 표현하는데 평일에는 밤 8시에서 자정까지, 토요일에는 밤 7시에서 11시, 일요일에는 저녁 6시에서 밤 11시까지를 지칭합니다. 이 골든타임은 '피크타임Peak time' 또는 '프라임 타임Prime time'이라고도 불리며, 이 시간대의 광고료는 시청률이 가장 높기 때문에 당연히 가장 비쌉니다. 그래서 TV에서 가장 인기 있는 프로그램 중 하나인 저녁 뉴스는 보통 8시 또는 9시에 편성됩니다.

　의학계에서 골든타임은 환자의 생사를 결정지을 수 있는, 사고 발생후 치료가 이루어져야 하는 최소 시간을 의미합니다. 환자의 증상에 따라 골든타임이 다르지만 재난사고나 교통사고와 같은 응급사고의 경우 골든타임은 초기 5분입니다. 사고 발생시 5분 내에 응급조치가 이루어지면 환자는 생존하게 되고, 5분을 넘기면 사망하기 쉬운 기적의 시간 300초입니다.

특히 심정지와 같은 급박한 사고는 5분이 골든타임이고, 심근경색 같은 경우에는 1시간, 손가락 발가락 절단과 같은 사고는 6시간이 골든타임이라고 하는데 가능하면 빠른 시간 내에 처치가 이루어져야 합니다. 심정지 같은 경우 4분이 넘는 순간부터 본격적인 뇌 손상이 시작되어 영구적인 장애로 남게 되고, 10분이 지나게 되면 뇌 세포의 대부분이 다시는 기능을 회복할 수 없게 되어 소생이 불가능한 비가역적 손상을 입게 되어 사망으로 판정합니다.

비행기 사고 추락 후 탈출에 필요한 골든타임은 90초입니다. 비행기가 추락한 후 90초가 지나면 비행기 전체가 폭발할 가능성이 매우 높기 때문입니다. 건물에서 화재가 났을 때 생존에 필요한 골든타임은 5분입니다. 화재 발생 후 5분 후면 불이 급격히 확산되고, 연기로 인해 질식할 위험이 크기 때문입니다. 아동 실종의 골든타임은 3시간 이내라고 합니다. 아이를 잃어버리고 12시간이 지나면 아이를 찾지 못할 확률이 58%이고, 24시간이 지나면 68%, 일주일이 지나면 89%로 올라간다고 합니다.

지진의 골든타임을 얼마일까요? 지진의 경우 골든타임은 48시간이라고 합니다. 지진 피해는 대부분 건물이 무너져 사람이 잔해에 깔리거나 갇히는 경우가 대부분인데, 피해 48시간이 지나면 무너진 구조물 속에서 산소 부족이나 물 부족으로 인하여 사망할 확률이 높기 때문입니다. 선박 침몰의 골든타임은 20분입니다. 침몰이 시작된 후 20분이 지나면 배가 가라앉기 때문입니다. 기름으로 인한 해양 오염의 골든타임은 30분입니다. 해류에 의해 기름이 퍼지는 것을 막기 위해서는 30분 이내에 오일펜스를 설치하고, 방제를 해야 합니다.

이렇듯 골든타임은 생사를 좌우하는 중요한 시간입니다. 2009년 미국에서 비행기 추락 사고가 발생하였습니다. 탑승객 155명을 태운 여객기가 공항에서 이륙한지 얼마 안 돼 충분히 고도에 진입하지 못한 상태에서 새들과 충돌하여 양쪽 엔진이 모두 손상되어 더 이상 비행이 힘들어진 절체절명의 상황이 발생되고, 비상착륙을 시도해야 하지만 시간은 208초밖에 없습니다. 지상으로 착륙하기에는 너무나 위험한 비행에 시간이 촉박해지자 기장인 설리는 세상에서 가장 위험한 결정을 하게 됩니다. 850미터 상공에서 허드슨 강으로 수상 착륙을 시도한 것입니다.

비행기가 허드슨 강 위로 착수하고 승무원들의 일사불란한 대응과 승객들의 침착한 대피, 그리고 승객과 승무원 모두가 구조선에 오를 때까지 물이 들어찬 비행기 안에 끝까지 남아 좌석 하나하나를 체크한 기장의 책임감 덕분에 승객 155명 모두 다치지 않고 무사히 구조되었습니다.

그러나 일촉즉발의 위기 상황에서 신속한 판단으로 155명의 목숨을 구한 영웅 설리 기장은 155명의 목숨을 걸고 허드슨 강에 불시착한 상황에 대해 그 판단이 적절했는지에 대해 심각한 도전을 받고 청문회에 서게 됩니다. 특히 부기장인 제프는 기장 설리의 판단에 분개를 합니다. 비상 착륙을 할 수 있는 공항이 가까이 있었는데 155명의 목숨을 걸고 강 위에 수상착륙을 시도했을 뿐 아니라 비행기도 파손시켜 못 쓰게 만든 기장의 판단은 너무나 무모한 행동이었다고 비판합니다.

설리 기장 본인도 과연 내가 올바른 판단을 했는지 수없이 스스로에게 물어보고 고뇌에 빠집니다. 그러나 그는 스스로의 경험과 자신의 판단을 믿고 또 다시 같은 상황이 발생해도 같은 판단을 했을 것이라고 확신합니다.

기장의 신속하고 결단성 있는 판단과 골든타임을 지키며 침착하게 행동을 한 승무원과 승객들 덕분에 소중한 155명의 목숨을 구한 이 사건을 '허드슨 강의 기적'이라고 부르며, 2016년에 영화화되었습니다.

이 영화가 상영되자, 우리나라에서는 2014년에 골든타임을 지키기는 커녕 오히려 골든타임 자체를 부정해서 304명의 아까운 목숨을 앗아간 세월호 사건이 다시 부각되어 사회적 이슈가 되기도 했습니다.

골든타임! 너무도 소중한 시간이 아닐 수 없습니다. 그런데 인생에 있어서 골든타임은 과연 언제일까요?

18
OST

비가 온 세상을 휘젓고 지나간 후의 퇴근길 강변대로의 한강 풍경은 그야말로 환상적이었습니다. 찌든 미세먼지를 비가 다 거두어가고, 더 이상 파래질 수 없을 것 같은 푸른 하늘을 유영하는 구름과 그 밑으로 도도히 흐르는 한강은 정말 아름다웠습니다. 풍경 한 번 쳐다보고 운전을 위해 앞을 한 번 쳐다보고를 반복하던 그때 라디오 스피커를 통해 들려오는 애절한 트럼펫 소리. 너무도 반가워 나도 모르게 볼륨을 키울 수밖에 없었습니다.

어둑어둑해지는 비 개인 퇴근길 풍경과 어우러져 울려 퍼지는 트럼펫 소리는 45년 전의 추억을 단 몇 초 만에 소환하였습니다. 그 음악은 영화 〈태양은 가득히〉의 주제곡 'Plein Soleil'였습니다.

영화 〈태양은 가득히〉는 신인이었던 프랑스의 영화배우 알랭 드롱을 일약 세계적인 톱스타로 만들어준 그의 출세작입니다. 알랭 드롱은 이 영화에서 차가운 눈빛을 가진 고독한 반항아로서, 눈에서 짙게 풍겨 나오는 차가운 매력과 반항적인 카리스마를 보여주면서 전 세계의 관객에게 깊은 인상을 심어주었습니다.

영화의 엔딩 장면에서 완전범죄를 성공시켰다고 생각하며 지중해의 아름다운 해변에서 먼 바다를 지긋이 바라보는 그의 뒤로 그를 체포하기 위해 걸어오는 형사의 모습이 비춰지면서 울려 퍼지는 세계적인 작곡가 리노 리타의 'Plein Soleil'는 45년이 지난 지금에도 또렷이 기억됩니다. 그 트럼펫 소리는 너무도 쓸쓸하고 아름다웠습니다. 나는 잠시 45년 전으로 아주 행복한 시간여행을 하고 돌아왔습니다.

〈태양은 가득히〉와 같이 영화보다 더 유명한 영화음악이 많이 있습니다. 어떤 영화는 영화 자체보다는 주제음악 때문에 더 히트를 친 영화도 있습니다. 2013년에 개봉된 애니메이션 〈겨울왕국〉은 당해 연도 세계 흥행 1위와 역대 애니메이션 영화 흥행 1위를 기록하면서 2013년 골든글로브상과 아카데미상을 석권하였습니다. 우리나라에서도 애니메이션으로 1천만 관객을 돌파하는 기염을 토했습니다.

그런데 이 영화 흥행의 가장 큰 요인 중의 하나는 누가 뭐래도 주제곡 '렛잇고Let it go'의 힘이었습니다. 주인공 엘사가 부른 'Let it go'는 당시 전 세계적으로 광풍을 몰고 왔고, 어느 나라를 막론하고 노래를 좀 한다는 가수는 모두 이 'Let it go'를 불렀습니다.

아름다운 알프스 산맥을 배경으로 펼쳐진 뮤지컬 영화 〈사운드 오브 뮤직〉에서의 주옥같은 주제곡들은 각각 그 노래가 나올 때 펼쳐졌던 장면들이 아직도 눈에 선합니다.

〈닥터 지바고〉의 주제곡 '라라의 테마'는 선율만 들어도 흰 눈이 쏟아지는 러시아의 설원이 자동적으로 연상되고, 안타까운 사랑이야기를 담은 〈러브 스토리〉의 '눈 장난Snow Frolic'을 들으면 주인공 라이언 오닐과 알리 맥그로우가 눈밭에서 서로 장난치는 장면이 저절로 떠오릅니다. 정말 음악이 인간에게 주는 힘은 대단한 것 같습니다.

이외에도 나에게는 〈사랑과 영혼〉의 'Unchained melody', 〈졸업〉의 'Sound of silence', 〈중경삼림〉의 'California dream', 〈미션〉의 'Gabriel's oboe', 〈나자리노〉의 'When a child is born', 〈대부〉의 'God father's waltz', 한국 영화 〈접속〉의 'A lover's concerto'와 〈쉬리〉의 'When I dream' 등은 잊혀지지 않는 추억의 영화음악입니다.

어느 음악 프로에서 한국인이 가장 좋아하는 영화음악을 조사하였는데 1위는 〈타이타닉〉의 'My heart will go on'이 선정되었습니다. 당시 이 노래와 더불어 배 맨 앞에서 두 팔을 벌리는 장면을 재연해보지 않은 연인은 없을 정도로 유명한 영화였습니다.

극장과 TV가 흔치 않았던 나의 10대 시절, 어머니 아버지와 형과 한 방에서 같이 자던 그 시절에 가족이 깨지 않게 형광등을 모두 끈 어두컴컴한 방에서 소리를 최대한 작게 해서 보았던 〈주말의 명화〉와 〈명화극장〉의 흑백영화와 그 영화의 주제곡이 정말로 그립습니다.

그런데 그 당시 모든 영화의 주제곡을 OST라는 한 명의 뮤지션이 모두 불렀고 연주했다는 놀라운 사실을 알고 계십니까? 당시 빛바랜 영화음악 모음 LP판 표지를 보면 가수란에 모두 OSTOriginal Sound Track라고 적혀져 있습니다. 정말 대단하고 위대한 뮤지션이 아닐 수 없습니다. 동서양 영화를 막론하고 수십 년의 시대를 막론하고 전 세계의 모든 음악을 다 작곡하고, 노래하고, 연주했으니 말입니다.

19
신의 한 수

인간과 인공지능의 대결로 세계적 화제를 몰고 왔던 이세돌 9단과 알파고의 바둑 대결은 대부분의 예상을 깨고 알파고의 압승으로 끝났습니다. 시합이 시작되기 전에는 모두들 인간 대표인 이세돌이 인공지능 알파고를 5:0이나 4:1 정도로 이길 것이라고 예상했는데, 막상 뚜껑을 열고 보니 정반대의 결과를 가져왔습니다.

아직은 인간의 상대가 되지 못할 것이라고 생각했던 알파고에게 이세돌 9단이 처음 세 판을 모두 불계패 당하자 세상은 충격에 빠졌고, 인간은 인공지능에 대한 두려움마저 갖게 되었습니다. 그나마 이세돌 9단은 4국에서 승리를 거두어 전패의 불명예만은 면하게 되었습니다. 내리 세 판을 지고 4국에 임했던 이세돌 9단은 4국에서도 쉽게 승기를 잡지 못하다 78수를 기점으로 전세를 리드하여 180수만에 알파고에게 불계승을 거두었습니다. 이때 이세돌의 78수를 흔히 '신의 한 수'라고 말합니다. 이처럼 신의 한 수는 기상천외한 묘책이거나 멀리 내다본 행동이 나중에 딱 들어맞았을 때 쓰는 말입니다.

역사적으로 신의 한 수가 된 여러 사례들이 있습니다. 1741년 러시아의 표트르 대제에게 고용된 덴마크인 베링이 발견한 알래스카는 러시아가 지사를 파견해 통치하기 시작하였습니다. 그 후 재정 결핍에 빠진 러시아는 알래스카를 1867년 미국에 단돈 720만 달러에 팔았습니다. 720만 달러의 금액은 이 지역을 1ha당 5센트로 환산하여 계산한 것이었습니다. 이 거래는 당시 미국의 국무장관인 수어드William Henry Seward가 주도하였는데 춥고 불모지였던 알래스카를 720만 달러나 주고 샀다고 미국인들은 가장 어리석은 거래라고 폄하하고 이를 'Seward folly(수어드의 어리석은 행위)'라고 부르며 조롱하였습니다.

그러나 얼마 지나지 않아 클론다이크에서 금광이 발견되고, 1968년에는 노스슬로프에서 대유전이 발견되어 알래스카는 불모지에서 황금알을 낳는 옥토로 변하였습니다. 근래 들어 알래스카 인근 연어잡이는 수산업의 근간이 되었을 뿐 아니라 관광산업의 주요 상품으로 자리매김하였습니다.

또한 알래스카 연안의 많은 바위섬은 세계 최대의 바닷새와 물개 서식지로 태고의 자연을 그대로 간직한 바다 동물원이고, 알래스카 반도로부터 시작한 알래스카 산맥에는 북미 최고봉인 데날리(매킨리가 2015년 데날리로 바뀜) 산이 자리 잡고 있어서 겨울철이면 오로라를 보거나 빙하 체험을 하기 위해 수많은 관광객이 모여드는, 미국에게는 없어서는 안 될 49번째 주가 되었습니다. 수어드의 어리석은 행위는 미국에게는 신의 한 수가 되었고, 러시아에게는 신의 한 숨이 된 사례입니다.

조선 선조 때 임진왜란 발발 1년 전, 재상 류성룡은 친구인 이요신의 동생을 전라좌수사로 천거하게 됩니다. 그런데 이 사람은 그리 유명하지도 않거니와 심지어 무과에도 떨어진 경력이 있는 사람이라 말들이 많았습니다. 더군다나 8계급 특진이라는 정신 나간 천거로 다른 신하들은 결사반대하였으나 왕은 류성룡의 천거를 받아들여 그를 전라좌수사로 임명합니다. 1년 후 임진왜란이 일어나고 전라좌수사로 제수된 이 사람은 조선의 유일한 희망이 되어 나라를 구하게 됩니다. 그가 바로 구국의 영웅 이순신 장군입니다.

만일 이순신 장군이 존재하지 않았더라면 우리나라의 역사는 아마 다시 쓰여졌을 수도 있습니다. 상상하기조차 끔찍한 일이 아닐 수 없습니다. 선조는 많은 판단착오를 했던 왕이었지만 그를 전라좌수사에 제수하는 신의 한 수를 두어 사직을 보전할 수 있게 되었습니다.

내 인생에 있어서도 신의 한 수가 된 이벤트가 있었는지 돌이켜보면 나도 한두 차례 그런 일들이 있었던 것 같습니다. 곰곰이 생각해보면 과연 신의 한 수였는지 신의 악수였는지 모르겠지만 신의 한 수였다고 생각하는 것이 스스로에게도 좋지 않을까 생각합니다. 앞으로 남은 내 인생에 있어서 또 승부수를 던져야 할 일이 있을지 모르겠지만 만일 그럴 일이 있게 된다면 이왕이면 신의 한 수가 되길 기원해봅니다.

제4부

바람이 불어오는 곳

당신의 손에 언제나 할 일이 있기를
당신의 지갑에 언제나 한두 개의 동전이 남아 있기를
당신의 발 앞에 언제나 길이 나타나기를
당신의 얼굴에는 항상 따사로운 햇살이 비추기를
이따금 당신의 길에 비가 내리더라도 곧 무지개가 뜨기를

1
10년/ 100년/ 1,000년

16년 전 우리는 새천년을 맞이한다고 매우 들떠 있었던 기억이 납니다. 당시 모든 기업들은 IT 시스템에 두 자리로 된 연도 자리를 네 자리로 늘리는 Y2K 프로젝트를 완수하느라 밤샘하던 기억도 납니다. 또한 인류는 새천년을 맞이하지 못할 것이라는 황당무계한 종말론이 확산되었고, 외계인들이 침공하여 인류를 지배할 것이라는 웃지 못할 공상과학소설 같은 이야기도 떠돌았습니다.

하여튼 우리들은 인류가 쉽게 경험하기 힘든 새천년을 맞이하는 행운을 가질 수 있었습니다. 여기에서 천년의 단위를 밀레니엄Millennium이라고 합니다. 그래서 2000년 이후에 태어난 세대를 우리는 밀레니엄 세대라고 부릅니다.

우리와 같은 새천년을 다시 맞이할 수 있는 행운의 후손은 아무래도 2900년 이후 출생자만이 가능할 것 같습니다. 그리고 또 세월이 흘러 9999년에 만일 인류가 생존하고 있다면 IT 시스템의 연도 자리를 다시 다섯 자리로 늘리는 Y10K 프로젝트를 해야만 할 것입니다. 내가 만일 환생해서 다시 태어난다면 그 어려운 일을 다시 하고 싶지 않기에 그 시기만큼은 꼭 피하고 싶습니다.

그리스도 탄생의 해를 서력기원 1년으로 하고, 그 전후를 100년 단위로 셈하는 것을 세기 또는 센추리Century라고 합니다. 즉 기원 1년부터 100년을 1세기, 101년부터 200년을 2세기라 하고, 지금은 2016년이니 21세기라고 합니다. 기원전을 BCBefore Christ, 기원후를 ADAnno Domini라는 약어로 표시합니다. 당연히 밀레니엄보다는 신新 세기를 경험하는 인류가 훨씬 더 많을 것입니다.

실제로 대부분의 우리는 뉴 센추리New Century와 뉴 밀레니엄New Millennium을 동시에 경험하는 행운을 가질 수 있었습니다. 그러나 우리는 아마도 22세기를 경험하기는 힘들 것 같습니다. 100년 전인 1916년에 우리나라는 일제 강점기 시절로서 암울한 시절이었고, 전 세계는 제1차 세계대전이 한창일 때였습니다. 200년 전인 1816년에 우리나라는 조선 순조 시대로 밖으로는 세계의 열강들이 밀려들어오고, 안으로는 홍경래의 난과 안동 김씨의 세도정치로 혼란이 극에 달했던 시기입니다.

그 당시를 살아보지는 못했지만 200년 전인 1816년의 삶과 100년 전인 1916년의 삶은 그다지 많은 차이가 나지 않았을 것 같습니다. 그러나 100년 전인 1916년의 삶과 지금 2016년의 삶은 그야말로 어마어마한 차이가 있습니다. 앞으로 100년 후인 2116년의 삶은 지금과 또 얼마나 차이가 날지 참으로 궁금합니다.

인간이 태어나 10세가 되면 이를 어린아이 충년沖年이라 하고, 20세가 되면 성년이 되어 갓을 쓴다 하여 약관弱冠이라 부르며, 30세가 되면 뜻을 세워 이립而立, 40세가 되면 유혹을 이기는 나이라 불혹不惑, 50세는 비로소 하늘의 뜻을 알게 되는 나이 지천명知天命, 60세는 귀가 순해 진다 하여 이순耳順, 70세는 두보의 〈곡강曲江〉 시에 나오는 '인생칠십고 래희'에서 유래된 고희古稀, 80세는 산수傘壽, 90세는 졸수卒壽, 100세는 신이 내려준 나이라 해서 상수上壽라고 합니다. 이렇듯 인간이 태어나 죽을 때까지 10년 단위로 이름을 붙이는데, 이 10년의 단위는 영어로는 '디케이드decade'입니다.

1970년대 UN은 '개발의 10년Development Decade'이라고 명명하고 국제 사회가 개발도상국을 지원할 것을 호소하였으나, 개발도상국들은 발전 은커녕 두 번의 오일 파동으로 인하여 오히려 1980년대에 '잃어버린 10 년Lost decade'을 맞게 되었습니다.

선진국이었던 일본도 베이비부머 세대의 은퇴 이후 1980년대부터 경 제 상황이 급속히 나빠져 잃어버린 10년을 보내고도 끝나지 않고, 잃어 버린 20년이 되고 잃어버린 30년이 되었는데 아베 정부가 들어서면서 이 고리를 끊기 위해 아베노믹스를 표방하고 실천해서 나름 효과를 보 고 있습니다. 그러나 어떻게 될지는 좀 더 두고 봐야 할 것 같습니다.

사실 일본이 문제가 아니라 우리나라가 더 걱정입니다. 이미 잃어버 린 세월이 시작되었는데 이것이 10년이 될지 20년이 될지 모르는 이 판 국에 대통령은 탄핵된 시점에서도 머리나 하고 있으니 말입니다.

일 년이 열 번 지나 1디케이드가 되고, 1디케이드가 또 열 번 지나 1 센추리가 되고, 1센추리가 열 번 지나면 1밀레니엄이 됩니다. 이 지구 에서의 나의 여정이 몇 디케이드가 더 지나야 끝날지 모르지만 남은 기 간 즐거운 여행이 되었으면 합니다.

2

문샷 싱킹 Moonshot Thinking

1961년 미국의 케네디 대통령이 10년 안에 인류를 달에 보내겠다고 했을 때 전 세계의 모든 사람은 말도 안 되는 허황된 이야기라고 생각했습니다. 그러나 미국은 이를 실현시키기 위해 아폴로 프로젝트를 시작했고, 8년 후인 1969년 아폴로 11호 선장 닐 암스트롱이 역사적으로 달에 첫 발을 내디뎌 사람들을 놀라게 했습니다. 그 이후 어떤 혁신적인 것에 도전하는 생각을 '문샷 싱킹 Moonshot Thinking'이라고 불렀습니다.

그 후 40여 년이 지나 2002년에 화성에 식민지를 구축하겠다고 나선 사람이 있어 사람들을 깜짝 놀라게 하였습니다. 그러나 사람들은 이는 혁신을 넘어 황당하다고 생각할 수밖에 없는 영화에서나 나오는 이야기라고 생각하였습니다. 그는 억만장자이면서 물리학자이고 미국 기업의 총수인 엘론 머스크 Elon Reeve Musk입니다.

천재 공학자이면서 억만장자이고, 또한 기업의 총수이면서 가슴에 아크 원자로를 달고 지구를 지키는 마블의 영웅 중의 하나가 토니 스타크, 즉 아이언맨입니다. 〈아이언맨〉은 3편까지 제작되면서 공전의 히트를 기록한 영화입니다. 이 영화의 감독 존 패브로가 원작만화 캐릭터인 아이언맨을 리메이킹 하면서 토니 스타크의 모델로 삼은 실존인물이 바로 엘론 머스크라는 40대의 젊은 경영자입니다. 그는 민간 우주 여행사인 스페이스X와 전기차 제조업체인 테슬라 모터스라는 기업의 총수입니다.

실제로 엘론과 아이언맨인 토니는 공통점이 아주 많아 보입니다. 40대의 나이와 억만장자 천재공학자이면서 물리학자 등 외형적인 삶에서부터, 자비로 아이언맨을 설계 제작하는 것과 같이 NASA와 같은 국가기관에서나 시도할 수 있는 우주여행이나 전기로 가는 자동차를 제작하는 것을 민간 기업에서 투자하는 괴짜 같은 성격, 아이언맨 같이 가슴에 실제 아크 원자로를 달지는 않았지만 그 아크 원자로 이상의 에너지와 열정 그리고 이상을 가슴에 간직한 것까지 참 많이 닮아 보입니다.

엘론 머스크는 1971년 남아프리카공화국(남아공)에서 태어나 전기 기계공학자인 아버지의 영향을 받아 컴퓨터 프로그래밍을 독학해 12살에는 비디오 게임 프로그래밍을 직접 해서 500달러에 팔기도 했습니다. 17살 되던 해 남아공을 떠나 캐나다로 이사해 퀸즈 대학에 입학했다가, 미국의 펜실베이니아 대학으로 편입해 물리학 학사 학위를 취득하고, 24살에 ZIP2라는 인터넷 정보제공회사를 설립하였습니다. 이 회사는 신문사에 정보를 제공하는 회사로 뉴욕타임스, 시카고 트리뷴이 주 고객이었는데, 4년 만에 ZIP2를 컴퓨터 회사 컴팩에 2천2백만 달러에 팔았습니다. 이때 그의 나이는 28세였습니다.

엘론 머스크가 그 다음 주력한 사업은 온라인 금융시장이었습니다. 그는 ZIP2를 판 돈으로 온라인 금융 서비스를 하는 X.COM을 설립하고, 일 년 만에 경쟁사인 컨피니티를 인수 합병하였는데 이때 컨피니티의 이메일 결제 서비스인 페이팔까지 같이 인수해서 페이팔에 집중해 회사이름도 X.COM에서 페이팔로 바꾸었고, 3년 후 미국 최대 온라인 쇼핑몰 회사인 이베이에 15억 달러에 매각하였습니다. 정말 시대를 꿰뚫어보는 천부적인 사업 감각으로 기업의 최고 경영인이자 억만장자의 반열에 올라섰습니다.

그의 꿈과 열정은 여기에서 멈추지 않고 더 큰 스케일의 우주 발사형 비행체, 즉 우주 로켓을 만드는 사업을 꿈꾸었습니다. 더 나아가 단순한 로켓을 만드는 것이 아니라 이를 이용한 저가형 우주여행과 화성 식민지 사업을 위하여 그의 세 번째 회사인 스페이스X를 2002년에 설립하였습니다. 그리고 NASA도 실패한 재사용이 가능한 우주 왕복선을 수차례 실패 끝에 민간 기업으로서 위성을 탑재한 '팰컨9 로켓'을 발사 회수하는데 성공을 거두었습니다.

그리고 내년(2018년)에 관광객 2명을 달에 보내겠다고 발표를 해 다시 한 번 사람들을 놀라게 하였습니다. 그는 2025년에 화성에 기지를 건설하여 100명을 이주시키고, 2030년에는 수만 명의 지구인을 이주시킨다는 구체적인 계획을 발표하였습니다. 스페이스X가 NASA 우주선 개발 비용의 1/10로 화성까지 가는 재사용 가능한 로켓을 만들고, 화성에서의 운송 수단은 테슬라의 전기차를 이용하는 것입니다. 전기차는 연료를 태우기 위한 산소가 필요 없으므로 우주에서도 연료 확보가 가능하기 때문입니다. 또한 그의 다른 자회사 솔라시티의 태양광 기술로 화성에 태양광 발전소를 건설하여 이주민에게 에너지를 공급할 계획이라 합니다.

그의 가슴의 아크 원자로는 화성 식민지가 현실화될 때까지 꺼지지 않을 것 같습니다. 그의 열정 덕분에 몇 년 후 'Moonshot Thinking'이라는 용어가 'Marsshot Thinking'이라는 말로 바뀔지도 모르겠습니다.

3
속도와 속력

속도와 속력은 무슨 차이가 있을까요? 언뜻 생각하기에는 똑 같은 의미를 가진 단어라고 생각됩니다. 그러나 이 두 단어 사이에는 조금 다른 의미를 내포하고 있습니다. 일상생활에서는 굳이 차이를 두어서 사용할 필요는 없지만 과학적 접근이 필요할 때는 엄연한 차이가 있습니다.

속력은 방향에 관계없이 빠르기 하고만 관련 있고, 속도는 방향과 빠르기 둘 다 관련이 있습니다. 예를 들어 비행기가 1,000km/h의 일정한 속력으로 인천공항을 출발해 비행하여 지구를 한 바퀴 돌아 다시 인천공항으로 돌아왔다면 이 비행기의 순간 속력과 평균 속력은 1,000km/h입니다. 그러나 속도는 위치가 변하지 않았기 때문에 0이 됩니다. 따라서 우리가 일반적으로 사용하는 속도 계기판이나 속도 위반은 엄밀히 말해 속력 계기판이나 속력 위반이라고 말하는 것이 옳습니다. 그러나 일상생활에서 우리는 이 두 단어를 굳이 구별해서 쓸 필요는 없는 것 같습니다.

이런 속력을 측정하는 단위 중 가장 일반적인 것은 'km/h'입니다. 즉 한 시간에 몇 km를 이동하느냐를 측정하는 시속입니다. 이 시속은 주로 육상에서 이동하는 자동차, 기차와 같은 물체의 속력을 측정하는데 사용합니다.

이보다 빠른 비행기, 미사일, 전투기, 인공위성 등과 같이 하늘을 나는 물체의 속력은 '마하'를 사용합니다. 마하1은 소리의 속력과 같으니 시속으로 환산하면 1,224km/h입니다. 마하1보다 빠를 때를 초음속이라고 하는데, 이런 초음속 전투기는 보통 마하3 정도로 3,637km/h 정도의 속력입니다. 지구 한 바퀴가 40,000km 정도 되니 초음속 전투기는 11시간 정도면 지구 한 바퀴를 돌 수 있습니다.

강이나 바다를 떠다니는 배는 보통 '노트'라는 단위를 사용합니다. 1노트는 1.852km/h입니다. 일반 여객선의 경우 최고 속력이 보통 시속 15노트, 즉 27km/h 정도 됩니다. 쾌속 여객선은 20노트에서 35노트 정도의 속력이니 37km/h에서 65km/h 정도이고, 초쾌속 여객선의 경우에도 50노트 이상의 속력을 내기가 어려우니 물 위에서는 100km/h 이상으로 달릴 수 있는 배는 없다고 보아도 무방합니다.

그러면 하늘과 땅 그리고 물 위를 통틀어서 인간이 만든 구조물 중에서 가장 속력이 빠른 것은 무엇일까요? 육상의 대표 선수는 아마도 스포츠카나 경주용 자동차 또는 고속철이 될 것입니다. 스포츠카의 대명사인 페라리, 포르쉐, 람보르기니는 보통 3억원에서 7억원 정도 호가하고, 정지 상태에서 100km/h 도달시간은 약 3.8초, 최대 속력은 차종마다 다르지만 330km/h 정도로 알려져 있습니다. 자동차경주대회 F1(포뮬러1)에 출전하는, 오직 달리기만을 위해 제작된 경주용 자동차도 400km/h를 넘지 못합니다. 우리나라의 KTX, 프랑스의 TGV, 일본의 신칸센으로 대표되는 고속철의 경우 프랑스의 V150이 575km/h를 보유해 가장 빠른 고속철로 알려져 있습니다. 그러면 이 고속철이 지상에서 가장 빠른 것일까요?

영국에서 1997년 개발한 트러스트SSC라는 자동차는 지상에서 달리는 자동차 중에서는 최초로 음속을 돌파한 자동차로 기네스북에 올랐습니다. 로켓 기술을 이용한 이 자동차는 1,224km/h 정도의 속도를 기록해 화제가 되었지만 지금은 대영 박물관의 교통수단 전시관에 전시되어 있습니다.

최근 전기 자동차 회사 테슬라의 혁신적인 사업가 엘론 머스크가 진공 튜브에서 차량을 쏘아 보내는 방식의 하이퍼루프Hyperloop를 발표했는데, 이는 자기장을 이용해 추진력을 얻고 바닥으로 공기를 분사해 마찰력을 줄이며 여기에 필요한 전력은 튜브의 외벽을 감싼 태양광 패널로부터 얻는 방식으로 1,280km/h 수준으로 서울 – 부산을 15분 만에 도달할 수 있습니다. 머지않아 지상에서도 음속의 교통수단이 대중화될 것 같습니다.

해상에서는 100km/h 이상의 속력을 내는 이동수단이 거의 없지만 바다 위를 나는 배 위그선WIG; Wing In Ground effect craft은 최고 시속이 550km/h 정도 됩니다. 위그선이 이렇게 빨리 갈 수 있는 것은 바다 위를 2~3m 떠서 날아가기 때문입니다. 그래서 배가 아니라 비행기라고 주장하는 사람이 있지만 국제해사기구에서 공식적으로 배로 분류하였습니다.

공중에서는 어떤 것이 가장 빠를까요? 일반적으로 여객기의 속도는 700~800km/h 정도입니다. 제트엔진의 전투기는 기종에 따라 차이가 있지만 아무리 빨라도 마하3, 대략 3,000 km/h를 넘지는 못합니다.

요즘 북한에서 실험 중인 미사일의 속력은 어느 정도일까요? 북한의 미사일은 액체형으로는 우리에게 익숙한 노동, 무수단, 스커드, 화성-12호가 있고, 고체형으로는 북극성 1형, 2형이 있습니다. 무수단 미사일은 마하10~15 정도이고, 화성-12호는 마하15~24 정도라고 알려져 있습니다. 대륙간 탄도미사일ICBM의 하강 속력은 마하24 이상으로 추정되고 있습니다. 그렇다면 미사일의 평균 비행 속도는 마하10 이상이 될 텐데, 마하10이면 12,240km/h 입니다. 이 속도로 날아가는 미사일을 요격한다는 것은 상식적으로 말이 되지 않는 것 같습니다.

마지막으로, 지구 밖으로 쏘아 올리는 우주선의 속력은 얼마나 될까요? 우주선을 우주로 쏘아 올리려면 최소 7.9km/s가 되어야 한답니다. 그 다음에 지구의 인력을 벗어나려면 최소 11.2km/s가 되어야 하고, 마지막으로 태양의 인력을 뿌리치고 태양계 밖으로 나아가려면 최소 16.7km/s가 되어야 합니다.

따라서 인간이 만든 구조물 중에서 가장 빠른 것은 우주선으로 16.7km/s, 60,120km/h, 즉 마하50 정도의 속력이라 할 수 있겠습니다.

인간은 얼마나 더 빠른 구조물을 앞으로 만들어낼까요? 빛보다 빠른 것이 만들어지면 시간과 신의 섭리를 거슬러 올라가는 것이 되는데….

4

알파고

2016년 3월에 있었던 이세돌 9단과 알파고의 바둑 대결은 전 세계적으로 센세이션을 불러일으킨 빅 이벤트였습니다. 당초 이세돌 9단이 전승을 하거나 4승 1패 정도 하지 않을까 예상했었는데, 결과는 반대로 인간 대표 이세돌이 1승 4패로 졌고, 오히려 한 판이라도 이긴 것이 다행이라는 평이 정설이 되었습니다.

이 3월 버전의 알파고가 4개월간 업그레이드가 되어 7월 버전의 알파고가 나왔는데 이 알파고7.0(공식명칭이 아니고 내가 편의상 7월 버전을 7.0으로 표기)이 알파고3.0(3월 버전)에 90% 이상의 승률을 기록하였답니다. 인간계에서는 바둑기사는 20대 중반 이후는 시간이 감에 따라 체력과 지력이 떨어져 승률이 떨어지는데, 알파고는 단지 4개월 만에 승률을 90%나 끌어올렸습니다. 만일 이세돌이 알파고7.0과 다시 붙는다면 이제는 맞두면 승률 0에 가까울 것이고, 두 점을 깔고 두어도 이기리라는 보장이 없을 것 같습니다.

프로 바둑계에서 9단을 입신入神이라고 합니다. 즉, 바둑의 신의 경지에 도달했다는 얘기입니다. 따라서 인간 바둑계에서는 9단이 한계이고,

10단은 존재하지 않습니다. 한때 조치훈 9단에게 만일 바둑의 신이 있고 그와 목숨을 걸고 바둑을 둔다면 몇 점을 깔고 두면 승산이 있겠냐고 물었을 때 그는 석 점을 깔면 100% 본인이 이길 것이오, 두 점을 깔면 해봐야 알겠다고 대답한 적이 있습니다. 그렇다면 알파고가 인간 9단에게 두 점을 깔아주고 바둑을 두어야 한다면 알파고에게 10단을 부여해야 하고, 알파고가 바둑의 신이라고 해도 논란의 여지가 되질 않을 것입니다. 그러나 알파고는 인간이 만든 것임이 분명함에 인간이 만든 피조물에 인간이 또 신이라는 칭호를 붙이는 것은 진짜 아이러니가 아닐 수 없습니다.

그런데 2016년 10월 세계 바둑 랭킹 사이트 1위에는 중국의 커제가, 2위에 영국의 구글 딥마인드 알파고가, 3위에 한국의 박정환 선수가 랭크되어 있습니다. 이도 알파고의 대국 수가 적어서 그렇지 실질적으로 알파고가 세계 랭킹 1위라는 것에 이의를 달 사람은 이제 아무도 없을 것입니다.

하여간 알파고는 AI(인공지능) 신드롬을 만들어냈습니다. 심지어 골프 영재는 리디아고(리디아 고등학교)로 보내고, 바둑 영재는 알파고(알파 고등학교)로 보내야 한다는 때늦은 아재 개그까지 만들어냈습니다. 그런데 이것이 단순 신드롬에 그치지 않고 AI Phobia(AI 공포증)까지도 만들어내고 있어 걱정입니다. AI가 많은 인간들의 직업을 빼앗을 것이라는 단순한 걱정을 뛰어넘어 AI가 자기 학습 능력을 갖춰 인간의 통제에서 벗어나 오히려 인간을 지배하려 든다면 어떻게 되나 하는, 보다 심각한 걱정을 하는 사람이 많아졌다는 것입니다. 마치 영화에서나 보았던 매트릭스나 터미네이터와 같은 상황이 멀지 않은 장래에 현실로 닥쳐오지 않나 하는 걱정입니다.

　실제 바둑 세계에서 알파고가 이세돌을 이겼듯이 다른 현실 세계에서도 이와 같은 현상이 일어날 수도 있다는 직접적인 경험을 한 인간이 충격과 공포를 갖는 것은 어쩌면 당연한 일일 수도 있습니다. 인공지능 전문가가 말하는 인간과 AI와의 경계선을 특이점singularity이라고 합니다. 즉, 인공지능이 어느 날 인간이 감당할 수 없는 상태로 비약하는 바로 그 지점을 일컫는 용어입니다. 과연 정말로 미래에 특이점은 도래하게 될까요? 인공지능 전문가들은 대략 2050년이면 인공지능은 특이점에 도달할 것으로 예측합니다. 불과 34년 뒤로, 대부분의 우리들이 생존해 있을 시기라고 생각하면 솔직히 등골이 오싹해집니다.

　이 특이점을 생각하면 두 가지 이야기가 생각납니다. 하나는 그리스 신화에 나오는 이카로스 이야기입니다. 과학자 다이달로스는 아들 이카로스에게 깃털과 밀랍으로 만든 날개를 달아주며 절대 태양 근처에는 가지 말라고 당부하나, 아들 이카로스는 태양신 아폴론의 자리를 넘보며 태양을 향해 날아가다 태양열에 의해 밀랍은 녹고 그는 에게 해로 추락하여 익사하게 됩니다. 인간과 신의 경계선을 넘어섰기 때문입니다.

　또 하나의 이야기는 구약성서에 나오는 바벨탑 이야기입니다. 창세기에 모든 인간은 하나의 언어만을 사용하였는데, 그 언어를 사용하여 하늘에 닿는 탑을 쌓아 신의 영역에 도달하고자 하는 인간의 오만한 행동에 분노한 신은 인간의 언어를 여럿으로 분리하는 저주를 내려 결국 바벨탑은 혼란으로 인해 무너졌고, 인간은 불신과 오해 속에 서로 다른 언어를 갖고 전 세계로 뿔뿔이 흩어졌다는 이야기입니다. 이 역시 인간이 신의 영역을 넘본 결과입니다.

　30년 후 AI는 이런 우를 범하지 않았으면 좋겠는데, 그것이 내 마음대로 될지는 잘 모르겠습니다.

5

특이점 Singularity

2016년 3월 우리나라의 이세돌 9단과 구글 딥마인드의 인공지능 알파고의 바둑 대결이 있기 전까지는 인공지능은 그저 영화에서나 나오는 주제였습니다.

모두들 이세돌이 5:0으로 이기거나 혹시 이세돌이 한 번 정도 실수를 하면 4:1로 이길 것이라고 예상하였습니다. 그러나 막상 대결이 시작되고 예상과 달리 이세돌이 1:4로 지게 되자 전 세계인들은 인공지능에 대해 뜨거운 관심을 갖게 되었습니다. 그리고는 급기야 2017년에 진화된 알파고가 세계 바둑 1위인 중국의 커제마저도 3:0으로 완파하고 중국의 바둑 상위 랭커 5명이 한 팀이 되어 벌인 경기에서도 완승하자, 이제 사람들은 인공지능에 대한 관심을 넘어 몇 해 전 상영된 공상과학 영화 〈터미네이터〉와 같은 기계가 인간을 지배하는 세상이 실제로 오지 않을까 하는 인공지능 공포증AI Phobia마저도 느끼게 되었습니다.

인공지능이 인간의 지능을 뛰어넘는 기점을 특이점Singularity이라고 하는데, 알파고를 개발한 구글의 기술부문 이사 레이먼드 커즈와일은 2005년에 그의 저서 〈특이점이 온다The singularity is near〉에서 이 특이점의 도래 시기를 구체적으로 언급했습니다. 그는 2020년이 넘어서면 인공지능이 한 명의 인간지능을 넘어서고, 2045년이 되면 인공지능이 전 인류의 지능을 합친 것보다 더 강력하게 될 것이라 예측했습니다.

그저 하나의 가설이라고 생각할 수도 있지만 알파고가 이세돌을 이길 것이라 생각했던 사람은 거의 없었는데 막상 이세돌이 지고 나니 정말 특이점이 가까운 미래에 도래하는 것이 아닌가 하는 걱정과 의문이 드는 것도 사실입니다. 일본에서는 인공지능이 쓴 소설이 신춘문예 당선작으로 선정되고, 인공지능이 작곡은 물론 K팝 무용 안무까지 만드는 등 인간의 최후의 보루라고 생각했던 창작의 영역에도 이미 진출해 있습니다.

특히 페이스북 인공지능은 스스로 자기들만의 언어를 만들어 대화를 했다고 하니 모골이 송연해지는 느낌을 갖게 됩니다. 2020년이 바로 턱밑인데 내가 살아있는 기간에 특이점을 맞게 될까봐 두렵기도 하고, 설레기도 하는 아주 묘한 감정이 교차됩니다. 인간이 신의 영역에 도전하게 되면 벌을 받게 된다던데 인공지능이 갈수록 진화함에 따라 신의 분노를 일으킨 노아의 방주나 바벨탑의 전설이 상기됩니다.

최근 구글 출신의 엔지니어 앤서니 레반도브스키라는 사람은 '미래의 길'이라는 인공지능을 경배하는 종교단체를 설립하고 종교단체에 부여되는 면세 자격을 캘리포니아 주정부에 요청해서 화제가 되고 있습니다. 그는 "지금은 인간이 지구를 책임지고 있다. 그것은 우리가 다른 동물들보다 더 똑똑하고, 도구를 만들 수 있고, 규칙을 적용할 수 있기 때문이다. 장래에 인간보다 훨씬 더 똑똑한 무언가가 등장한다면 지금 인간이 가지고 있는 책임자 자리의 이행이 있을 것이다"라고 말했습니다.

그는 인간으로부터 무언가로의 평화로운 지구 통제권 이행을 주장하고, 통제권을 이양 받은 이 초지능이 인간보다 더 지구라는 행성을 잘 돌볼 것이라고 말했습니다. 실로 섬뜩한 주장이 아닐 수 없습니다.

그러나 요즘 세상 돌아가는 속도를 보면 어쩌면 우리는 이미 어떤 분야에서는 특이점을 넘어섰을지도 모릅니다. 2016년에 이세돌이 힘들게 알파고를 한 번 이겼을 때 알파고가 인간의 인공지능 포비아를 우려해 일부러 져주었다는 소문이 정말로 소문만이 아니었는지도 모르겠습니다.

6
두 바퀴로 가는 자동차

지금은 이미 군대도 다녀왔고 복학하여 예비역이 된 막내아들 녀석이 네다섯 살 무렵에 그 뜻을 알고 웃는지 모르고 웃는지 그 노래만 틀어주면 까르르 웃으며 아주 즐거워하던 노래가 있었습니다. 그 때가 아마 IMF 시절인 1998년이나 1999년 정도일 것입니다. 명절이나 부모님 생신 때마다 고향으로 내려갈 때 항상 내가 즐겨 듣던 김광석 노래 중 〈두 바퀴로 가는 자동차〉라는 노래입니다.

　1996년에 사망한 김광석의 노래는 그의 사후에 훨씬 더 많은 인기를 끌었습니다. 그의 노래는 대부분 서정적이고 애틋한 노래가 많습니다. 그의 히트곡인 〈서른 즈음에〉〈너무 아픈 사랑은 사랑이 아니었음을〉〈어느 60대 노부부의 이야기〉〈잊어야 한다는 마음으로〉〈이등병의 편지〉 등은 모두 슬프면서 가슴 저미는 운율과 가사가 대부분입니다. 아마도 스스로 그리 길지 않은 생을 살다 마칠 것을 예감이라도 한 듯 그의 노래 가사 내용이 참으로 애달픕니다. 특히 〈서른 즈음에〉의 "매일 이별하며 살고 있구나"와 〈어느 60대 노부부 이야기〉에서 "다시 못 올 그 먼 길을 어찌 혼자 가려 하오. 여기 날 홀로 두고 왜 한마디 말이 없소. 여보 안녕히 잘 가시게"를 들을 때마다 나도 모르게 눈시울이 붉어집니다.

그런데 이 〈두 바퀴로 가는 자동차〉는 음률이 참 경쾌하고 가사 내용이 내가 봐도 참으로 재미있습니다. 아마도 이치에 맞지 않는 가사 내용이 아들에게는 어린 나이에도 매우 우스웠나 봅니다. 당시 그 나이에 어찌 이 가사의 의미를 알고 웃을까 하며 혹시 아이가 천재가 아닐까 하는 착각을 했으나 20년이 지난 지금 역시 아니었구나 하는 만고의 진리를 깨닫게 해준 그런 노래입니다.

두 바퀴로 가는 자동차
네 바퀴로 가는 자전거
물 속으로 나는 비행기
하늘로 나는 돛단배
복잡하고 아리송한 세상 위로
오늘도 애드벌룬 떠 있건만
포수에게 잡혀온 잉어만이
한숨을 내쉰다.

남자처럼 머리 깎은 여자
여자처럼 머리 긴 남자
가방 없이 학교 가는 아이
비 오는 날 신문 파는 애
복잡하고 아리송한 세상 위로

오늘도 애드벌룬 떠 있건만

태공에게 잡혀온 참새만이

긴 숨을 내쉰다.

한여름에 털장갑 장수

한겨울에 수영복 장수

번개소리에 기절하는 남자

천둥소리에 하품하는 여자

복잡하고 아리송한 세상 위로

오늘도 애드벌룬 떠있건만

독사에게 잡혀온 땅꾼만이

긴 혀를 내두른다.

특히 독사에게 잡혀온 땅꾼 부분을 노래할 때마다 아들은 거의 자지러질 정도로 재미있어 했던 기억이 20년이 지난 지금에도 새록새록 피어납니다. 그 시절의 아들이 너무도 보고 싶고 그립습니다. 현실의 아들은 더 이상 그 시절의 해맑은 미소와 웃음소리를 아빠에게 들려주지 않습니다. 그런 모습을 다시 경험하려면 10년이나 15년 뒤 아들이 결혼하여 나에게 손자를 안겨주어야만 가능할 것 같습니다.

그런데 요즘 같은 사회 분위기로는 이런 아주 당연했고 자연스러웠던 인생의 변화가 그리 쉽지가 않습니다. 대학을 졸업해야 하고, 취직을 해야 하고, 또 결혼을 해야 하고, 그리고 아이를 낳아야만 가능한 시나리오인데 그 각각 하나하나가 결코 만만치 않은 세상이 되어 버렸습니다. 과학이 발달하고 기술이 진보되어 틀림없이 과거보다 훨씬 편하게 세상이 바뀐 것은 분명한 것 같은데 왜 사는 것은 더 힘들어졌는지 참으로 알다가도 모를 일입니다.

마치 이 노래 가사처럼 왜 잉어가 태공에게 안 잡히고 포수에게 잡혀왔는지, 참새가 포수에게 안 잡히고 태공에게 잡혀왔는지, 독사가 땅꾼에게 안 잡히고 땅꾼이 독사에게 잡혀왔는지 모르는 것처럼 현대사회가 복잡하고 아리송하게 변해서 그런 것이 아닌가 싶습니다. 하긴 예전에 방위를 다녀온 친구에게 "넌 어느 부대에 있었니?"라고 물으면 월남스키 부대나 사하라 잠수 부대에서 근무했다고 대답한 것과 같은 맥락이 아닌가 싶습니다.

근데 이 노래의 원곡이 2016년 노벨상 수상자인 밥 딜런의 〈Don't think twice, It's alright〉이라는 사실과 원래 제목이 역逆이었다는 사실을 아는 사람은 그리 많지 않습니다.

7
밥 딜런

대중음악의 장르에는 록, 발라드, R&B, 트로트, 재즈 등 여러 가지가 있습니다. 그 중에서 주로 통기타를 치면서 부르는 노래를 포크 음악이라 합니다.

1970년대 우리나라의 대중음악을 휩쓴 것이 바로 이 포크 음악입니다. 그 당시를 '청통시대'라고 일컬었는데, 이는 청바지와 통기타를 의미합니다. 또한 청춘 남자는 장발이, 청춘 여자는 미니스커트가 유행이었는데 당시 유신 독재 정권은 이를 엄격히 금지하여 경찰들이 가위와 자를 들고 다니면서 장발과 미니스커트를 단속하던 정말 웃지 못할 시대상을 연출하였습니다. 암울했던 유신 독재 정권의 1970년대 젊은이들은 자신들의 사상과 의식을 자유롭게 표현하지 못하고 청바지와 통기타, 장발, 미니스커트 등의 문화 코드와 소극적 침묵과 적극적 독재 정권에 대한 데모 등의 사회 코드로 자신들의 분노를 표출하곤 하였습니다.

나 또한 감수성 예민했던 10대 시절을 온전히 그런 1970년대와 함께 하였습니다. 그때 손가락에 피멍 들어가며 배웠던 기타가 1980년대 대학생 시절 여학생들에게 최고의 인기를 얻는 정예 무기가 되었고, 40년이 지난 지금도 가끔 비장의 무기로 사용하게 되었으니 나도 청통시대의 수혜자가 아닌가 싶습니다.

당시 포크 음악의 대표적인 가수로는 한대수, 김민기, 양희은, 송창식, 윤형주 등이 있습니다. 몇 해 전에 그들이 노래 불렀던 '세시봉'이란 클럽 이름을 따서 특별방송을 했는데, 1970년대 향수에 목말라 하던 5060세대의 폭발적인 인기를 불러왔을 뿐 아니라 2030세대들에도 복고라는 새로운 문화 코드를 심어주었습니다.

그런데 당시의 포크 음악은 대부분 출시되기가 무섭게 정부에 의해 금지곡으로 지정되었습니다. 제3공화국의 독재 정권은 포크 음악의 가사들이 은유적으로 현실에 대한 저항을 묘사한다는 이유로 많은 포크 음악을 금지시킨 것입니다. 포크 음악의 대부인 한대수의 〈행복의 나라로〉는 "장막을 거둬라 너의 좁은 눈으로"라고 시작하는데 '현실이 장막이냐'라는 이유로, 김민기의 〈아침이슬〉은 "긴 밤 지새우고… 태양은 묘지 위에… 서러움 모두 버리고…" 라는 가사가 들어 있는데 이도 역시 현실부정과 퇴폐적이라는 이유로 금지곡이 되었습니다. 더욱 재미있는 것은 IMF 시절 골프 선수 박세리가 맨발로 샷을 하는 장면을 보여주는 공익광고의 배경음악이었던 양희은의 〈상록수〉도 "저 들에 푸르른 솔잎을 보라… 깨치고 나아가 끝내 이기리라"라는 가사가 정부에 대한 저항의식이 담겨 있다는 이유로 발표 당시 금지곡이 되었다가 1988년이 되어서야 해제가 되었습니다.

이런 우리나라의 포크 음악에 가장 많은 영향을 끼친 가수가 미국의 밥 딜런Bob Dylan입니다. 1941년에 태어난 그는 미국의 포크 음악을 대

표하는 싱어송라이터이기도 하지만 시인이고 화가이기도 합니다. 1960
년대부터 사회상을 반영하는 노랫말로 한국의 학생운동에도 영향을 주
었고, 베트남 전쟁에 대한 저항의 표상이 되어 미국의 대중음악 역사상
가장 영향력 있는 음악가 중 한 명으로 꼽히고 있는데, 그 이유는 바로
그의 노랫말 때문입니다.

사실 미국의 많은 대학에서 그의 시(가사)를 감상하고 분석하는 강
좌를 개설했다 합니다. 나는 그의 노래 중에서 〈One more cup of
coffee〉와 〈Knocking on heaven's door〉를 가장 좋아합니다. 마치 시
를 읊조리듯이 부르는 그의 창법은 말 그대로 노래하는 음유시인이라
는 별명에 딱 들어맞습니다. 그런 그가 금년(2016년) 노벨 문학상 수상
자로 결정되었습니다. 스웨덴 한림원은 그를 노벨 문학상 수상자로 선
정하면서 위대한 미국 노래의 전통 내에서 새로운 시적 표현을 창조해
냈다고 하면서 그의 노래를 '귀를 위한 시'라고 표현했습니다.

그러나 그의 수상에는 찬반의 논란이 많은 것 같습니다. 신선하고 좋
다는 의견이 있는 반면, 한림원이 노벨상을 화제의 중심으로 끌어내기
위해 파격을 선택했다는 의견도 있습니다. 하여간 노벨 문학상이 의외로
대중가수에게 돌아가자 매번 후보자로 손꼽혔던 우리나라의 고은 시인
이나 일본의 무라카미 하루키는 또 다시 내년을 기약하게 되었습니다.

세상의 모든 것이 변하듯이 엄격했던 노벨상의 심사기준도 파격적으
로 변했으니… 혹시 누가 알겠습니까? "술 마시고 노래하고 춤을 춰봐
도…"로 시작되는 가사가 퇴폐적이라고 금지곡이 된 〈고래사냥〉과 "왜
불러 왜 불러?" 반말한다고 금지곡이 된 〈왜 불러〉의 작사가 송창식이
내년에 노벨 문학상 수상자가 될는지…

8
이솝

〈토끼와 거북이〉, 〈개미와 베짱이〉, 〈여우와 두루미〉, 〈양치기 소년〉, 〈금도끼와 은도끼〉, 〈북풍과 태양〉… 이쯤하면 생각나는 사람이 있습니다. 바로 '이솝 우화'로 유명한 이솝입니다. 그런데 이솝이 어느 연대의, 어느 나라 사람인지 아는 사람은 그리 많지 않습니다. 그저 우리에게 아주 친근한 여러 이야기를 지은 작가로만 알고 있습니다.

이솝은 기원전 6세기경 고대 그리스의 우화작가로, 동물을 빗대어 인간 세계를 꼬집는 교훈적인 이야기를 많이 쓴 작가입니다. 이솝이 예수보다 6백년이나 먼저 태어난 사람인 것을 알면 대부분의 사람들이 깜짝 놀랍니다. 2,600년 전의 사람이 어찌 그런 교훈적인 이야기를 그렇게 잘 풍자했는지 참으로 놀랍기 그지없습니다. 그런 그가 노예였다는 사실을 알면 사람들은 또 한 번 깜짝 놀라게 됩니다.

이솝의 본래 이름은 아이소포스인데, 이를 영어식 발음으로 하면 이솝 Aesop이 됩니다. 그는 노예의 아들로 태어나 말더듬이에 원숭이를 닮아 어린 시절 늘 외톨이로 지냈습니다. 그러나 그는 매우 똑똑하고 지혜로워 하인들은 물론 주인조차도 그를 함부로 대하지 못하였습니다. 이런 이솝의 지혜가 소문이 나 크산토스라는 이웃 나라의 철학자가 노예시장에 나온 이솝을 마음에 들어 해서 이솝과 함께 지내며 그의 지혜를 나누어 주었습니다. 이솝의 지혜에 대한 소문은 갈수록 커져 임금에게까지 알려져 급기야 임금은 그에게 자유를 주고 나라 일을 돕도록 하였습니다.

세월이 지나 이솝은 자유의 몸이 되어 여행을 떠나게 되었고, 델피라는 곳에 도착하게 되었습니다. 델피에도 그가 매우 지혜롭다는 소문이 있었지만 그를 시기하는 사람 또한 많이 있었습니다. 특히 그가 노예 출신이라는 것에 못마땅하게 생각하고 그를 모함하여 감옥에 갇히게 하였습니다. 그들이 이솝을 절벽에 떨어뜨려 사형시켜야 한다고 주장하자, 그는 그들에게 다음과 같은 이야기를 해주었습니다.

"개구리 한 마리가 같이 놀자고 쥐를 꾀었다. 개구리는 쥐의 발과 제 발을 한데 묶어 물속에서 헤엄치고 놀았다. 개구리는 신이 났지만 헤엄을 못 치는 쥐는 물속에서 너무 고통스러웠다. 그 때 하늘을 날고 있던 독수리가 허우적대는 쥐를 낚아챘다. 그러자 개구리도 따라 올라가 독수리에게 잡아먹혔다. 어리석은 델피 사람들이여. 내가 죽으면 당신들은 개구리 꼴이 될 것이다."

하지만 델피 사람들은 그의 말을 들은 척도 하지 않고 결국 그를 절벽에서 떨어뜨려 죽여 버렸습니다. 그러자 신기하게도 이솝의 예언처럼 전염병이 돌아 많은 사람들이 죽게 되었습니다. 뒤늦게 겁을 먹은 사람들은 큰 피라미드를 짓고 해마다 이솝의 명복을 비는 제사를 지내게 되었다고 합니다.

우화란 말은 원래 픽션 또는 신화라는 뜻입니다. 때문에 우화는 도덕적 훈계만이 아니고 생활의 슬기이자 인간에 관한 통찰이기도 합니다.

그런데 2,600년 전에 쓰인 이솝 우화가 현재에도 계속 비전을 던져주고 반성의 계기가 되는 것은 정말 놀랍습니다. 특히 요즘(2017년) 같이 대통령이 탄핵을 받고 있는 상황과 탄핵 결과에 의해 곧 치러질 새 대통령 선거를 앞둔 시점에서 이솝 우화 중 〈개구리의 왕〉이라는 이야기가 시사하는 것은 매우 의미가 있습니다.

개구리들이 자기네에게 지배자가 없음을 불만스럽게 생각했다. 그들은 대표자를 제우스에게 보내어 자기네를 지배할 임금님을 보내달라고 간청했다. 제우스는 그들이 바보들이라는 사실을 알고 나무토막 하나를 연못 속에 던져주었다. 개구리들은 그 소리를 듣고 처음에는 놀라 모두 연못 속에 숨어버렸다. 그러나 시간이 흐름에 따라 그 나무토막이 움직이지 않는 것임을 알고는 연못 위로 떠올라 그 나무토막 위에 올라앉게 되었다. 그렇게 되자 그런 것을 왕으로 섬기고 있다는 사실에 관해 부끄러움을 느끼게 되었다. 그들은 다시금 제우스를 찾아가 자기네 임금님이 너무 무기력하니 다른 지배자로 바꾸어 달라고 간청했다. 그 간청을 들은 제우스는 화가 났다. 그래서 뱀을 그들에게 보내주었다. 개구리들은 뱀에게 모두 잡아먹혀 버리고 말게 되었다.

이 이야기는 야단스럽게 떠들썩하다든지 나쁜 짓만 하는 지배자보다는 바보스러워도 악하지 않은 지배자를 섬기고 있는 편이 훨씬 낫다는 사실을 말해주고 있는 것입니다. 5년 후에 또 다시 지금과 같은 후회를 하지 않을 현명한 선택이 필요한 시점입니다. 그러나 그것이 정말 어렵다는 생각을 하루에도 수십 번 하게 되는 요즘입니다.

9
본능

17세기 프랑스의 시인이자 우화작가인 라퐁텐Jean de la Fontaine은 자신이 남긴 우화 같은 인생을 살다 갔습니다. 그의 묘비에는 다음 같이 쓰여 있답니다.

"장은 밑천과 수입을 모두 탕진하고 빈손으로 왔다가 빈손으로 갔노라. 그리 소용없는 것을 보물인 양 간직했었다. 시간만은 잘 쓸 줄 알았는데, 두 부분으로 나누어 한 쪽은 잠자는데 한 쪽은 무위에 썼다."

그가 무위도식하며 보낸 인생을 풍자한 묘비명인데 그의 삶은 그렇다 해도 그가 남긴 우화만큼은 걸작으로 평가를 받습니다. 그의 우화 중에 〈전갈과 개구리〉가 있습니다.

수영을 하지 못하는 전갈이 개구리에게 등에 태워 강을 건너게 해달라고 부탁을 합니다. 그러나 전갈의 독침이 무서워 개구리는 거절을 합니다. 그러자 전갈은 강을 건너는 중에 내가 너를 찔러서 죽이면 수영을 못하는 나도 같이 죽게 되는데 왜 너를 물겠냐고 설득을 합니다. 그러자 개구리도 전갈을 등에 업고 강을 건너게 되는데 강 중간에서 갑자기 물살이 거세지자 전갈은 개구리를 독침으로 찌르게 됩니다. 개구리는 전갈을 쳐다보며 왜 찔렀느냐고 하자 전갈은 "미안해. 상황이 급해지면 나도 모르게 튀어 나오는 본능을 어쩔 수 없었어"라고 대답했습니다. 개구리는 몸 속에 독이 퍼져 죽었고, 개구리가 죽으면서 전갈도 물에 빠져 죽었습니다.

자기도 죽을 줄 알면서도 독침을 찌른 전갈의 공격 본능은 어쩔 수 없다는 내용입니다. 이렇듯 본능은 가르쳐주지 않아도 아기가 어머니의 젖을 빨고, 병아리가 달걀껍질을 깨고 나오는 것과 같은 생득적 행동을 말합니다. 태생적으로 쥐가 고양이를 무서워하며 도망치는 도주본능, 꿀벌이나 비둘기가 먼 곳으로부터 집으로 돌아오는 귀소본능, 자식을 무조건으로 돌보는 모성본능, 한 곳에 머무르지 못하는 철새들의 이동본능, 위험에 처했을 때 무의식적으로 보이는 방어본능, 종족을 번식시키려 하는 생식본능 등이 이에 해당합니다. 특히 해양에서 생활하다가 산란을 위하여 자신이 태어난 강으로 돌아오기 위해 강물을 거꾸로 거슬러 오르는 연어의 귀소본능은 아주 유명합니다.

또 하나의 유명한 귀소본능 일화는 진돗개 백구 이야기입니다. 백구는 1989년 전라남도 진도의 어느 할머니 집에서 태어나 1993년 3월 대전의 어느 애견가에게 팔려갔으나 원래 주인인 할머니를 잊지 못해 목에 메인 줄을 끊고 먼 길을 헤매서 그 해 10월 진도의 할머니에게 돌아갔습니다. 백구는 7개월 동안 장장 300km의 거리를 되돌아간 것입니다. 백구의 이야기가 유명해지자 당시 광고가 만들어지기도 했고, 동화와 애니메이션, 게임까지도 만들어졌던 기억이 납니다.

여러 가지 본능 중에서도 인간에게 가장 원초적 본능은 오욕五慾이 아닐까 합니다. 오욕은 식욕, 성욕, 재물욕, 명예욕, 수면욕을 말하며, 이들 중 어떤 본능이 가장 원초적이고 강할까 하는 질문에는 정답은 없는 것 같고, 각기 사람마다 그 강도나 순서가 다를 것 같습니다. 그러나 단지 원초적 본능이라는 어감 때문에 일반적으로 오욕 중에서 성욕을 가장 먼저 떠올리게 되는 것도 원초적 본능 때문일까요?

1992년에 샤론 스톤을 새로운 섹시 심볼로 등극하게 한 〈원초적 본능〉이라는 영화가 있었습니다. 샤론 스톤이 하얀 초미니스커트를 입고 다리를 꼬고 앉아 담배를 피우며 형사에게 심문을 받던 장면은 수많은 패러디를 양산하며 최고의 장면을 연출해낸 영화였습니다. 이 장면 때문에 여성 흡연율이 높아졌다는 확인되지 않은 소문이 떠돌아다닐 정도였습니다. 이 영화를 계기로 샤론 스톤은 마릴린 먼로를 능가하는 새로운 섹시 심볼로 자리매김하였습니다. 당시 그녀는 30대의 나이로 최고의 여배우 중 하나로 많은 인기를 누리게 되었습니다.

그로부터 23년 뒤인 2015년에 그녀는 50대의 나이로 〈원초적 본능2〉에 출연을 합니다. 그러나 다른 많은 배우들이 그러하였듯이 그녀는 〈원초적 본능2〉에 출연하지 말았어야 했습니다. 23년이 지나 속편에 출연한 이유가 재물욕 때문인지 명예욕 때문인지 모르겠지만 영화는 흥행에 실패했고, 샤론 스톤 개인의 명성에도 많은 손상을 입힌 영화가 되었습니다.

인간이 동물과 다른 것은 본능을 통제하고 조절할 수 있다는 것입니다. 어느 본능이라도 과도하게 탐하다 보면 반드시 문제가 생기는 것은 만고의 진리입니다. 그것을 통제하지 못해 패가망신한 사람을 우리는 많이 보아왔고, 또 지금도 보고 있습니다.

10
상상의 동물

지구상에 존재하는 알려진 동물의 종이 1백만 종이 넘는다 합니다. 이들이 모두 언제 어떻게 지구에 존재하게 되었는지 알 수는 없지만 우리가 살고 있는 이 세계에는 정말 많은 종류의 생물체가 살고 있는 것 같습니다. 그런데 이 수많은 생명체 중에서 사실 우리가 알고 있는 동물은 생각보다 그리 많지 않습니다. 하물며 직접 보거나 접촉해본 동물의 종은 더욱 적을 것입니다.

이런 실존의 생명체보다 우리에게 훨씬 더 친숙한, 존재하지 않는 상상 속의 동물들이 있습니다. 이들 중 동서양을 막론하고 가장 대표적인 상상 속의 동물은 바로 용일 것입니다. 동양에서 용은 신성한 힘을 가진 아주 상서로운 존재로 추앙받아 임금의 얼굴을 용안, 임금의 옷을 용포라 칭했으며, 임금이 앉는 자리를 용상이라고 하였습니다.

용은 아홉 가지 동물의 특성을 모은 동물로서 머리는 낙타, 뿔은 사슴, 눈은 토끼, 귀는 소, 몸통은 뱀, 배는 조개, 비늘은 잉어, 발톱은 매, 주먹은 호랑이와 닮은 영적인 동물로 고대 인도나 중국, 한국에서는 보물을 지키는 수호신이나 비와 가뭄, 홍수 등 풍운의 조화를 다스리는 신적인 존재로 숭배되었습니다.

그러나 기독교 문명인 서양에서는 용이 악과 이교를 상징하는 퇴치의 대상으로 취급되어 요한계시록에서도 용은 천사들과 전쟁을 벌이는 악마의 모습으로 묘사되었습니다.

그런데 한 가지 내가 무척 궁금한 것은 어떻게 상상 속의 용이 지구상의 여기저기에서 같은 모습으로 등장하느냐 하는 것입니다. 용은 대륙간 인간의 교류가 거의 불가능할 거라고 생각되는 기원전 5~6천년 무렵의 메소포타미아 문명에서도 등장하고, 기원전 1~2천년의 고대 중국의 상왕조에서도 등장을 하니 참으로 신기한 일이 아닐 수 없습니다.

또 다른 상상 속의 동물은 해태입니다. 해태는 중국의 요순시대에 등장했다고 전해지는, 시시비비를 가릴 줄 알고 선악을 판단할 수 있다는 동물입니다. 해치라고 불리기도 하는 해태는 사자와 비슷하나 머리 가운데 뿔을 가지고 있고, 정의를 지키는 동물로 믿어지고 있습니다. 성격이 급하지만 옳고 그름을 가릴 줄 알아 옳지 못한 사람을 만나게 되면 뿔로 받는다고 합니다. 그래서 조선시대에는 관리를 감찰하고 법을 집행하는 사헌부의 우두머리인 대사헌의 관복에 해태를 새겼고, 오늘날에도 법을 만드는 국회의사당 앞과 법을 집행하는 대검찰청 앞에 해태 상이 세워져 있습니다.

해태와 더불어 우리나라에서 사랑받는 상상 속의 동물은 봉황입니다. 봉황은 수컷을 의미하는 봉과 암컷을 의미하는 황이 합쳐진 신조神鳥로서 중국 후한시대에 등장해 우리나라에는 불교문화와 함께 전래된 것으로 알려져 있습니다. 봉황은 벽오동만을 둥지로 삼고, 차가운 샘물만을 마시며, 오직 대나무 열매만을 먹으며 산다고 합니다. 봉황은 매우 상서로운 동물로 평소에는 나타나지 않다가 세상을 평안하게 하는 군주가 왕의 자리에 오르게 되면 세상에 나타난다고 합니다. 그래서 그런지 봉황은 우리나라 국새의 손잡이와 대통령의 전용 휘장 문양으로 사용될 뿐 아니라 청와대의 정문에 두 마리의 봉황이 마주 보고 있는 문양이 새겨져 있습니다.

이외에도 동양권에서는 용이 되지 못한 이무기나 전설의 삼족오三足鳥가 상상 속의 동물로 알려져 있습니다.

서양에서 유명한 상상의 동물은 주로 말과 관련이 있습니다. 유럽에서 힘과 순결의 상징으로 여겨지는 유니콘은 이마에 긴 뿔이 나고 산양의 수염과 갈라진 말굽을 가진 하얀 말로서 스코틀랜드 왕가의 문장으로 사용되고 있습니다. 또한 유니콘은 최근 경제 분야에서 10억 달러 이상의 가치를 가진 비상장 스타트업 기업을 뜻하는 말로도 사용되고 있습니다.

또 다른 유명한 상상의 동물은 그리스 로마 신화에 나오는 페가수스입니다. 페가수스는 날개가 달린 백마이며, 하늘을 나는 모습이 너무 웅장하여 그리스인들이 신마神馬로 추앙한 말입니다. 페가수스의 어머니는 괴물로 유명한 메두사이고, 아버지는 바다의 신 포세이돈입니다. 어릴 적 대부분의 아이들은 페가수스와 같은 날개가 달린 하얀 말을 타고 창공을 나는 상상을 한번쯤은 해보았을 것입니다.

그렇다면 이 모든 상상 속의 동물들이 정말 인간이 만들어낸 가공의 동물들일까요? 아니면 공룡이나 시조새처럼 이 지구상에 존재하였다가 알 수 없는 이유로 멸종되어 인간의 상상 속에서만 존재하는 동물이 되었을까요? 이는 가끔은 단군신화나 그리스 로마 신화가 진짜 역사 속의 한 페이지가 아닐까 하는 생각과 맥락을 같이 하는 상상입니다.

그러나 이러한 상상이 상상으로 끝나지 않고 과학기술의 발달에 힘입어 현실로 이루어지는 것이 가끔은 두려워지기도 합니다. 인간의 욕심이 언젠가는 페가수스와 같은 하늘을 나는 백마뿐 아니라 만화 속의 버드맨 같은 하늘을 나는 날개 달린 인간을 만들어낼지도 모르겠습니다.

11
닭

2017년 정유년이 밝았습니다. 정유년이니 붉은 닭의 해입니다. 닭은 기원전 6, 7세기 무렵에 지금의 인도와 동남아시아에서 사육되기 시작한 것으로 알려져 있습니다. 우리나라 역사에 처음으로 닭이 등장한 것은 〈삼국사기〉에 있는 경주 김씨의 시조인 김알지 탄생설화입니다.

탈해왕 9년(AD 65년) 왕이 금성 서쪽 시림 숲 속에서 닭이 우는 소리를 듣고 호공을 보내어 살펴보도록 했다. 호공이 시림에 다달아 보니 금빛의 궤짝이 나무에 매달려 있고 흰 닭이 그 아래에서 울고 있었다. 이 사실을 듣고 왕이 궤짝을 가져오게 하여 열어 보았더니 사내아이가 그 속에 있었는데 용모가 뛰어났다. 왕은 기뻐하며 하늘이 왕에게 아들을 보낸 것이라 하여 아들로 삼고 길렀으니 그 아이는 자라남에 따라 총명하고 지략이 뛰어나서 그 이름을 알지라 하였다. 또 금빛 궤짝에서 나왔다 하여 성을 김씨라 부르고, 처음 발견된 장소를 시림에서 닭계鷄 자를 써서 계림이라 고치고 이를 국호로 삼았다.

이를 보면 대략 2천년 전부터 이 땅에 닭이 살았던 것으로 보입니다.

닭에 대한 이미지는 동서양을 막론하고 그리 좋은 것 같지는 않습니다. 닭은 새벽을 알리는 동물로서 닭의 울음소리는 귀신을 쫓는 벽사辟邪의 기능을 갖는다고 하는데, 그래서 닭이 제때에 울지 않으면 불길한 징조라고 여겨집니다. 닭이 초저녁에 울면 재수가 없다고 하고, 밤중에 울면 불길하다고 하며, 수탉이 해가 진 후에 울면 집안에 나쁜 일이 생긴다고 합니다. 속담에서도 "암탉이 울면 집안이 망한다"라고 했고, 남을 해치려고 한 일이 결국 자기에게 손해를 끼칠 때 "소경 제 닭 잡아먹는다"라고 했으며, 서로 무관심한 태도를 보일 때 "소 닭 보듯이 한다" 하고, 하려던 일이 실패로 돌아갔을 때 "닭 쫓던 개 지붕 쳐다본다"라고 했습니다.

서양에서도 바보 멍청이를 '치킨 헤드Chicken Head'라 하며, 선수 둘이 자동차를 타고 서로 정면으로 충돌하는 상황에서 먼저 피하는 겁쟁이가 지는 게임을 '치킨 게임Chicken game'이라고 합니다. 이 게임은 만약 양쪽이 계속 달린다면 둘 다 죽게 되고, 한 쪽이 겁이 나서 피하게 되면 그는 겁쟁이Chicken가 되어 체면을 잃게 되고, 만일 둘 다 피하게 되면 목숨을 건지게 되지만 승자가 없는 참으로 어리석은 게임입니다.

이런 그리 좋지 않은 이미지를 가지고 있는 닭에게 또 가장 애매한 부위가 닭의 갈비입니다. 이를 한자로 계륵鷄肋이라고 하는데, 큰 쓸모나 이익은 없지만 그렇다고 버리기는 아까운 존재를 비유하는 고사성어인데 이의 유래가 참으로 재미있습니다.

이는 〈삼국지연의〉에서 유래된 말로, 촉나라의 유비가 위왕 조조가 아끼는 장수 하후연이 지키는 한중 땅을 공격하여 하후연을 죽이고 스스로 한중왕이 되자 조조는 대노하여 대군을 이끌고 유비 토벌에 나섰는데, 유비의 촉군은 험악한 지형을 이용하여 위군의 진격을 막고 적의 보급로까지 차단하자 위군은 굶어가면서 싸워야 했습니다. 조조는 진퇴양난에 처해 고민에 빠졌습니다. 사실 한중 땅 하나 잃는다 해도 어떻게 되는 것이 아닌데 섣불리 공격에 나선 것이 후회가 되었습니다.

그러던 어느 날 저녁 조조 앞에 닭갈비 국이 나왔습니다. 배는 고픈데 저녁이라고 나온 것이 뜯을 것 없는 닭갈비라 쓴웃음을 짓고 있는데, 죽은 하후연의 형인 하후돈이 그 날 밤 암호를 무엇으로 할까 묻기에 "계륵으로 하게" 하고 조조는 무심결에 그렇게 말했는데, 행군주부 벼슬에 있던 양수가 암호를 전달받자마자 직속 부하들에게 짐을 꾸리라고 했습니다. 이상하게 여긴 주위의 장수들이 까닭을 묻자 양수는 의기양양하게 말했습니다.

"닭갈비는 먹자니 먹을 게 별로 없고, 버리자니 아까운 것이지요. 주군께서 암호로 계륵을 말씀하신 것은 한중에 대한 그런 심중을 은근히 내비친 것이니 곧 회군 명령을 내리실 게 아니겠소? 그래서 미리 짐을 꾸려 두려는 것이오."

장수들은 양수의 판단력에 감탄하며 저마다 자기 부대에 돌아가 철수에 대비한 짐을 꾸리도록 부하들에게 명했습니다. 평소 양수의 명석한 두뇌와 재치를 사랑하면서도 한편 시샘을 느끼던 조조는 양수가 자기 심중을 귀신처럼 꿰뚫어보자 불같이 노해서 양수를 끌어다 단칼에 목을 치게 했습니다. 그리고 다음날 아침 조조는 태연히 철군 명령을 내렸습니다.

2017년 닭의 해, 새해 벽두에 조류독감 때문에 닭을 먹을 수도 없고 안 먹을 수도 없고, 닭이 계륵 같은 존재가 되어 버렸습니다.

12
개

2018년 무술년이 밝았습니다. 무술년이니 2018년은 개띠 해입니다. 또한 개띠 해 중에서도 그 유명한 '58년 개띠'가 환갑이 되는 해입니다. 그런데 1970년 개띠도 있고, 1946년 개띠도 있는데 왜 유독 1958년 개띠가 그렇게 유명할까요? 이에 대한 정설은 딱히 없지만 시대적 상황을 감안해 추론해 보면 다음과 같은 가설을 세울 수 있습니다.

1953년 휴전이 된 이후로 베이비부머 세대가 형성되면서 아기가 늘어나기 시작하고 1958년에 그 절정기가 도래됨으로써 58년생의 인구가 많아지게 되자 자연스럽게 경쟁이 치열해지게 되었습니다. 이들이 대학 진학을 할 때 역대 가장 높은 경쟁률을 기록하였고, 사회에 진출한 1980년대는 한국 사회가 격동기에 들어가는 시기였습니다. 따라서 태평양전쟁과 한국전쟁으로 인해 절대 인구가 부족해 상대적으로 경쟁이 덜 치열했던 선배 세대를 조금 우습게 보기도 하고, 1980년대 들어서 대학졸업정원제가 실시됨으로써 또 상대적으로 대학에 쉽게 들어온 후배 세대를 약간 내려다보는 경향이 있어 여러 방면에서 전세대와 후세대보다 튄 행동을 하다 보니 급기야는 58년 개띠라는 용어가 등장하지 않았을까 하는 추측을 해볼 수 있습니다.

동물 중에 인간과 가장 친한 동물을 개라고 하는 데는 이견이 많지 않을 것입니다. 개가 인간에 의해 순화되고 사육되었다는 가장 오래된 기록은 페르시아의 동굴에 있으며, 이는 기원전 약 9500년으로 추산되니, 개는 거의 1만년 전부터 인간과 함께 살아왔습니다. 이렇듯 인간과 개는 지구상에서 오랜 기간 동안 더불어 살아오면서 숱한 사연들을 만들어 냈습니다.

몇 해 전 〈TV 동물농장〉이라는 프로그램에서 방영한 '똘이'라는 개의 사연은 시간이 많이 지난 지금도 아주 감동적입니다.

어느 아저씨와 똘이라는 개 둘이서만 살던 집에 갑자기 불이 났습니다. 잠을 자던 아저씨는 연기에 의식을 잃고 쓰러졌는데, 다행히 소방대원에 의해 구출되어 병원에 옮겨졌으나 온몸에 전신 3도 화상을 입고 중환자실에서 치료를 장기간 받아야 했습니다. 불이 났을 때 목줄에 묶여서 피하지 못한 똘이도 소방대원이 목줄을 풀어줘 탈출을 했지만 다리에 화상을 입어 잘 걷지도 못하게 되었습니다.

그런데 똘이가 화재가 난 다음 날부터 불에 타 폐허가 된 집에서 목놓아 울며 주인을 애타게 기다리기 시작했습니다. 몇 날 며칠을 식음을 전폐한 채 화마의 잔재만 남아 있는 집에서 성치 않은 몸으로 아저씨만을 기다리며 울부짖자, 사연을 알게 된 사람들에 의해 구조되어 동물병원으로 이송되어 치료를 받았으나 똘이는 여전히 식사를 거부한 채 동물병원에서 누워만 있었습니다. 똘이의 건강이 염려된 제작진은 병원에 있는 아저씨를 찾아가 똘이에게 보내는 영상편지를 만들어와 똘이에게 보여주었습니다. 비록 영상이지만 아저씨의 모습과 목소리를 접한 똘이는 생기를 되찾고 아저씨가 "나 들어간다 이리와 밥 먹어"라고 말하는 소리를 듣자 식사도 시작하였습니다.

이런 사정을 들은 병원 관계자는 장기간 입원해야 하는 아저씨의 사정을 감안하여 똘이를 병원 뒤뜰에 살 수 있도록 집을 마련해 아저씨와 똘이를 같이 지낼 수 있게 해주었습니다. 드디어 몇 달 만에 아저씨를 만나게 된 똘이는 아저씨의 품에 안겨 너무도 좋아했습니다. 이런 소식이 널리 알려지자 수많은 사람들의 도움의 손길이 모여, 화재로 집을 잃어 거처할 곳이 없던 아저씨는 새 집을 구할 수 있게 되었습니다. 참으로 인간과 개에 관한 아름다운 사연이 아닐 수 없습니다.

요즘같이 외로운 세상에서는 인간보다는 개와 더 친하고 교감을 느끼는 사람이 많이 있습니다. 우리나라 2015년 통계 기준 반려견 수가 약 370만 마리로, 가구당 1.4마리를 키우고 있다고 합니다. 한때 외국에서는 어느 갑부가 반려견을 너무 사랑한 나머지 수많은 재산을 반려견에게 유산으로 남겨 화제가 된 적도 있었습니다.

나도 아이들의 강압에 못 이겨 10년째 강아지와 같이 살고 있지만 어떨 때는 나의 우선순위가 강아지에 밀릴 때는 씁쓸함을 금할 수 없습니다. 개의 해를 맞이하여 집안 내 서열정리에 대해 한 번쯤 심각히 생각해봐야겠지만 딱히 뾰족한 수는 없을 것 같은 것이 솔직한 심정입니다.

13
펭귄

사람들에게는 잘 알려져 있지 않지만 남극에 사는 황제 펭귄의 자식 사랑은 지구상에 존재하는 그 어떤 생명체보다 끔찍합니다. 남극의 바다 속에서 지내는 황제 펭귄은 번식기인 3월 말이나 4월 초가 되면 바다에서 나와 남극의 빙하 대륙으로 이동을 합니다. 그 이유는 알을 낳고 자식들이 부화가 되었을 때 키울 수 있는 보금자리를 찾기 위해서입니다.

이 보금자리는 바닥이 단단히 얼어 있어야 하고, 주변에 남극의 겨울 동안 초속 50미터로 불어오는 강한 바람을 막아줄 수 있는 절벽이나 빙산이 있어야 합니다. 그래서 황제 펭귄은 남극의 여기저기서 각각 살다가 번식기가 되면 집단 번식지로 모여들어 수천 마리의 집단을 이루게 됩니다.

그런데 이 집단 번식지는 남극의 바다 가까운 곳도 있지만, 어떤 곳은 바다에서 무려 100km 떨어진 곳도 있습니다. 종족 번식을 위해 황제 펭귄은 짧은 다리로 남극의 매서운 추위를 뚫고 끼니도 거른 채 그 먼 곳까지 수주일을 걸어서 집단 번식지를 찾아가는 고통과 시련을 마다하지 않습니다.

어렵게 집단 번식지에 도착한 황제 펭귄은 짝짓기를 한 후 북극의 겨울이 시작되는 5~6월에 한 개의 알을 낳게 되고, 알을 낳은 암컷은 알을 수컷에게 맡긴 후 먹이를 찾아 다시 바다로 떠납니다. 암컷이 떠나면 수컷은 알이 부화하는 8월 초까지 두 달 동안 알을 품고 있어야 합니다. 잠시라도 알이 아빠 몸에서 빠져 나오면 혹독한 남극의 추위 때문에 알은 얼어 터져 버리기 때문에 아빠 펭귄은 두 달 동안 꼼짝 않고 알을 품고 있어야 합니다.

알이 부화하여 새끼가 태어나면 아빠 펭귄은 위장 속에 간직하고 있던 먹이를 토해내어 새끼에게 먹입니다. 더 이상 토해낼 먹이가 없으면 자신의 위 점막 조각을 떨어뜨려 나오는 분비물을 새끼에게 먹입니다. 정말로 눈물겨운 부성애가 아닐 수 없습니다. 아빠 펭귄은 암컷이 먹이를 구하러 떠난 4개월 동안은 영하 60℃의 강추위와 초속 50미터의 눈보라 속에서 얼음 조각을 깨어 먹으며 수분을 섭취할 뿐 아무것도 먹지 못해 몸무게가 1/3로 줄어들게 됩니다. 또한 체내에 저장된 지방의 80%가 소진되어 근육이 파괴되기 시작합니다. 그 때쯤 마침내 암컷이 돌아오게 되는데, 신기한 것은 수천 마리의 펭귄 무리에서 암컷은 정확히 자기와 짝짓기를 한 수컷과 자기 자식을 찾아낸다는 것입니다.

암컷이 돌아오면 수컷은 그제서야 자식을 암컷에게 맡기고 먹이를 구하기 위해 바다로 갑니다. 그 후에는 암컷과 수컷이 번갈아가며 바다에 나가 먹이를 비축해 돌아와 새끼를 돌봅니다. 그렇게 12월이나 1월이 되면 새끼들은 추위를 막기 위한 솜털이 빠지고 깃털이 나게 되면서 남극 바다를 수영할 수 있는 성체가 됩니다. 정말로 눈물겨운 부모의 헌신으로 황제 펭귄은 성장하게 되고, 그들 또한 자신들의 자식을 위해 똑 같은 여정을 되풀이하게 됩니다.

이렇게 추운 곳에서만 생활하는 어떤 펭귄이 따뜻한 나라인 브라질의 어느 해변에서 발견되었습니다. 그런데 이 펭귄은 온 몸에 기름이 묻어 있고, 이미 기진맥진해 살 수 있는 확률이 거의 없어 보였습니다. 아마도 유조선에서 흘러나온 기름 때문에 수영을 못하게 되어 해류에 떠밀려 브라질 해안까지 온 것 같습니다.

'소우자'라는 노인이 이 펭귄을 발견해 집으로 데리고 와 지극 정성으로 치료하고 먹이를 먹였습니다. 일주일 정도 지나자 다행히 펭귄은 의식을 차렸고, 그 뒤로는 노인의 뒤만 졸졸 따라다녔습니다. 다른 사람이 접근하면 부리로 쪼아대며 경계를 하지만 유독 노인에게만큼은 살갑게 굴었습니다. 아마도 자신을 살려준 은인을 알아보는 것 같았습니다.

노인도 이 펭귄에게 정이 들어 딘딤이라는 이름도 붙여주고 마치 자식인양 서로 의지하며 살았지만, 어느 날 딘딤을 고향으로 보내주는 것이 딘딤을 위하는 길이라고 생각하고 바닷가에 방생을 하고 집으로 돌아왔습니다. 그런데 딘딤은 노인보다 먼저 집에 돌아와 오히려 노인을 기다리고 있었습니다. 그 후로도 수차례 바다에 딘딤을 데려다주어도 딘딤은 그럴 때마다 집에 먼저 돌아와서 노인을 기다렸습니다.

생각다 못한 노인은 딘딤을 데리고 배를 타고 나가 먼 바다에다 방생을 하였습니다. 이제는 고향으로 잘 갔겠지 하며 집으로 돌아온 노인은 딘딤이 또 먼저 와서 자기를 반기는 것을 보고 깜짝 놀랐습니다. 결국 노인은 하늘의 뜻이라 여기고 딘딤과 같이 살기로 결정했습니다. 딘딤은 마치 애완동물인양 오직 노인의 무릎에 앉아 얼굴을 부비고 온갖 재롱을 다 떨면서도 다른 사람이 만지려 하면 소리를 지르며 부리로 쪼아 대었습니다.

그렇게 둘은 행복한 나날을 보냈는데, 어느 날 갑자기 딘딤이 사라져 버렸습니다. 노인은 아쉬워하면서도 딘딤이 이제는 고향으로 돌아갔겠 구나 생각하면서 위안을 삼았습니다. 그런데 딘딤이 떠난 뒤 정확히 1 년 후 다시 노인의 집을 찾아왔습니다. 그리고는 노인의 품에서 재롱을 피웠습니다. 정말 신기한 일이 아닐 수 없습니다. 딘딤의 고향 남극에 서 브라질까지는 약 8,000km 떨어져 있는데, 딘딤은 자신을 구해준 은 인을 만나기 위해 그 8,000km를 헤엄쳐온 것입니다.

그 뒤로 딘딤은 매년 6월에 노인을 찾아와 8개월간 노인과 생활하다 2월에 고향으로 떠났다가 다시 6월이면 노인에게 돌아오는 것을 반복 하고 있다고 합니다. 정말 감동스러운 인간과 펭귄의 우정입니다. 펭귄 은 참으로 정이 많은 동물인 것 같습니다.

14
위대한 실패

지구상에서 가장 척박한 지역은 어디일까요? 그곳은 바로 남극입니다. 북극의 평균기온은 영하 35~40℃이지만 남극의 평균기온은 영하 55℃ 입니다. 그러면 왜 남극이 북극보다 더 추울까요? 남극은 지구 전체 면적의 9.2%를 차지하는 거대 대륙으로 98%가 얼음으로 덮여 있는데 이 얼음의 평균 두께는 2km가 넘어 거의 빙산과도 같기 때문에, 주변에 바다가 많은 북극은 햇빛을 흡수하고 저장하지만 남극의 얼음 대륙은 빛을 반사하기 때문에 더욱 춥습니다. 북극 곰이 남극 곰이 될 수 없는 이유는 남극에서는 생존을 할 수 없기 때문입니다.

마찬가지로 에스키모라고 불리는 이누이트 원주민이 북극에는 존재하지만, 남극에는 선사시대 이래로 원주민이 살았던 흔적을 발견할 수 없다고 합니다. 오로지 남극에는 문명세계에서 연구를 목적으로 남극으로 들어간 비상주 한시적 방문객과 남극 펭귄만이 존재할 뿐입니다. 그만큼 남극은 지구상에서 가장 척박하고 생존이 힘든 지역입니다.

이런 남극을 인류 최초로 정복한 사람은 노르웨이의 탐험가 아문센입니다. 강대국 사이에 식민지 경쟁이 치열하던 20세기 초반에 또 다른 의미의 치열한 경쟁이 벌어지고 있었는데, 그것은 사람이 아무도 밟아보지 못한 남극 땅을 어느 나라가 먼저 정복하느냐였습니다. 1911년 노르웨이와 영국 간에 남극의 얼음 위에서 남극점 도달 제1번을 놓고 국가의 명예를 건 경쟁이 벌어졌습니다. 거의 동시에 노르웨이의 아문센 탐험대와 영국의 스콧 탐험대가 출발하였는데 한 달 차이로 아문센이 영예를 차지했고, 스콧은 안타깝게도 탐험 중 비극적인 최후를 맞이했습니다. 남극으로의 위대한 도전은 1911년 12월 14일 아문센에 의해 이루어졌습니다.

영국의 스콧 팀의 대원으로 첫 남극점 탐사에 도전한 영국인 탐험가 섀클턴은 괴혈병으로 도중하차하고 심지어 선배인 스콧의 비극적인 최후를 지켜봐야 했습니다. 남극점 최초 정복을 아문센에게 빼앗긴 그는 3년 후에 남극 대륙 횡단을 목표로 대원을 모집하였습니다. 그런데 그 모집 공고문이 매우 이채롭습니다.

"매우 위험천만한 여행에 참가할 사람 모집. 임금은 많지 않음. 혹독한 추위, 수개월간 계속되는 칠흑 같은 어둠, 끊임없이 다가오는 위험, 게다가 무사귀환을 보장할 수 없는 여행임. 그러나 성공할 경우 명예와 인정을 받을 수 있음."

이런 황당한 공고문에도 불구하고 5천 명이 넘게 지원하였고, 섀클턴은 이 중에서 27명을 선발하여 1914년 8월 남극 대륙 횡단 탐험을 위해 인듀어런스 호를 타고 영국을 출발하였습니다. 그러나 출항한 지 44일 만에 대서양과 남극해 사이의 웨들 해에서 부빙에 갇혀 표류하다 탐험을 시작한 지 6개월 만에 인듀어런스 호는 침몰하게 됩니다.

섀클턴과 대원들의 목표는 이제 남극 대륙 횡단이 아니라 무사귀환이 되었습니다. 그들은 배가 침몰한 지점에서 2km 떨어진 부빙에 캠프를 설치하고 구조를 기다리면서 계속 다른 부빙으로 캠프를 옮겼지만, 해빙기에 접어들면서 부빙이 녹아들어가자 가장 가까운 섬으로 대피해야만 했습니다.

그러나 섬은 100km나 떨어져 있고, 구명보트는 단 세 척, 극한의 추위와 배고픔, 죽음에 대한 공포가 그들을 괴롭혔습니다. 그러나 섀클턴의 리더십과 용기, 모든 대원들의 살아야겠다는 강인한 의지와 단합으로 섬을 향한 10일간의 항해, 영국에서 떠난 지 497일 만에, 배가 침몰하여 표류한 지 170일 만에 그들은 무인도 엘리펀트 섬에 도착하게 됩니다.

그러나 이 섬은 사람 한 명 없는 무인도, 원래 배의 항로에서도 수백 km 떨어진 곳, 살아있는 생명체는 오직 펭귄밖에 없는 곳으로 이곳 역시 그들의 생존을 보장할 수 있는 것은 아무것도 없었습니다. 가장 안좋은 침상에서 자고, 자신의 식량도 다른 대원에게 나누어주며 희망을 잃지 말라고 독려하던 섀클턴은 엘리펀트 섬에 도착한 며칠 후 다시 중대한 의사 결정을 내립니다.

"여기서 구조선이 오기만을 기다릴 수 없습니다. 구조요청을 위해 사람들이 살고 있는 2,000km 떨어진 사우스조지아 섬으로 가야 합니다. 작은 보트 1척으로 시속 100km의 바람과 20m 높이의 파도를 뚫고 가야 합니다. 또한 도중에 멈추어 쉴 수 있는 섬도 없습니다. 같이 갈 사람은 자원하십시오."

그러자 대부분의 사람이 자원하였고, 섀클턴은 5명을 뽑아 사우스조지아 섬으로 또 한 번 목숨을 건 항해를 시작합니다. 그리고는 5명의 대원에게 명령을 내립니다.

"우리가 성공하지 못한다면 여기 남은 사람들을 우리가 죽인 것이나 마찬가지이다. 그러니 우리는 반드시 살아서 돌아와야 한다."

그렇게 그들은 항해 20일 만에 사우스조지아 섬에 도착합니다. 그러나 사람들이 있는 기지까지 가려면 도착지에서 걸어서 또 9일을 가야 했습니다. 그 사이 엘리펀트 섬에 남겨진 22명의 대원은 남아 있는 2개의 보트로 움막을 만들고, 하루에 11마리의 펭귄, 석 달 동안 1,300마리의 펭귄을 잡아먹으며 서로 희망을 포기하지 않도록 격려하며 버텼습니다.

한편 사우스조지아 섬에 도착한 섀클턴은 여러 나라에 구조요청을 하였지만 제1차 세계대전 중이라 대부분의 유럽 국가가 전쟁으로 폐허가 되어 아무도 구조선을 보내주지 않았습니다. 심지어 대부분 대원들의 모국인 영국에서조차도 구조선 지원을 거부하였습니다. 각고의 노력 끝에 칠레 정부가 급히 보내준 군함을 타고 섀클턴은 드디어 1916년 5월 대원들을 구하러 엘리펀트 섬으로 출발했고, 기상악화로 인한 수많은 난관을 극복한 끝에 그 해 8월 30일 엘리펀트 섬에 도착합니다. 처음 남극 탐험을 위해 출발한 지 2년 만의 일입니다.

군함 위에서 섀클턴은 쌍안경으로 남아 있는 대원의 수를 세어 보니 22명, 단 한 명의 사망자 없이 모두 무사하였습니다. 섀클턴은 남극의 빙벽에서 634일을 견디면서도 단 한 명의 사상자 없이 27명의 대원 전원을 무사 귀환시킨 결과로 국민적 영웅이 되었으며, 영국 국왕으로부터 '경卿'의 칭호를 받았습니다.

이 항해는 그를 이 세상에서 가장 강력한 탐험가, 위대한 지도자의 아이콘으로 만들었습니다. 그래서 이 항해를 '위대한 항해' 혹은 '위대한 실패'라고 부릅니다.

15
속편

옛말에 "형만 한 아우 없다"란 말이 있습니다. 그런가 하면 "대한大寒이 소한小寒 집에 갔다 얼어 죽는다"라는 말도 있습니다. 영화계에서 어떤 작품이 대단히 흥행을 하게 되면 그 명성을 이용하여 속편을 만들고 싶은 유혹이 당연히 들게 마련입니다. 그런데 속편을 만들어 실패하게 되면 '소포모어 징크스sophomore jinx'라는 소리를 듣거나 역시 "형만 한 아우 없다"라는 속담을 쓰게 되고, 성공을 하게 되면 '명불허전名不虛傳'이니 '청출어람靑出於藍'이니 하는 말을 듣게 됩니다.

그런데 이 영화의 속편에도 여러 종류가 있다는 사실을 정확히 인지하는 사람은 그렇게 많지 않습니다. 가장 일반적인 속편을 시퀄sequel이라고 합니다. 전편의 영화가 히트를 쳤을 때 전작의 캐릭터나 스토리라인을 재사용 확장하여 이야기를 전개합니다. 보통 전편의 영화 제목을 그대로 쓰고 뒤에 숫자를 붙이거나 부제를 붙여 속편임을 표시합니다. 이런 영화는 시리즈로 연결되며, 기존의 검증된 캐릭터나 스토리를 재사용하기 때문에 흥행에 실패할 확률이 적습니다. 우리가 잘 아는 〈007〉, 〈백 투 더 퓨처〉, 〈스타워즈〉, 〈다이하드〉, 〈해리포터〉, 〈터미네이터〉, 〈록키〉, 〈람보〉, 〈배트맨〉, 〈스파이더맨〉, 〈슈퍼맨〉, 〈매트릭스〉, 〈반지의 제왕〉, 〈대부〉 시리즈가 대표적인 예입니다.

프리퀄prequel은 전편보다 시간상으로 앞선 이야기를 보여주는 속편을 말합니다. 주로 흥행에 성공한 전편의 이야기가 왜 그렇게 흘러갔는지 설명하는데 사용이 됩니다. 대표적인 예로는 2001년에 개봉한 〈혹성탈출〉의 프리퀄로 어떻게 지구가 원숭이들의 행성이 되었는지 밝혀주는 영화인 2011년 개봉한 〈혹성탈출 – 진화의 시작〉과, 2001년부터 2003년까지 매년 상영되어 공전의 대히트를 친 〈반지의 제왕〉 시퀄 시리즈의 주인공 프로도의 삼촌 빌보 배긴스가 모험을 떠나는 여정을 그린 2012년에 개봉한 〈호빗 – 뜻밖의 여정〉이 있습니다.

리부트reboot는 컴퓨터를 재부팅하듯이 어떤 시리즈의 영화가 속편을 반복하다 보니 이야기가 매너리즘에 빠질 때 새로운 에너지를 불어넣기 위해 기존 시리즈의 연속성을 버리고 기존 시리즈의 기본 골격과 주인공만 차용하여 새로운 시리즈로 다시 시작하는 영화를 말합니다. 〈배트맨 비긴즈〉나 〈터미네이터 제니시스〉가 이에 해당됩니다.

마지막으로, 스핀오프spinoff가 있는데 오리지널 작품에서 새롭게 파생되어 나온 작품을 말하는 것으로, 기존 작품의 등장인물이나 어떤 상황에 근거하여 아주 새로운 영화를 만들어 냅니다. 2001년부터 2010년까지 네 편의 시리즈로 제작되어 상영된 〈슈렉〉에서 등장한 '장화 신은 고양이'를 주인공으로 2011년에 개봉하여 슈렉 시리즈를 능가하는 애니메이션이 된 〈장화 신은 고양이〉가 대표적인 스핀오프 영화입니다. 2016년 말쯤에 개봉될 〈신비한 동물사전〉은 기존 '해리포터' 시리즈 중에서 〈해리포터와 마법사의 돌〉 편에서 해리에게 전달된 호그와트 입학 편지에 적혀 있는 신학기 교과서 가운데 하나인데 마법 동물을 설명하는 사전으로, 이 영화에 많은 마법 동물들이 등장할 것으로 예측되며 이 영화 또한 스핀오프 속편에 해당됩니다.

제작자나 감독이나 주인공이 오리지널 영화에 대한 평가를 보고 속편을 제작할 것인지 말 것인지 결정할 수 있는 것처럼, 우리도 우리 인생을 살아보고 난 후에 살아온 내 인생의 시퀄 속편을 이어갈 것인지 아니면 리부트 속편으로 새로운 인생을 다시 시작해야 할 것인지, 그것도 아니면 스핀오프 해서 전혀 다른 인생을 설계할 것인지 결정할 수 있다면 얼마나 좋을까요?

그러나 안타깝게도 우리는 우리 인생의 속편을 제작할 수 없습니다. 그저 오리지널 원작의 인생이 명작이 될 수 있도록 하루하루 좋은 시나리오로, 좋은 연출로, 좋은 연기로 살아가야 할 것입니다. 그렇지 않으면 내 인생의 영화 상영이 끝났을 때 아무도 내 인생을 기억해주는 사람이 없을 것입니다. 마치 영화 상영을 시작한 후 관객이 들지 않아 결국 며칠 후에 간판을 내리고 조기 종영한 실패한 영화처럼 말입니다.

16
머레이비언의 법칙

어떤 사람을 처음 만났을 때 그 사람에게 호감을 갖는 경우도 있고, 불쾌감을 갖는 경우도 있습니다. 그러면 상대방에 대한 인상이나 호감을 결정하는 요인에는 무엇이 있을까요? 미국 캘리포니아 대학 심리학 교수인 머레이비언Albert Mehrabian에 의하면 상대방의 외모, 눈빛, 표정, 제스처 등과 같은 시각 정보가 첫인상을 결정하는데 있어 55%를 차지한다고 합니다. 그 다음은 목소리 어조, 음색과 같은 청각 정보가 38%를 차지하고, 실제 말의 내용은 7%에 불과하다고 합니다. 즉, 효과적인 의사소통이나 남에게 호감을 주는 요소 중 언어적 요소는 7%에 불과하고 말투, 표정, 목소리 등 비언어적 요소가 93%를 차지한다는 것입니다. 사실 청산유수와 같이 말을 잘하는 달변가보다는 따뜻한 눈빛, 온화한 미소 그리고 꿀 성대 보이스를 가진 사람이 훨씬 더 매력적인 것 같습니다.

이렇듯 "행동의 소리가 말의 소리보다 크다"라는 명언을 탄생시킨 이 이론은 머레이비언 교수가 1971년 〈침묵의 메시지〉라는 책에서 주장하면서 '머레이비언의 법칙'이라고 불리기 시작했습니다. 그 후 이 법칙은 설득, 협상, 마케팅, 광고, 프레젠테이션, 사회심리, 인성교육 등의 분야에서 가장 많이 참조되는 이론이 되었고, 첫인상과 커뮤니케이션 방식을 파악하는데 큰 기여를 하고 있습니다.

특히 이 법칙은 선거 시즌에 정치가에게 매우 중요한 선거전략 수립에 많은 영향력을 끼치고 있습니다. 카리스마와 리더십을 드러내며 대중에게 어필해야 할 정치가에게는 시각적 이미지뿐만 아니라 목소리도 매우 중요합니다. 제2차 세계대전을 승리로 이끈 영국의 처칠Winston Churchill 총리는 목소리가 큰 체구에서 나오는 중저음에 울림이 있어 긴 여운을 남겼고, 영국인 특유의 억양과 악센트를 이용하여 지성미를 풍겨서 대중들에게 많은 인기를 얻었습니다. 독일의 독재자 히틀러Adolf Hitler의 목소리는 톤이 높고 화음이 좋은데다 클라이맥스에서 짧게 끊어 아주 강하게 발음하는 화법을 구사해 독일어 특유의 발음과 잘 어우러져 대중을 선동하는데 적합했습니다.

우리나라에서도 얼마 전에 끝난 대선에서 안철수 국민의당 후보의 목소리가 아주 화제가 되었습니다. 그는 아기 같이 말을 한다고 해서 '베이비 토크'라는 조롱을 들었습니다. 당연히 자신의 목소리와 연설이 대선 후보로서 아주 큰 콤플렉스였을 것입니다. 이를 극복하기 위해 안철수 후보는 목소리를 중저음으로 바꾸어서 기존의 베이비 보이스에서 포효하는 듯한 우렁찬 목소리로 확 바꾸어 '강철수' 또는 '루이 안스트롱'이라는 별명을 가지게 되었습니다. 마치 영화 〈킹스 스피치〉에서 말더듬이인 영국 왕 조지 6세가 혼신의 힘을 다해 자신의 약점을 극복하는 것과 같이 그도 복식 호흡을 활용해 독학으로 목소리를 바꾸었다 하면서 "자기 자신도 못 바꾸면 나라를 바꿀 수 없다"는 신념으로 노력하였다 합니다. 비록 대선 결과는 그가 원하는 대로 되지는 않았지만 그의 혼신의 노력에는 박수를 보내고 싶습니다.

머레이비언의 법칙을 입증한 TV 프로그램이 있습니다. 얼마 전에 종영한 〈진짜 사나이〉란 프로그램에서 여군 특집을 했었는데 거기에 출연한 한 교관이 연예인 이상 가는 인기를 얻었습니다. 그는 가만히 서 있어도 드러나는 카리스마와 선글라스로 감춰도 풍겨 나오는 훈남 매력 그리고 특히 깊고 부드러운 보이스는 출연한 여군들의 마음을 들썩였는데, 그의 별명은 꿀 성대 교관이었습니다. 그가 하는 말의 내용은 고작 호통치는 것밖에는 없는데 그의 시각적인 비주얼 부분과 청각적인 보이스로 시청자들에게도 엄청난 인기를 끌었습니다.

그런데 이 꿀 성대 교관보다 더 큰 반향을 불러온 사람이 있습니다. 단 한마디의 말과 어깨 들썩임으로 온 나라를 온통 그녀의 신드롬으로 가득 차게 하였습니다. 그녀는 바로 걸 그룹 걸스데이 멤버인 혜리였습니다. 그녀는 〈진짜 사나이〉 여군 특집에 출연해 갖은 고생을 다하고 마지막 퇴소식날에 그동안 정들었던 분대장과의 이별이 아쉬워 눈물짓는데, 그때 "눈물 흘리지 말고 똑바로 말합니다!"라고 소리치는 분대장에게 "이이잉" 하고 애교 한마디 한 것이 폭발적인 인기를 끌게 했습니다. 이 한마디는 그녀에게 수많은 광고 모델 제의와 드라마 〈응답하라 1988〉의 여주인공 역을 맡게 하는 행운을 가져다주었습니다. 그 후 그녀의 광고 수입이 100억원을 넘었다 하니 정말 비언어적 제스처 하나가 100억원짜리가 되었습니다. 머레이비언의 법칙은 "참"으로 증명되었습니다.

17

애드리브 Ad-Lib

요즘(2015년) 〈내부자들〉이라는 영화가 아주 인기입니다. 청소년 관람불가 등급인데도 오리지널 판이 700만 이상, 감독 판이 100만 이상의 관객을 동원해 총 870만 명을 기록해 역대 청소년 관람불가 영화 관객 동원 비공식 1위였던 〈친구(818만)〉와 공식 1위인 〈아저씨(628만)〉를 제치고 1위에 등극하였습니다. 그리고 청소년 관람불가 등급의 영화 최초로 천만 관객 동원이 가능할 것으로 기대되고 있습니다.

그런데 이 영화의 주인공 이병헌(안상구)이 한 영화 대사가 유행어가 되었습니다. 바로 "모히또에서 몰디브나 한잔 할까?"입니다. 원래는 "몰디브에서 모히또 한잔 할까?"였는데 이병헌이 애드리브로 바꾸어서 한 대사가 영화와 더불어 대히트를 치고 있습니다.

여기서 애드리브란 연극, 영화나 방송에서 출연자가 대본에 없는 대사를 하는 일이나 대사 자체를 말합니다. 라틴어 아드리비툼Ad Libitum의 준말로서 사전적 의미는 '임의'입니다. 즉, 배우가 원래의 대본에 있는 대사를 본인 임의로 바꾸는 것이나, 연극이나 공연, 콘서트 등을 할 때 연기자나 가수가 갑자기 대사나 가사를 잊어버렸을 때 즉흥적으로 대

처하는 것도 애드리브라고 합니다.

그런데 이 애드리브는 순발력과 유머·위트 감각이 없으면 할 수가 없습니다. 이런 것들 없이 애드리브를 잘못하면 오히려 오리지널을 했을 때보다 훨씬 안 좋은 결과를 나타내게 됩니다. 또한 과유불급이라 주객이 전도되듯이 본래의 대사보다 애드리브를 더 하게 되면 본말이 전도되는 경우도 허다합니다. 따라서 애드리브는 특정한 상황에서 임팩트 있게, 짧게 재치 있게 잘 하면 상당한 효과를 보게 됩니다.

미국의 어느 주지사 선거 연설에서 후보가 연설 도중 한 학생이 던진 계란에 맞았습니다. 연설 도중 계란에 맞아 옷이 더러워진 그는 어떻게 했을까요? 그는 "오! 학생, 아침식사를 주려면 계란만 주면 되나? 베이컨도 줘야지"라고 애드리브를 하였습니다. 계란을 맞았던 순간 정적에 싸여 있던 유세장 분위기가 그의 애드리브 한마디에 엄청난 환호와 박수로 바뀌는 데는 몇 초가 걸리지 않았습니다. 물론 그는 주지사로 당선되었습니다.

최근(2015년) 한일 정부가 위안부 문제에 합의를 하였습니다. 국내 여론은 찬성과 반대가 거의 반반인 것 같습니다. 워낙 민감한 문제라 마무리가 잘 될지 모르겠습니다. 여하간 이 문제가 잘 해결된다 해도 한일 양국 사이에는 또 독도 문제가 기다리고 있습니다.

우리는 대한민국 국민으로서 애국심이란 감정을 배제하고 객관적으로 역사적 사실에 근거하여 독도가 과연 한국 땅이라고 주장할 수 있을까요? 만일 일본인 친구와 이 문제에 대해 논쟁하게 된다면 우리는 이렇게 말할 수 있습니다. 대한민국 국민은 남녀노소를 막론하고 모두 독도가 우리 땅이라는 지정학적, 역사적 근거를 알고 있다고…. 혹 그들이 증거를 대보라고 한다면 이렇게 애드리브를 하면 됩니다. 독도는 지정학적으로 동경 132도, 북위 37도에 위치하고 있고, 자세한 역사적 근거는 〈세종실록지리지〉 50페이지 셋째 줄에 씌어 있다고…. 역으로 우리가 그들에게 같은 질문을 하면 그들은 아마 대답하지 못하겠지요.

그러면 애드리브는 정말 순발력과 재치만 있으면 가능할까요? 나는 수많은 노력이 없었다면 불가능하다고 생각합니다. 요즘 KBS2-TV 〈불후의 명곡〉에서 MC를 보고 있는 문희준이 애드리브를 하는 것을 보면 정말 재미있고 잘 한다는 생각이 듭니다. 어떨 때는 MC 4대 천왕인 유재석, 강호동, 신동엽, 김구라를 능가하는 재치를 보이기도 합니다. HOT라는 한때 최고의 아이돌 스타에서 어떻게 예능 스타로 빨리 변신했을까 궁금했는데, 내가 그 답을 얻는 데는 많은 시간이 걸리지 않았습니다. 그는 예능 스타가 되기 위해 특정 예능 프로그램 한 편을 세 번 보았답니다. 첫 번째는 그저 편안하게 보고, 두 번째는 MC 멘트를 음소거 하고 흐름을 보면서 자신이 하고 싶은 멘트를 적어두고, 세 번째는 실제 MC의 멘트와 자신의 것을 비교하면서 보았답니다. 이렇게 4~5년 예능 독학 후에 지금의 예능인 문희준이 탄생한 것입니다.

"세상에 공짜 점심은 없다"라는 속담이 다시금 생각나게 합니다.

18
앵커

TV 뉴스를 진행하는 사람을 앵커라고 합니다. 원래 앵커는 닻을 의미하는 말인데, 뉴스의 닻 역할을 한다는 의미에서 TV 뉴스를 진행하는 MC를 앵커라고 부릅니다. 그만큼 뉴스에서 앵커가 차지하는 비중은 엄청나고, 앵커가 누구냐에 따라 시청률이 바뀌기 때문에 방송국 입장에서는 최고의 경쟁력을 가진 앵커를 선임하는 것이 아주 중요합니다.

이 앵커맨이라는 용어는 1952년 미국 CBS의 전설적인 뉴스 진행자였던 월터 크롱카이트로부터 생겨났습니다. 아나운서가 그저 기계적으로 쓰여진 원고를 읽어 내려가던 방송에서 뉴스 진행자가 기자의 리포트를 전달하고 현안에 대한 자신의 견해를 멘트로 전하는 등 주도적인 역할을 맡게 되면서 앵커가 등장하게 되었습니다. 촌철살인의 멘트와 시청자를 사로잡는 강력한 카리스마, 그리고 간간이 던지는 재치와 유머는 앵커가 가져야 하는 필수불가결의 조건이 되었고, 거기에다가 시청자들에게 호감을 주는 인상 또한 더해지니 앵커는 말 그대로 신언서판身言書判을 다 갖춘 사람만이 할 수 있는 직업이 되었습니다.

우리나라에서 앵커의 원조는 1970년대 TBC의 봉두완이라고 볼 수 있고, 그 후 KBS의 최동호, 박성범, 이윤성, MBC의 이득렬 앵커가 인기를 끌었고, 2014년 JTBC는 사장급인 손석희를 메인 앵커로 내세우는 파격을 선보였습니다. 손석희는 시사저널에서 조사한 가장 영향력 있는 언론인에서 2005년 이후 12년 연속 1위를 기록한, 현재 가장 인기 있고 영향력 있는 앵커라 할 수 있습니다. 그런 그가 2016년 말 마지막 뉴스 브리핑에서 말한 '앵커 브리핑'이 아주 화제가 되었습니다.

영화 〈인터스텔라〉의 주인공인 우주비행사 쿠퍼는 딸의 이름을 머피라 지었습니다. 불운이 연거푸 일어난다는 '머피의 법칙'의 머피라는 이름에 아이는 늘 불만이었습니다. 시무룩해진 머피에게 아버지는 말합니다. "머피의 법칙은 나쁜 일만을 의미하는 것이 아니라 일어날 일은 반드시 일어나게 되어 있다는 말이란다."

그는 이 풍자를 통해 국정농단으로 온 나라가 시끄러웠던 당시 최순실 사태를 비꼬았고, 반드시 일어났어야 했을 2016년 그 많은 일들을 겪어낸 시민들에게 어두운 밤을 함께 걸어갈 수많은 마음들과 함께 새해 새날이 기다리고 있다고, 곽재구 시인의 〈사평역에서〉라는 시로 위로를 전했습니다.

"… 자정 넘으면/ 낯설음도 뼈아픔도 다 설원인데/ 단풍잎 같은 몇 잎의 차창을 달고/ 밤 열차는 또 어디로 흘러가는지/ 그리웠던 순간들을 호명하며 나는/ 한 줌의 눈물을 불빛 속에 던져주었다."

그러고는 2014년 세월호 사건 때 그가 마지막 앵커 브리핑에서 소개한 아일랜드 켈트족의 기도문을 세월호 가족에게 다시 전해주면서 2016년 마지막 앵커 브리핑을 마쳤습니다.

"… 바람은 언제나 당신의 등 뒤에서 불고/ 당신의 얼굴에는 항상 따사로운 햇살이 비추기를 …"

사무적이기만 한 뉴스에서 진한 여운을 남기고 끝난 인간 드라마와
도 같은 뉴스였습니다.

여기에서 소개된 켈트족 기도문의 전문이 참으로 좋습니다.

당신의 손에 언제나 할 일이 있기를
당신의 지갑에 언제나 한두 개의 동전이 남아 있기를
당신의 발 앞에 언제나 길이 나타나기를

바람은 언제나 당신의 등 뒤에서 불고
당신의 얼굴에는 항상 따사로운 햇살이 비추기를
이따금 당신의 길에 비가 내리더라도 곧 무지개가 뜨기를

불행에서는 가난하고, 축복에서는 부자가 되기를
적을 만드는 데는 느리고, 친구를 만드는 데는 빠르기를
이웃은 당신을 존중하고, 불행은 당신을 아는 체도 하지 않기를

당신이 죽은 것을 악마가 알기 30분 전에 이미 당신이 천국에 가 있기를
앞으로 겪을 가장 슬픈 날이 지금까지 가장 행복한 날보다 더 나은 날
이기를
그리고 신이 늘 당신 곁에 있기를

공감 너머 2.0

지은이 | 김대일
펴낸이 | 박영발
펴낸곳 | W미디어
등록| 제2005-000030호
1쇄 발행 | 2019년 1월 31일
주소 | 서울 양천구 목동서로 77 현대월드타워 1905호
전화 | 02-6678-0708
e-메일 | wmedia@naver.com

ISBN 979-11-89172-24-4 03810

값 14,000원